Herbert Friedrichs
ORSUL

Herbert Friedrichs

ORSUL

Todsichere Geschäfte

Kriminalroman

Impressum

Bibliografische Information der Deutschen Nationalbibliothek: Die Deutsche Nationalbibliothek verzeichnet diese Publikation in der Deutschen Nationalbibliografie; detaillierte bibliografische Daten sind im Internet über http://dnb.dnb.de abrufbar.

Verlag: BoD · Books on Demand GmbH, In de Tarpen 42, 22848 Norderstedt

Druck: Libri Plureos GmbH, Friedensallee 273, 22763 Hamburg

ISBN: 978-3-7597-6758-5

Kümmert euch um die Kopien, die nie beerdigt wurden, aber andere todsicher aus dem Leben katapultierten. ORSUL – **O**hne **R**isiko **S**icher **U**nd **L**ukrativ.

Handschriftliche Notiz im Nachlass von Miko

1

Michael Koiner, von seinen Freunden Miko gerufen, stand summend vor dem Badezimmerspiegel, prüfte wiederholt den Halt seines gezwirbelten Bartes und schnippelte noch ein paar vorwitzige Haare aus den Nasenöffnungen. Er atmete tief durch und verließ das fensterlose Badezimmer. Das verwaschene, stellenweise durchgescheuerte schwarze Jacket wurde mit seinen Schreibutensilien bestückt, die in der Brusttasche akkurat in einer Linie aufgereiht mit dem silbernen japanischen Schriftzeichen am Revers um die Aufmerksamkeit des Betrachters buhlten. Miko griff nach dem hölzernen Billardkasten mit der zerlegbaren Queue und steckte den Kasten in seine geräumige Umhängetasche, in der er Skizzenblock, Kohlestifte und Fotoapparat immer griffbereit mit sich führte. Ein letzter prüfender Blick in die zum Spiegel umfunktionierte Badezimmerglastüre, Schlüsselbund und Kleingeld eingesteckt, Lichtschalter aus und die Tür des Appartements hinter sich zu ziehen. Miko machte sich auf den Weg zum Ebertplatz, um die Linie 12 zum Friesenplatz zu nehmen. Dort umsteigen auf die Linien 3 oder 4 und an der Haltestelle Venloer/Gürtel aussteigen. Von dort waren es nur wenige Schritte in das gegenüber dem Ehrenfelder S-Bahnhof gelegene „Snooker". Hier sollte am Abend der letzte Durchgang des Billardwettbewerbs im Dreiband-Carambole stattfinden, bei dem Miko als einer der Favoriten ins Rennen ging. Soviel zum Plan.

Miko war im Grunde ein Tagträumer, der ungeachtet seiner tatsächlichen Ausbildung eine aufwändige Inszenierung als Grafiker und Schriftgestalter pflegte. Die in Schwarz gehaltene Visitenkarte war dementsprechend im minimalistischen Stil mit den Initialien Miko bedruckt, darunter akkurat in schmalen Garamond Schrifttypen die Bezeichnung Gestalter und eine Mobilfunknummer. Mehr Informationen waren seiner Meinung nach auch nicht notwendig. Sein Name, seine Berufsbezeichnung und die Prepaid-Rufnummer zur Kontaktaufnahme, mehr brauchte es nicht, um Professionalität und Stil auszudrücken. Eine zusätzliche E-Mail-Adresse oder eine persönliche Webadresse wäre nach seiner Meinung überflüssiges Geplapper. Offiziell waren die Gründe bei ihm wesentlich monitärer. Aufgrund seiner nicht vorhandenen Bonität und der vor Jahren geleisteten eidesstattlichen Versicherung waren ein normaler Telefonvertrag und eine eigene Internetpräsenz für ihn nicht machbar. Minimalismus aus der Not geboren.

Dabei hatte in den 1970er Jahren alles so unbeschwert und hoffnungsvoll angefangen. Michael Koiner wechselte 1972 nach einer Lehre als Konditor von Wien nach Köln, als die meisten seiner Landsleute nach Deutschland gingen, um hier eine lukrative Stelle mit gutem Einkommen zu ergattern und einige Jahre später in der Heimat mit dem Ersparten eine solide Existenz aufzubauen. Er lebte anfangs wie alle seine Landsleute in einem Wohnheim der Ford-Werke, zusammen mit Italienern, Spaniern und Türken, die den Lockrufen der deutschen Anwerbebüros gefolgt waren und mit Beginn der Fremdarbeiterwelle in vollbesetzten Zügen am Köln-Deutzer Bahnhof eintrafen. Wie viele seiner Kollegen ließ sich Michael Koiner nach dem Ende des Anwerbestopps in der BRD und dem gekappten Zustrom von weiteren Fremdarbeitern 1973 im Kölner

Agnesviertel nieder. Kaum hatte er dort in der Schillingstraße seine neue Wohnung bezogen und spärlich eingerichtet, wurde er von der Werksleitung vorgeladen, weil er nach erdrückender Beweislage des Werkschutzes illegal an den wilden Streiks und Fabrikbesetzungen teilgenommen habe und gemeinsam mit den überwiegend türkischen Querulanten an vorderster Front für zahlreiche Sachbeschädigungen im Ford-Werk verantwortlich sei. Das Ende vom Lied war die fristlose Entlassung und der langersehnte Neustart als Grafiker und Gestalter. Da er allerdings nur eine vage Ahnung von den Erfordernissen dieses Berufs hatte, fiel die Erstausstattung des neu gegründeten Büros auf Kreditbasis umso großzügiger aus.

Miko tingelte anfangs durch das Agnes Viertel und den angrenzenden Eigelstein. Immer auf der Suche nach Auftraggebern kaufte er sich alsbald ein individuell in schwarz gehaltenes Outfit und stolzierte jeden Morgen zum Frühstück ins „Depot" am Sudermannplatz, um den Kollegen und Kolleginnen aus den umliegenden Agenturen mit seinen Bestellungen auf die Nerven zu gehen. Da niemand außer Miko einen Einspänner im larmoyant gedehnten Wiener Dialekt bestellte, waren seine Extravaganz und sein Dialekt quasi als Reviermarke auch hörbar im „Depot" eingeführt. Es dauerte nur wenige Tage, bis der Einspänner als normaler Mokka mit Sahnehaube stilecht in einem Glas mit Henkel serviert wurde und der Begriff Einspänner bei den Depotgästen geklärt war, gleichwohl Miko mit Droschken nichts am Hut hatte und die Kölner nur an Karneval Pferdegespanne zu Gesicht bekamen. Merklich schneller wurde das Erscheinungsbild von Miko akzeptiert, da es mit den Trachtenanzügen der Gestalter- und Grafikerzunft durchaus Ähnlichkeit aufwies. Nur das japanische Schriftzeichen an seinem Revers bedurfte der Erklärung, da keiner ahnen konnte, dass sein Spitzname lediglich aus den Anfangssilben seines Vor- und

Familiennamens bestand. Diese profane Herleitung musste also durch eine interessantere Variante ersetzt werden.

Kein Wunder also, dass Miko den japanisch klingenden Namen durch seine Vorliebe für japanische Schriftzeichen unterstrich. Egal wo sich dieser Traumtänzer und Halbwissende auch aufhielt, ständig kritzelte er mit Hilfe der aus seiner geräumigen Umhängetasche gezauberten Wörterbücher der japanischen Schrift entweder Zeichen der Bildschrift Kanji oder den Mora-Silbenschriften Katakana und Hiragana auf seinen Skizzenblock und signierte das Gekrakel abschließend mit Miko. Nicht nur aus diesem Grund war Miko bei vielen Gästen des Depots als Japankenner verschrien. Diese Legendenbildung ging ohne Störung über die Bühne, bis eines Tages zwei japanische Mädchen aus der nahen Düsseldorfer Japan-Community kichernd vom Hocker rutschten und lauthals losprusteten. Miko hatte dieses Verhalten damals mit der ausgesprochenen Freundlichkeit der Japaner erklärt und übertrieben freundlich zurückgelächelt. Woher sollte er auch wissen, dass unter Miko in Japan junge Frauen verstanden werden, die in Shinto-Schreinen arbeiten und dabei religiöse Zeremonien verrichten oder die Kunst des Teeaufbrühens pflegen. Diese Mikos wurden als übernatürliche Wesen behandelt, die als Schamaninnen Prophezeiungen aussprachen und wegen des wenig sinngebenden Gebrabbels als Kinder Gottes galten. Nichts von alledem traf auf Miko zu, aber da er keine Ahnung über die wahre Bedeutung des japanischen Namens „Miko" hatte, blieb ihm nur das freundliche Lächeln und dämliche Grinsen, wenn Wissende, wie die japanischen Mädchen, ihn anlächelten.

Vollkommen andere Beweggründe hatte das Lächeln von Beate. Die hatte ganz andere Interessen an dem smarten Österreicher und fiel wie viele andere auch auf die Maskerade dieses verhinderten Künstlers und Blenders rein, der unter der Woche an den Markttagen zwischen den Ständen auf dem Sudermann Platz flanierte, um den Händlern seine schwungvoll gemalten Produkt- und Preisschilder aufzuschwatzen. Beate Zasker, eine Verkäuferin aus dem nahen Woolworth der Neusser Straße, war verknallt und zog nach kurzer Brunftzeit in Mikos Wohnung ein. Miko, ganz der edle Samurai, ließ sich nicht lumpen und baute sich und seiner Angebeteten ein standesgemäßes Nest mit Hilfe weiterer Ratenkredite aus. Die Paarungszeit war kurz und heftig, mündete aber trotz aller Warnhinweisen aus dem Bekanntenkreis vor dem Standesamt im spanischen Bau des Kölner Rathauses. Beate und Michael gaben sich das „Ja"-Wort und redlich Mühe, aber nach 18 Monaten war die Inszenierung vorbei. Der Vorhang fiel, Beate zog aus und reichte Mitte 1989 die Scheidung ein. Seither verwaltete Miko die Flut an Mahnungen, Einschreiben und gelben Schuldtitelbriefen in einer Umzugskiste, ohne jemals einen der Briefe geöffnet oder auf Mahnungen reagiert zu haben. Seine Schulden hatten sich nach zehn Jahren erfolgloser Selbstständigkeit, aber erfolgreichem Selbstbetrug, zu einer ansehnlichen Summe aufgeschaukelt. Einzig die Briefe des Kölner Arbeitsamtes wurden beachtet, die mit zahlreichen Arbeits- und Weiterbildungsangeboten in seine japanische Idylle eindrangen und mit Jobangeboten nervten. Immerhin boten diese Briefe seiner Arbeitsberaterin die Aussicht auf ein wenn auch geringes Einkommen. Besonders dann, wenn er sich einsichtig und reuevoll verhielt.

Seine Versuche, dem Drängen und den Stellenangeboten der Arbeitsbehörde mit Gegenvorschlägen zu entkommen, indem er sich für ein Grafikstudium oder für eine Ausbildung als Gestalter bewarb, scheiterten an den Aufnahmebedingungen der Bildungseinrichtungen. Ein weiterer Versuch mit einem Studium der Kunstgeschichte an der Kölner Universität beim Arbeitsamt zu punkten misslang ebenfalls. Miko hatte zwar einen österreichischen Abschluss der Polytechnischen Schule in Wien, was aber in Deutschland lediglich einem Hauptschulabschluss und in Österreich dem neuen Mittelschulabschluss gleichkam. Die Schuld an diesem einfachen Bildungsabschluss gab er seinem Vater Horst Koiner, der 1938 als strammer HJ-Zögling in Dresden das Fliegen lernte und sich 1938 freiwillig zum Kriegseinsatz meldete. 1945 kam Horst als Ungelernter ohne Schulabschluss aus Kriegsgefangenschaft heim, heiratete seine Margot und musste seine junge Familie als Unbelernter über die Runden bringen. Geprägt durch diese Erfahrungen, stand für Horst Koiner fest, dass seine Kinder erst einmal einen soliden Beruf erlernen. Abitur und Studium kamen für diesen Kriegsgeschädigten nicht in Frage und waren in seinen Augen brotlose Kunst. Kein Wunder, dass Sohn Michael streikte, als sein Vater auch noch eine Lehrstelle bei der Österreichischen Bundesbahn organisierte. Michael Koiner ergriff die Flucht und unterschrieb einen Lehrvertrag als Konditor, um dieser von seinem Vater organisierten mittleren Beamtenlaufbahn bei der Bundesbahn zu entgehen. Monate später wurde ihm zwar klar, dass dies eine Trotzreaktion war, doch die Einsicht kam zu spät und ein Abbruch wäre nur Wasser auf den Mühlen des Vaters gewesen. Also biss er die Zähne zusammen und knetete sich frustriert drei Jahre durch den Sauerteig.

Sein dummdreister Versuch, den österreichischen Abschluss des Polytechnikums samt Konditorlehre seiner Arbeitsberaterin als gleichwertigen Abschluss der Allgemeinen Hochschulreife verkaufen zu wollen, ging voll daneben. Die Arbeitsberaterin bot ihm weiterhin nur Jobs als Konditor, Bäcker oder Hilfsarbeiter an und wollte eine Umschulung zum Grafiker wegen der nicht vorhandenen Erfolgsaussichten auf keinen Fall alimentieren.

Miko lebte seit geraumer Zeit von der Arbeitslosen- und Sozialhilfe und hielt sich mit Gelegenheitsjobs über Wasser. Geübt in der Vermeidung von ungewollten Anstellungen, die nicht auf seinen sprichwörtlichen Traumberuf als Gestalter hinausliefen, lebte er in den Tag hinein, in einer von der Sozialhilfe bezahlten kleinen Wohnung, die pünktlich alle acht Wochen von einem verständnisvollen Gerichtsvollzieher inspiziert wurde. Nach kurzer Durchsicht der Wohnung zog der Vollstreckungsbeamte immer unverrichteter Dinge wieder ab, denn es war nichts Verwertbares bei Miko zu holen. Die werthaltigen Gegenstände hatte Beate bei ihrem Auszug bereits mit der Kennermiene einer ausgebufften Verkäuferin aussortiert und mitgenommen.

Die Trennung von Beate war auch der Grund für den Vermieter, diesem aus der Bahn geworfenen und glücklosen Michael Koiner die Freundschaft und die Wohnung aufzukündigen. Koiner zog nach dem Rauswurf zunächst als Obdachloser im Agnesviertel umher, konnte sich unter diesen Umständen dann doch sehr schnell zur Annahme einer geringfügig entlohnten Beschäftigung entschließen. Der Minijob bei einer Vertriebsfirma als Austräger der Kölner Wochenpost beinhaltete zudem ein möbliertes Zimmer, das er in einem ehemaligen Hotel an der vielbefahrenen Tunis Straße bezog. Die Tunis Straße, auch als Nord-Süd-Fahrt bei den Kölnern bekannt, führte vom Ebertplatz aus vierspurig quer durch die gesamte Stadt in den Kölner Süden zum Sachsenring. Die

Arbeiterschließfächer, wie seine Mitbewohner die Appartements in der Tunis Straße nannten, dienten als Wohnheim für die Angestellten der Bella Vita GmbH. Das Unternehmen hatte sich darauf spezialisiert, aus der Bahn geworfene und glücklose Sozialhilfeempfänger wie Miko anzuheuern und für kleines Geld vor ihren Karren zu spannen. Die Bella Vita unterhielt in Köln mehrere Betriebe und nutzte die Immobilie in der Tunis Straße als Unterkunft für die durchweg mit Minijob-Verträgen angestellten Mitarbeiter. Gastronomieaushilfen, Zeitungs- und Werbeblattausträger, Spielhallenpersonal oder Kurierfahrer, Lebenskünstler und gescheiterte Existenzen, sie alle standen in Abhängigkeit zur Bella Vita, für die solche Appartements neben der steuerlichen Abschreibung auch eine Möglichkeit der Kontrolle über ihre Mitarbeiter darstellte.

Die früheren Hotelzimmer waren billig ausgestattet. Kaum 20 Quadratmeter mit Kochnische, Dusche und Toilette. Die durch den Verkehr der Tunis Straße rußgeschwärzten Fenster konnten wegen des Verkehrslärms nicht geöffnet werden. Nach Abzug aller Kosten blieben den Angestellten trotzdem noch 300 EUR für den persönlichen Bedarf. Zu wenig, um zu pfänden und zu viel, um zu sterben. Da Miko seiner Auffassung nach zu Höherem berufen war, siegte seine Neugier und Frechheit und es dauerte nicht lange, bis er sich in der Redaktion der Kölner Wochenpost als Hüter des Bildarchivs nützlich machen konnte. Ein kleiner Raum neben der Redaktion, vollgestopft mit alten Wochenpost-Ausgaben, mehreren Stahlschränken voller Bildmaterial und einen eigenen Schreibtisch mit PC, Scanner und Drucker waren sein neues Reich. Nach wochenlangen Aufräumaktionen waren die früheren Ausgaben der Kölner Wochenpost ausgewertet, die Fotos und Grafiken nach Erscheinungsdatum geordnet und in den Stahlschränken einsortiert. Als Ergebnis seiner Aufräumarbeit war so viel Platz geschaffen, dass er einen abschließbaren Stahlschrank für seine eigenen Unterlagen nutzen konnte. Hier verwahrte Miko seine Grafikutensilien und die Entwürfe kleiner Werbezeichnungen auf, die er für die Text- und Anzeigespalten der Wochenpost als Umbruchfüller beisteuerte. Welch ein Aufstieg – Herrscher über das Bildarchiv und Zeichner von kleinen Füllanzeigen, die er im eigenen Archivschrank verwahrte. Auch wenn die neue Tätigkeit keinen Cent mehr einbrachte, an Prestige und gestiegenem Selbstwertgefühl hatte Miko gewonnen und ein dritter kleiner Schlüssel wurde dem spärlichen Schlüsselbund hinzugefügt.

Seine finanzielle Situation wollte er heute Abend endlich verbessern, denn die Aussicht auf das Preisgeld des Billardwettbewerbs, das mit 1.000 Euro ausgelobt war, stellte ein nettes Salär für einen Geringverdiener dar. Beschwingt eilte Miko in der Abenddämmerung durch den einsetzenden Regen über die Tunis Straße zum Ebertplatz, verschwand dort auf der Rolltreppe im Untergrund der Parkanlage und kam gerade rechtzeitig, als die Linie 12 an der Haltestelle in Richtung Kölner Ringe einfuhr. Die Kölner Verkehrsbetriebe hatten an diesem Abend jedoch einen anderen Plan und so wurde eine Station weiter am Hansaring bereits umdisponiert, da die Linie 12 wie so oft technisch gestört war. Kein Durchkommen auf den Kölner Ringen. Also aussteigen und innerhalb der Haltestelle Hansaring oben auf der zweiten Ebene die S-Bahn Linie Richtung Bahnhof Ehrenfeld nehmen. Das war zwar kein Umweg gegenüber der ursprünglichen Planung, aber eine Richtungsänderung. Grund genug für seinen Bewacher, der ihm seit Verlassen seiner Wohnung gefolgt war, eine Nachricht ins Smartphone zu tippen. In sicherer Entfernung von Miko nahm der Bewacher einige Sitzreihen weiter im S-Bahn-Wagon Platz. Ein leises Ping und die eingetippte Nachricht

„Cambio: l'uomo arriva in treno" war unterwegs und informierte den Empfänger, dass Michael Koiner jetzt mit dem Zug in Richtung S-Bahnhof Ehrenfeld unterwegs war. Keine fünf Minuten später hielt die Linie 6 auf den oberen Gleisen des Bahnhofs und Michael Koiner stieg aus. Sein Bewacher blieb sitzen und fuhr weiter. Sein Job war damit erledigt.

2

Das „Snooker" im Stadtteil Ehrenfeld lag an der Venloer Straße gleich hinter der Unterführung des S-Bahnhofs Ehrenfeld in Richtung Kölner Gürtel. Die Außenbeleuchtung des Billardsalons war an diesem Abend noch nicht eingeschaltet und das aschfahle Licht der Bahnsteige, die hoch über der Venloer Straße lagen, mischte sich mit der gelben Beleuchtung des breiten Fußgängerüberweges, der die Venloer Straße vom S-Bahnhof kommend in Richtung Helioshaus querte. Die Abenddämmerung und der vom Regen verwischte Lichtvorhang der Bahnanlagen tauchten die Fassade des „Snooker" und das angrenzende Helioshaus in ein diffuses Licht, das die vorbeihuschenden Menschen verschluckte. Oben im ersten Stock des Snookers waren die Gäste nur schattenhaft hinter angelaufenen Fensterfronten an kleinen runden Tischen zu sehen, die das Treiben im Billardsalon beobachteten.

Das Halbdunkel im Snooker wurde durch jeweils drei Lampen über den Billardtischen aufgehellt, deren Lichtkegel die grünen und blauen Spielflächen ausleuchteten. Die Spieler waren ab der Hüfte abwärts nur schemenhaft zu sehen und standen im Dunkeln. Das Snooker glich einem schwarzen Meer, auf dem ein halbes Dutzend beleuchtete Inseln ruhten. Untermalt vom Klackern der aufeinanderprallenden Kugeln konzentrierten sich die Spieler auf ihre Spielzüge. Hier im Snooker fanden die Spieler jede Variante des Billardsports. Vierbeinige Billard Tische, an denen das mit acht Bällen gespielte Pool-Billard ausgetragen wurde, dazu die englische Variante der Snooker-Tische, die meist auf sechs Beinen ruhend etwas wuchtiger und mit größeren Spielflächen ausgestattet waren, und dazu die Tische der Königsdisziplin, dem strategischen Carambole-Billard, das mit drei verschiedenfarbigen Kugeln gespielt wird.

Naze, eigentlich Ignaz Keck, war ein Freund dieser Carambole genannten Billard-Variante, die mit je einer weißen, einer gelben und einer roten Billardkugel gespielt wird. Die Kontrahenten eröffnen in der Regel mit einer weißen Kugel das Spiel, die mit einem Stoß über die Bande, die gegnerische gelbe Kugel und anschließend die rote Kugel berühren muss, um Punkte zu erhalten. Ziel des Spiels ist es, möglichst viele Karambolagen in einem Spielzug zu erzielen, wobei jeder Treffer als ein Punkt gewertet wird. Für Naze Keck war dieses Spiel das Sinnbild für die Schicksalsschläge im menschlichen Zusammenleben, denn die Menschen rollen wie Billardkugeln durchs Leben, prallen aufeinander, ändern danach ihre Richtung oder rollen schnurstracks krachend in die nächste Begegnung. Im Carambole-Spiel treiben die angestoßenen Kugeln mit Effet und Drall über das Spielfeld, prallen ab und ändern die Richtung. Der Mensch als Sinnbild einer Billardkugel, wird durch Karambolagen durchs Leben getrieben. Genau wie seine Kneipenbekanntschaft Miko. Dieser Mensch war der festen Überzeugung, sowohl im realen Leben als auch im Billardspiel alle Spielzüge im Voraus berechnen zu können. Das Argument der Unberechenbarkeit des Spielballs nach dem Aufprall leugnete Miko vehement, obwohl unter Billardspielern das mit Buttage benannte Phänomen durchaus bekannt ist. Ohne den Begriff Buttage zuvor gekannt zu haben, war Naze Keck dieser unberechenbare Effekt beim Zusammenprall der Kugeln durch einfache Beobachtung aufgefallen. Der Spielball einer Billardpartie gibt zwar nach dem Aufprall die Richtung des getroffenen Balls vor, nimmt aber nach dem Zusammenstoß selbst eine meist unberechenbare Richtung. Das gilt für alle drei Spielarten, dem Pool-, dem Snooker- und dem Carambole-Billard. Diese Unberechenbarkeit des Spielballs nach dem Aufprall scheint aber für die Spieler unwesentlich zu sein, denn die Konzentration richtet sich darauf, welche Richtung der getroffene Ball einschlägt. Egal ob dieser über die Bande gespielt oder wie zuvor berechnet, die weiteren Spielzüge mit einer Karambolage der dritten Kugel erfolgreich beendet. Welchen weiteren Weg der Spielball nach seinem ersten Aufprall nimmt, ist in der Regel nicht vorhersehbar und für den Spieler nachrangig, denn nur die erzielten Punkte der nachfolgenden Karambolagen zählen.

Wann genau Miko von seinem ursprünglich geplanten Lebensentwurf abgekommen war, hatte Naze Keck noch nicht herausgefunden. Sicher war bislang nur eines: Miko hatte die Kontrolle über sein Leben schon vor geraumer Zeit verloren. Diese Unberechenbarkeit der Buttage war das Thema des ersten Streitgesprächs, das Naze Keck und Miko zu Beginn ihrer Bekanntschaft führten. Naze Keck machte damals ungefragt einige Anmerkungen zu Mikos Spielstrategie, der seine Vorhersagen zum Ballverlauf scheinbar auch zur Einschüchterung seiner Spielgegner nutzte. Jedenfalls dachte Naze Keck das anfangs, stellte aber sehr schnell fest, dass Miko dies nicht aus strategischem Kalkül ansagte, sondern sich lediglich selbst gerne reden hörte und seine Spielvorhersagen quasi als Motivation und Auftrag für sich selbst artikulierte. Alles schön und gut, kommentierte Naze Keck damals die Spielzüge Mikos, der über drei Banden zunächst mit dem weißen Eröffnungsball den gelben Ball touchierte und dann über weitere drei Banden den gelben Ball gegen den roten Ball zirkelte. Naze Kecks Frage, welche Richtung der von Miko anfangs gestoßene weiße Spielball nach dem Aufprall nehmen würde, erstaunte Miko zunächst und ein paar Sekunden später kam die patzige Antwort, dass dies für den Spielverlauf nicht relevant sei und Zuschauer hätten gefälligst am Spieltisch die Klappe zu halten. Wenig später tranken die beiden dann ihr erstes gemeinsames Kölsch und tauschten sich ständig abschweifend über die Themen Zufall, Schicksal, bewusste Entscheidung und das „große Pläne schmieden" aus. Gegen zwei Uhr morgens brachen sie beide die alkoholgeschwängerte Diskussion ab, kamen aber seither mindestens einmal die Woche ins Snooker zum „Seele baumeln lassen". Miko widmete sich dann meist dem Billardspiel mit Wetteinsätzen zur Aufbesserung seines Budgets und Naze Keck frönte seiner Lieblingsbeschäftigung, der Spielbeobachtung. In den Pausen ergaben sich genügend Gelegenheiten über transzendentale Mathematik und irrationale Gottesbeweise zu streiten. Im Grunde waren beide anfangs jedoch nur wegen „Lotte" im Snooker und dieses Weibsbild wusste das.

Charlotte Kalo, von allen nur „Lotte" gerufen, gehörte bereits zum Inventar und hatte eine große Fangemeinde, die den Tresen belagerte, denn Lotte hatte die Gabe, jedem ein Lächeln zu schenken und sich stundenlang die Ohren vollquatschen zu lassen. Selbst Naze Keck verließ seinen Fensterplatz nach geraumer Zeit, um mit Lotte an der Theke ins Gespräch zu kommen, überließ das aber nach mehreren schüchternen Versuchen doch den anderen. Miko strich nach einigen Wochen des Schaulaufens an der Theke ebenfalls die Segel und seither hatten die beiden Freunde ein neues Thema: die Geilheit der Theken-Troubadoure und die Gerissenheit von Charlotte Kalo, die diesen Umstand unter Einsatz ihres albanisch gefärbten Kölsch Dialekts gnadenlos zur Umsatzsteigerung nutzte.

Neben den Themenabenden über Billard, dem Sinn des Lebens und den Austausch von Lebensabschnittserfahrungen, zeigte sich Miko doch sehr interessiert an der beruflichen Tätigkeit seines Bekannten Naze Keck, der nach eigener Darstellung einem verarmten Zweig der Familie von Battenberg angehörte und im Wirtschaftsarchiv Köln beschäftigt war.

Naze, mit vollständigem Namen Ignaz Ewald Keck, war der Sohn eines jüdischen Einwanderers aus Rumänien, der als Bogoris Keckerowski nach Frankenberg in Hessen kam und dort als Taxifahrer seinen Lebensunterhalt verdiente. Seine Mutter, eine geborene Mankel, war Schneiderin in Hatzfeld an der Eder. Mit der Hochzeit änderten seine Mutter Sofia und ihr Mann Bogoris den Familiennamen auf das eingänglichere Keck. Beide hatten eine klare Vorstellung davon, was zu tun sei, damit ihre Kinder es einmal besser haben würden. Sohn Ignaz Keck besuchte zunächst am Burgberg die Grundschule und anschließend die Gesamtschule Battenberg. Der aufgeweckte, neugierige und belesene Junge bekam auf Vermittlung seines Klassenlehrers während des letzten Gymnasialjahrgangs an der Edertalschule Frankenberg einen Praktikumsplatz bei einem befreundeten Rechtswissenschaftler an der Uni Frankfurt a.M., der sich mit dem Aufbau der „Parliamentary Practice", einem Regelwerk des britischen Unterhauses befasste. Dieses einst vom Marquess of Milford Haven – eigentlich Ludwig von Battenberg (Mountbatten) – angelegte Regelwerk weckte sofort das Interesse Naze Kecks, der binnen kürzester Zeit zur Freude seines Mentors Deskriptoren, einen umfangreichen Thesaurus und die Indexierung dieses Regelwerkes erarbeitete. Naze Keck liebte es, ganze Wortnetze, Schlagworte und Schlüsselworte zu entwickeln, mit denen sich die Informationen charakterisieren und später umso schneller wieder auffinden ließen.

Etwa zu der Zeit, als Miko von Wien nach Köln übersiedelte, brach Naze Keck das Studium der Rechtswissenschaften in Frankfurt a.M. ab und leistete stattdessen einen archivarischen Vorbereitungsdienst an der Archivschule Marburg. Dieser Vorbereitungsdienst mit anschließendem Studium mündete in einer Anstellung am Hessischen Staatsarchiv in Darmstadt. Seine Masterarbeit „Aufbau und Entwicklung von Retrievalsprachen", mit der sich Datenbanken inhaltlich komfortabler erschließen lassen, konnte er im Hessischen Staatsarchiv praxisnah erproben. Nazes kombinatorische Fähigkeiten, die Freude an Sprachen und Wortbedeutungen und die Durchführung kompliziertester Recherchen machten ihn sehr schnell zu einem gesuchten Experten, denen damals Ende der 1980er Jahre alle Archive und Dokumentationszentren im Land offenstanden. Gerne wäre Naze Keck Ende 1989 zum Fachinformationszentrum FIZ, in Karlsruhe gegangen, doch kurz vor der Wiedervereinigung erhielt er das Angebot des Wirtschaftsarchivs Köln WAK und wechselte. Die Kölner Lebensart sagte ihm zudem mehr zu als die Karlsruher Kehrwochen-Mentalität, doch während die meisten seiner Kollegen und Kolleginnen abends auf die Pirsch gingen und ihre Vergnügungen auslebten, saß Ignaz Ewald Keck lieber in seinem Lesessel und studierte die ersten Veröffentlichungen französischer Wissenschaftler, die in Paris mit dem gerade erschienen „Thesaurus der exakten Wissenschaften" der Fachwelt zeigten, wie naturwissenschaftliches Wissen in einer verständlichen Sprache, interdisziplinär und thematisch in Beziehung gesetzt werden kann.

In Miko hatte Naze Keck einen dankbaren Zuhörer gefunden, der das Wissen über Archivierung, Datenbankrecherche und inhaltliche Texterschließung aufsaugte, aber angesichts seiner prekären wirtschaftlichen Lage und seines Werdegangs sich immer wieder an Naze Keck rieb. Er hielt ihm vor, gut behütet und verhätschelt, keine Ahnung vom richtigen Leben zu haben. Trotz der Gegensätze und unterschiedlichen Lebenswege vereinte beide der Wesenszug der Neugierde und Aufgeschlossenheit gegenüber Neuem. Nur führte dies bei beiden zu unterschiedlichen Ergebnissen. Naze Keck trainiert im logischen Denken und systematischem Arbeiten, mit überdurchschnittlichem Wortschatz und Allgemeinbildung, lebte in gesicherten wirtschaftlichen Verhältnissen. Hingegen Miko von falschen Weichenstellungen, Trotzhandlungen und überzogenen Ansprüchen getrieben, in der Rolle des Halbwissenden und wirtschaftlich bankrotten Traumtänzers schmorte. Er war das ideale Opfer für die ständige Berieselung der Reklame- und Werbewirtschaft, die mit ihren Heilsbotschaften und Versprechungen gezielt und bewusst Bedürfnisse ansprachen oder neue erzeugten, die fern jeglicher Realitäten lagen.

Vollkommen unverständlich für Miko war beispielsweise die Reaktion von Naze, als dieser im Snooker einen TV-Werbespot der Aktion Mensch kommentierte. Wutentbrannt echauffierte sich Naze damals über die Sprüche jenes arroganten Schnösels in der Hängematte, der seinen sogenannten Hauptgewinn als verdient rechtfertigte, da er mit dem Loskauf ja auch tausende soziale Projekte unterstütze. Für Miko war es ein erstrebenswertes Ziel, ebenfalls einen Platz in der Hängematte zu ergattern, gleichwohl ihm Naze eine Chance von 1:2.500.000 ausrechnete, um einen der Gewinne zu ergattern. Naze verpasste Miko dann noch eine Breitseite, die ihm seine reale Situation vor Augen führen sollte.

„Ein Loskauf bei einer Lotterie ist ungefähr genauso zielführend wie das Angebot deiner Bank, den Dispokredit zu erhöhen oder die Kreditraten auszusetzen, um deine wirtschaftliche Situation zu verbessern", belehrte Naze seinen finanzgeschädigten Bekannten.

„Alter Spielverderber", entgegnete Miko, doch Naze beendete das Thema damit, dass er Miko auf erfolgversprechendere Strategien zur Verbesserung seiner Finanzen lenkte.

Naze verband das Interesse Mikos für Bildarchivierung und seine Fixierung auf Geld, indem er Miko eine aktuelle Ausschreibung der Stiftung des WAK unter die Nase hielt. Die in der Ausschreibung angebotenen Sortier- und Lagerarbeiten im Archiv stellten keine großen Voraussetzungen an die Bewerber und die Arbeitszeit war mit 20 Stunden Aufwand in der Woche ebenfalls äußerst komfortabel. Sorgen machte sich Naze Keck allerdings wegen der hohen Schulden seines Bekannten, der offiziell angemeldet sofort die Gläubiger mit Pfändungsbeschlüssen auf den Plan rufen würde. Wie sich das vermeiden ließe, wollten beide bis Ende der Woche überlegt oder eine Strategie zur Vorgehensweise entwickelt haben. Große Hoffnungen machte sich Naze Keck jedoch nicht, denn nachdem er eine Mitarbeiterin der WAK-Stiftung aus der Buchhaltung ins Vertrauen gezogen hatte, verdrehte diese nur die Augen und meinte, dass Schuldner einen enormen Aufwand in der Lohnbuchhaltung verursachen. Sowohl die Stiftung als auch das Archiv hätten kein Interesse daran, in Abtretungsstreitigkeiten und vertragliche Dreiecksbeziehungen hineingezogen zu werden. Die Stiftung hätte deshalb vorsorglich in den Arbeitsverträgen die Abtretung oder Verpfändung von Forderungen ausgeschlossen und gegenüber dem Arbeitgeber des Schuldners als unwirksam erklärt. Im Klartext: Wenn der betroffene Mitarbeiter die Frage nach eidesstattlichen Versicherungen oder Pfändungsbeschlüssen wahrheitsgemäß mit „Ja" beantwortete, wurde generell keine Anstellung in Erwägung gezogen.

Naze Keck blickte auf die Uhr, bestellte sich bei Charlotte einen weiteren Kaffee und beobachtete den Spielbetrieb im Snooker. Immer mehr Tische wurden für das Publikum gesperrt, denn die kneipeninterne Billardmeisterschaft sollte pünktlich um 20 Uhr am Freitagabend beginnen. Mitten in den Vorbereitungen drangen plötzlich Schreie von der Straße her ins Snooker. Ein wildes Hupkonzert hob an und eine dichte Menschentraube versperrte den Fußgängerüberweg zum S-Bahnhof. Naze Keck, dicht am Fenster sitzend, sah noch, wie aus der gegenüberliegenden Polizeiwache drei Polizisten im Halbdunkel zur Unfallstelle rannten, um die Venloer Straße zu sperren und die Unfallstelle am Zebrastreifen von Gaffern zu räumen. Aus beiden Richtungen brausten in kürzester Zeit Notarztwagen mit Martinshorn und Blaulicht auf den Bahnhofsvorplatz. Die Bahnunterführung war total verstopft und Naze konnte von oben beobachten, wie sich der Menschenauflauf unter dem Einsatz der Polizisten langsam auflöste und den Blick auf die Unglücksstelle freigab, die kurz darauf mit einem weißen Zelt gegen neugierige Blicke abgeschirmt wurde. Naze war aufgestanden und hatte mit einem Ärmel seines Jacketts die beschlagene Scheibe notdürftig freigewischt. Am Rande des breiten Fußgängerüberweges zum Snooker lag ein lebloser Körper unter der Zeltplane, dessen Gliedmaße sich als Schattenumrisse unnatürlich verbogen auf dem weißen Zeltstoff abzeichneten. Die total verdrehte Stellung ließ vermuten, dass der Mann von einem sehr schweren Fahrzeug überfahren und mehrere Meter in Richtung Stadtmitte mitgeschleift wurde. Offenbar kam jede Hilfe zu spät, denn die Notärzte packten bereits zusammen und überließen die zugedeckte Leiche des Mannes der Polizei, die sofort mit der Sicherstellung von Unfallgegenständen begann, Fahrbahnmarkierungen und nummerierte Positionsmarker rund um das Zelt des Unfalltoten aufstellten, während im Zelt eine erste Untersuchung durch einen Rechtsmediziner im Beisein des Kriminaldauerdienstes vorgenommen wurde.

Ein Blitzlichtgewitter entlud sich über den gesamten Unfallort, der durch die Strahler der Feuerwehr ausgeleuchtet wurde. Jeder noch so kleine Gegenstand wurde markiert, fotografiert und anschließend eingesammelt. Ein zertrümmerter Holzkoffer, aus dem zwei Stäbe ragten, lag etwas abseits auf der Fahrbahn. Auch diese Gegenstände wurden markiert und von allen Seiten fotografiert, bevor sie sichergestellt wurden. Die eilig aufgebauten Lampen vibrierten und schüttelten Lichtschwaden über das Pflaster, wenn unter der Unfallstelle die U-Bahn durchfuhr. Zwei Männer mit Trage machten sich daran, den Toten aus dem Zelt zu bergen. Die Leichentrage stand hellerleuchtet wenig später vor dem Zelt und die beiden Retter versuchten sich daran, die Gliedmaße des Toten etwas in Form zu bringen, um den Deckel des Zinksarges schließen zu können. Das Gesicht war kurz sichtbar und in der Rückenlage waren deutlich die aufblitzenden Silberstifte in der Brusttasche der Jacke zu sehen, bevor sich der Deckel der Leichentrage schloss. „Verdammt noch mal, das ist Miko!", rief Naze Keck erschrocken aus und stolperte rückwärts auf seinen Stuhl.

3

Angelo Sovrano zirkelte den schweren Dodge RAM Pickup in die freiwerdende Parklücke vor dem Helioshaus in der Venloer Straße, schaltete die Fahrzeugbeleuchtung aus und zündete sich eine Zigarette an. Gelangweilt blies er den Rauch durch den schmalen Spalt des Seitenfensters und beobachtete den Eingang zum Snooker. Seine digitale Armbanduhr zeigte 19:45 Uhr, der V8-Motor des Dodge blubberte leise vor sich hin und die Intervallschaltung des Scheibenwischers gab im Fünfsekundentakt den Blick entlang der Venloer in Richtung U-Bahnstation am Ehrenfeldgürtel frei. Das Halbdunkel der schummrigen Straßenbeleuchtung und der von Dampfschwaden durchsetzte Regen stimmten Sovrano heiter, ideale Bedingungen für sein Vorhaben. Kaum Verkehr und wenige Menschen auf den Straßen. Bei diesem Sauwetter waren auch keine Politessen und Berufspetzer unterwegs, die die Parktickets des ruhenden Verkehrs mit neugierigen Blicken durch die Windschutzscheibe überprüften.

Sovrano hatte sich sicherheitshalber die Kapuze seines Hoodies über den Kopf gezogen und eine Maske mit langweiligem Allerweltsgesicht aufgesetzt. Den Blick auf das Smartphone gerichtet, wartete er auf das Signal. Kurz darauf ein leises Ping und eine Textnachricht erschien auf dem Display.

„Der Mann kommt also mit der S-Bahn", murmelte Angelo in seine Maske, entspannte sich und fixierte den Bahnhofsvorplatz rechts von ihm. Auch gut, dachte er, dann muss der Kerl über den

Zebrastreifen und läuft ihm direkt vor die Karre. Die kleine Änderung hatte eigentlich nur Vorteile, denn sie ersparte es ihm, das Opfer auf dem Gehweg der Venloer Straße zu rammen. Im Grunde genommen aber egal. Beide Varianten waren ihm recht, denn der Mann fürs Grobe war es gewohnt, seine „Fastidis", wie er die „Ärgernisse" mitleidslos nannte, sauber und effizient zu beseitigen.

Angelo Sovrano gehörte zu jenen Männern, denen man besser aus dem Weg geht. Jeder im apulischen Gargano wusste von seiner Existenz und der Zugehörigkeit zur La Quarta, die mit rund vier Dutzend Familien und einigen Tausend Mitgliedern in Europa ihr Netzwerk seit den 1980er Jahren aufgebaut hatten und dank Männern wie Sovrano die anderen Mafiafamilien aus Sizilien, Reggio Kalabrien und Neapel auf Distanz hielten. Zwar hatte keiner eine genaue Vorstellung davon, wie der Mann aussah, den alle nur Angelo nannten. Den Gerüchten nach zu urteilen stamme Angelo aus einem kleinen Bergdorf der Umbra Wälder im Gargano. Die im Norden Apuliens liegende wilde Gebirgsgegend ragte wie eine geballte Faust ins adriatische Mittelmeer in Richtung Montenegro und Albanien. Das kleine Bergdorf war nur über die Provinzstraße von Manfredonia aus in Richtung Tomaiolo zu erreichen und lag direkt unterhalb der hoch oben im Gargano thronenden Abtei Santa Maria di Pulsano. Diese Abtei war für den Ortsunkundigen und Touristen nur über die Stadt Monte Sant'Angelo zu erreichen, die von Manfredonia aus über die serpentinenreichen Strada Provinciale zu erreichen war. Die Abtei hoch oben und das kleine Bergdorf unten in den Wäldern waren durch eine tiefe Schlucht getrennt und hatten offiziell Straßenverbindung. Den Schleichweg durch den Bergwald, der hinauf zur Abtei führte, kannten nur wenige

Einheimische, nutzten ihn aber wegen seiner Abgeschiedenheit und den gruseligen Geschichten darüber so gut wie nie.

Angelo Sovrano hingegen liebte diese Abkürzung zur Abtei, die er während seiner kurzen Lehrzeit als Kellner im Hotel Brunozzi in Monte Sant'Angelo jeden Tag mit seiner Motocross-Maschine nahm. Die Husaberg 500 war seine Bergziege und anstatt über die Provinzstraße nach Manfredonia und von dort die Strada Provinciale hinauf nach Monte Sant'Angelo zu fahren, nutzte er die eingesparten 30 Minuten Fahrtzeit über den Schleichweg für ein ausgiebiges zweites Frühstück. Durch die Schlucht oben auf dem Kamm angekommen, packte er sein Frühstück aus und beobachtete den unter ihm liegenden Golfo di Manfredonia. Mit freier Sicht auf die Küstenlinie, konnte er so die ein- und ausfahrenden Fischerboote aus dem Hafen von Manfredonia und die gesamte Küstenregion beobachten, die sich von Mattinata im Norden bis in den Süden an der Küstenlinie nach Siponto hinzog. Bei klarer Sicht waren die Umrisse der gegenüberliegenden Küstenlinien von Mazedonien und Albanien zu sehen. Das Katz- und Mausspiel der Guardia Costiera und der Guardia di Finanza mit den als Fischerbooten getarnten Schmugglerbooten amüsierte ihn immer aufs Neue. Nach monatelangen Beobachtungen war klar, dieses Katz- und Mausspiel kann effizienter gestaltet werden und da ihm das Gebirge zu eng und seine Lehre als Kellner zu langweilig war, verlagerte Angelo sein Tätigkeitsfeld von den hoch oben gelegenen Gebirgsorten an die lebendigere Küste Manfredonias.

Sovrano gehörte sehr bald zu den jungen Soldaten der La Quarta, den Picciottos, die mit Fischerbooten Richtung Montenegro und Albanien aufbrachen, um Waffen und Drogen auf dem Mittelmeer von den albanischen und montenegrinischen Schnellbooten aufzunehmen. Die Treffpunkte zur Übergabe war jeweils in der Mitte der beiden rund 200 Kilometer entfernten Küsten im Mittelmeer und nördlich der vielbefahrenen Fährlinien, die von Bari auf den Balkan führten. Die Fischerboote aus Manfredonia nahmen die mit Eis bedeckten Fischkisten der Albaner auf und zurück ging es mit dem unter den Fischen verstauten Schmugglergut zu einer der drei Anlegestellen von Manfredonia. Bruno, wie sich Angelo in dieser Zeit nannte, hatte sehr schnell herausgefunden, dass die Anlegestelle Marina del Gargano die größten Chancen bot, von der Guardia Costiera in Ruhe gelassen zu werden. Während im Porto di Ponente und dem Yachthafen Faro Rosso die Waren nur mit hohen Summen von Schmiergeld angelandet werden konnten, hatte sich Angelo für den Porto Turisticodi am Marina del Gargano wegen der vielen neugierigen Touristen entschieden. Als erste Maßnahme ließ er die mit Schmugglerware zurückkehrenden Fischerboote noch außer Sichtweite der Guardia Costeria draußen auf dem Mittelmeer kurz stoppen und die Drogenpakete oder Waffen in kleinere nur mit zwei Fischern besetzte Boote umladen. Die Rechnung ging auf, denn während der mit Fischkisten beladene hochseetaugliche Fischkutter meist von der Guardia di Finanza gestoppt und erfolglos durchsucht wurde, blieben die kleinen nur für den küstennahen Fischfang tauglichen Boote unbehelligt. Kein vernünftiger Mensch würde mit diesen Nußschalen weit aufs Meer hinausfahren oder die Küsten von Albanien und Montenegro ansteuern. Die kleinen küstennah operierenden Boote blieben bei ihrer Rückkehr in den Hafen unbehelligt und das Schmugglergut verschwand in die nahegelegenen Trattorias und Restaurants. Angelo Sovrano hingegen brachte mit seiner Crew den eisgekühlten und frischen Fisch der Albaner, unter den neugierigen Augen der Touristen an Land, während die Schmugglerware bereits in unscheinbaren Kleinwagen durch die Regionen Kampanien oder Basilikata nach Kalabrien oder in den Norden nach Neapel, Rom oder Mailand unterwegs war.

Angelo Sovranos geschickte und abgebrühte Manöver im Umgang mit Schmugglerware, seine eiskalten Schachzüge und die Auseinandersetzungen mit rivalisierenden Familien aus Bari oder den Regionen Brindisi und Lecce erregten die Aufmerksamkeit der Familien Salva und Zizzo. Angelos Organisationstalent und seine sprichwörtliche Ruhe und Gelassenheit, mit der er mitten in einer Polizeirazzia seine Fischkisten jonglierte, oder sein untrügliches Gespür dafür, wer hier hingehörte oder wer hier im fremden Revier fischte, verdienten besondere Aufgaben. Der nervenstarke Mann aus dem Gargano, dem niemals der Angstschweiß auf der Stirn stand, lieferte sein Husarenstück, als er mitten auf dem adriatischen Mittelmeer eine Yacht der Albaner versenkte, die zwar das Geld der Italiener nehmen wollten, aber dafür minderwertige Ware anboten. Angelo machte kurzen Prozess, überwältigte die Albaner, hängte sie mit Stahlhandschellen an ihre eigene Ankerkette und versenkte die Truppe mit samt ihrer Yacht im Mittelmeer, das nördlich vom Gargano gut 200 Meter tief ist. Absolut abgebrüht war jedoch die Übergabe einer zerbrochenen Schiffsplanke mit Resten der albanischen Bootskennung bei der Guardia Costiera, denen er neben vollkommen falschen Positionsangaben auch das Märchen auftischte, diese Planke hätte sich als Beifang im Fischernetz verfangen. Sein Auftritt im Büro der Capitaneria di Porto Guardia Costiera sprach sich schnell herum. Angelo hatte dabei die Lacher auf seiner Seite, denn die Schmuggler in diesem Geschäft wussten, dass ein Beifang im Fischernetz lächerlich sei, da die Schmuggler nie fischten, sondern die Schmugglerware samt eisgekühltem Fisch von den Albanern und Montenegrinern in Kisten geliefert bekamen. Schlussendlich konnten die Albaner aufhören, nach ihrem vermissten Schiff zu suchen, da ihnen die Guardia Costeria die Schiffsplanke auf offiziellem Dienstweg samt falscher Positionsangaben übergab. Hinzu kam die auf gesondertem Weg überbrachte Beschwerde der italienischen Mafiabosse bei den Albanern, dass ihre Männer umsonst aufs Meer hinausgefahren seien.

Mit dem Aufstieg in der Hierarchie der La Quarta wurde Angelo Sovrano alias Bruno ein Santista und gehörte fortan der Società maggiore an. Mit seinen ersten lukrativen Aufträgen nahm er wieder seinen eigentlichen Vornamen an und Angelo, der eiskalte Engel aus dem Gargano, war immer dann das Gesprächsthema in den Bars, wenn irgendwo in Apulien eine spektakuläre Aufräumaktion stattfand. Auch wenn der Engel gar nicht der Urheber war, der Legendenbildung tat das keinen Abbruch. Angelo Sovrano kümmerte es nicht. Er zog sich nach getaner Arbeit in seinen Heimatort ins Gargano zurück. Gerne verbrachte er auch einige Tage in der Abtei Santa Maria di Pulsano, die ständig 15 Unterkünfte für Reisende und Pilger bereithielt. Für den Fall, dass ihm die Ermittlungsbehörden oder die Familien seiner Opfer doch zu nah kamen, wich er in sein neu erworbenes Domizil in der Basilikata aus. Hier hatte er in Matera ein Appartement in der Altstadt oberhalb der Sassi angemietet und ein Wochenendhäuschen im Lido di Metaponto am Ionischen Meer gekauft. Die Basilikata war sein Rückzugsort, wenn er untertauchen musste, denn hier waren weder die La Quarta, die Cosa Nostra, die Ndrangheta oder die Camorra aktiv. Diese Rückzugsorte am Golf von Tarent verließ er aber, wenn ein neuer Auftrag über die vereinbarte Rufnummer angekündigt wurde. Und diese Rufnummer kannten nur die Mitglieder der oberen Führungsriege. Wurde er vom Consigliere, Dottore Aldo Rufano oder den Capos der Familie Salva und Zizzo angerufen, begab sich Angelo binnen 24 Stunden nach Altamura. Der verschlafene Ort lag an der Grenze Apuliens zur Basilikata. Dort verschwand er in der Via Gravina im Ufficio Postale Poste Italiane, denn weder die Via Gravina, noch das Postamt oder die Schließfächer wurden von Kameras überwacht. Ein idealer Ort für einen schattenlosen Engel, der seine Instruktionen abholt.

Der zuletzt zugestellte Auftrag führte ihn diesmal nach Köln. Weshalb dieser in Köln lebende Wiener aus dem Weg geräumt werden sollte, interessierte Sovrano nicht. Lediglich die Vorgehensweise und der Zeitpunkt waren vom Auftraggeber vorgegeben. Die Zielperson sollte durch einen Unfall sterben und die anschließende Fahrerflucht den Verdacht auf Selbsttötung oder einen geplanten Mord ausschließen. Uhrzeit und Ort standen ebenfalls fest, damit bestimmte Personen rechtzeitig mit einem wasserdichten Alibi von vorne herein polizeiliche Ermittlungen und Verdächtigungen erspart blieben. Der Hinweis auf die Besonderheit des Unfallortes regte ihn nicht sonderlich auf. Im Gegenteil, er empfand den Tatort in Sichtweite der Polizeiinspektion 3 Köln West schräg gegenüber dem Snooker eher als Herausforderung.

Eine quäkende Lautsprecherdurchsage, erinnerte Angelo Sovrano daran, weshalb er hier mit seinem Pickup auf der Lauer lag. Die Lautsprecherstimme kündigte die Einfahrt der S-Bahn auf Gleis 2 an. Angelo Sovrano drückte den Automatikhebel nach unten und fixierte den Ausgang des Bahnhofs. Kurz darauf sprinteten die ersten Fahrgäste durch den Regen und eine schwarzgekleidete Person mit Regenschirm, Umhängetasche und Holzkasten steuerte auf den Fußgängerüberweg zu. Ein kurzer Blick in den Rückspiegel, koordiniert mit den Schritten des Österreichers, kein Verkehr in beide Richtungen und Angelo Sovrano trat das Gaspedal durch. Der Motor heulte auf. Mit einem Satz stand der Pickup Sekundenbruchteile später auf dem Fußgängerüberweg, begrub den überraschten Miko unter sich und spukte nach zwei kurzen Rumplern den zerfetzten Körper rechts an der Hinterachse wieder aus, während der Dodge mit abgeblendeten Scheinwerfern auf die Ampelanlage am Ehrenfeldgürtel zuraste. Die Ampel stand auf Rot und ein Fahrzeug wartete davor. Angelo riss das Lenkrad nach rechts herum und donnerte mit dem Pickup quer über den Fußgängerweg in den Ehrenfeldgürtel. Nach wenigen Metern bog der Dodge erneut rechts ab in die Vogelsanger Straße, drosselte das Tempo und fuhr in normalem Tempo weiter. Nach einer weiteren Ampel verlief die Fahrt gut zwei Kilometer geradeaus in den Ortsteil Bickendorf bis zu den Schrottplätzen. Dort bog der Dodge rechts in das Gelände der Autoverwertung Schmitz ein und verschwand in einer der zahlreichen Hallen. Das Rolltor senkte sich sofort hinter dem Pickup, der damit augenblicklich von der Bildfläche verschwand.

4

„Ich rede mit Ihnen, haben Sie mich nicht verstanden oder was ist mit ihnen los?", wollte der stämmige Kerl wissen, der sich vor Kecks Tisch aufgebaut hatte. Naze blickte den Mann verständnislos an und reagierte erst, als dieser ihm einen Ausweis vor die Nase hielt, der ihn als Mitarbeiter der Kölner Kriminalpolizei auswies.

„Haben sie den Unfall hier vor dem Haus beobachtet und können Sie uns dazu Angaben machen?", wollte der Dicke wissen und beugte sich leicht vor, um auf die Straße blicken zu können. „Sie sitzen ja sozusagen hier oben in der Loge", redete der Kommissar weiter auf ihn ein, ohne den Blick aus dem Fenster zu beenden.

„Miko ist tot! Der wurde einfach überfahren und auf der Straße liegengelassen", stammelte Naze vor sich hin. „Und Nein, ich habe den Unfall nicht beobachtet, aber ich weiß, dass dort unten auf der Straße mein Bekannter Michael Koiner liegt", gab Naze trotzig zu verstehen und brauchte einige Sekunden, bis er die Situation und sich im Griff hatte.

Das Gespräch mit dem Kriminalbeamten verlief recht zäh, bis dieser verstanden hatte, dass sein Gegenüber unter Schock stand. Er setzte sich an Kecks Tisch und holte seinen Notizblock hervor.

„Wie sagten Sie, heißt ihr Bekannter?" Der Kripomitarbeiter notierte sich den Namen und stellte weitere Fragen zur Identität des Toten. Naze konnte ihm in wenigen Sätzen noch mitteilen, dass Miko Österreicher sei und in Köln in der Tunis Straße lebte. Dort habe der Arbeitgeber von Michael Koiner, die Firma BV Logistik, Appartements für ihre Mitarbeiter bereitgestellt. Koiner sei bei BV-Logistik als Zeitungsausträger beschäftigt und verwalte nebenher noch das Bildarchiv der Wochenpost-Redaktion. Er treffe sich einmal die Woche mit Miko hier im Snooker. Auch heute Abend seien sie hier verabredet gewesen, denn Michael Koiner, den hier alle nur als Miko kannten, sei einer der Favoriten für die Endrunde der internen Billardmeisterschaft im Snooker gewesen.

„Das Turnier wurde ja durch die Polizei abrupt beendet. Aber eigentlich hatte es ja noch gar nicht begonnen, denn der Favorit wurde kurz vorher auf der Straße überfahren. Eventuell kann Ihnen aber Lotte mehr über Michael Koiner erzählen", beendete Naze seine Aussage und zeigte auf den Eingang, an dem eine dunkelhaarige Frau offensichtlich alle Mühe hatte, einige Gäste am Verlassen des Lokals zu hindern, bevor diese ihre Zeche bezahlt hatten. Zwei Polizisten standen ihr dabei zur Seite. Der Eindruck täuschte jedoch, denn den Uniformierten ging es lediglich um die Feststellung der Personalien für eventuelle Zeugenbefragungen und weniger um die Bezahlung der Zeche.

Für den Augenblick beendete der Kripobeamte die Befragung, notierte sich noch die Personalien von Naze Keck und marschierte zielstrebig in Richtung seiner uniformierten Truppe am Ausgang. Naze beobachtete, wie sich Lotte offenbar über die Störung des Kripobeamten beschwerte, gab dann aber resigniert auf und folgte dem Kripobeamten in den hinteren Teil des Snookers. Hier setzte der Ermittler die Befragung von Lotte fort.

Am Kopfschütteln konnte Naze erkennen, dass auch Lotte nichts Wesentliches über Michael Koiner zu berichten hatte. Nach wenigen Minuten erhob sich der Dicke schwerfällig und ging erneut zum Ausgang. Naze Keck nutzte die Anwesenheit des Ermittlers am Ausgang, um das Lokal endlich verlassen zu können. Der Kripobeamte winkte ihn durch, bevor die Uniformierten von Naze erneut die Personalien erfragen konnten. Naze Keck beschloss, den Nachhauseweg zu Fuß anzutreten, denn sowohl der Zugang zur U-Bahnstation als auch der Eingang zum S-Bahnhof war mit Gruppen von Schaulustigen verstellt. Eigentlich war die Unfallstelle bereits geräumt und es gab für die Gaffer nichts mehr zu sehen, aber die Menschenansammlung hatte offenbar ein Thema und schnatterte wild durcheinander. Niemand hatte etwas gesehen, aber jeder hatte eine Meinung dazu. Der Regen ließ nach und die kühle Nacht verscheuchte die letzten Dampfschwaden in den engen Straßenschluchten.

Naze Keck lief in Gedanken versunken und mit gesenktem Kopf die Venloer Straße hinunter in Richtung Innenstadt zum Friesenplatz. Immer noch benommen und fassungslos über den Tod Mikos, bemerkte er nicht einmal die Rempler einiger entgegenkommenden Passanten. Auf Höhe des Stadtgartens bog Naze in den Park ein und setzte sich auf eine Parkbank gegenüber dem Eingang der Stadtgartenkneipe. Die Gäste standen wie jeden Abend mit ihren Gläsern in großen Trauben um den Eingang herum, während das Köbes-Nachschubkommando mit blauen und weißen Kölsch-Kränzen durch die Ansammlung wuselte. Die Szenerie weckte die Erinnerung an Miko, der ihm, dem Zugereisten, vor Jahren einen Vortrag zu den Begrifflichkeiten rund um das Trinken von Kölsch hielt. Das Trinkglas wurde nach diesem ehernen Dekret von den Kölnern als Stange oder Kölsch Stange bezeichnet. Das eher an ein Reagenzglas erinnernde

Bierglas habe in der Regel ein Fassungsvermögen von 0,2 Liter und sei deshalb so klein und eng gebaut, damit sich der Bierschaum des Kölsch länger im Glas hielt. Der geringe Luftkontakt der engen Kölsch Stange hält das Bier deshalb länger frisch. Zudem verpflichteten die Kölner Ausschank-Gesetze den Wirt zur Verwendung der Stange, die vom Köbes traditionell nur im Kranz transportiert und ausgegeben werde. Andere Gläser sind im Kölsch Ausschank quasi verboten. Mit Ausnahme des Stößchens, einer Variante der Stange. Das Stößchen ist noch kürzer als die Stange, habe einen Eichstrich von 0,1 Liter, koste jedoch genauso viel wie die 0,2 Liter Stange. Ein Stößchen wird von den Gästen also bestellt, wenn man in einer Runde weniger trinken, aber dem Wirt trotzdem was Gutes tun möchte. Auch der Wirt selbst greift in einer Runde deshalb immer zum Stößchen, da nach den ungeschriebenen Ausschankgesetzen der Kölner beide Gläser gleichwertig sind. Du bezahlst genauso viel wie alle, wirst aber nicht so schnell betrunken. Im Grunde ein durch Gruppenzwang legalisierter Selbstbetrug. Für einen Kölner jedoch vollkommen logisch.

Naze musste in der Erinnerung an solche Vorträge seines Bekannten lachen. Das war typisch für diesen Immigranten aus Wien, der ihm in den letzten Monaten ein liebenswerter Freund geworden ist. Miko hatte gegenüber Naze zwanzig Jahre Vorsprung im Umgang mit den Kölnern und den Besonderheiten dieser Stadt. Diese Eigenheiten der Rheinländer hatte Miko bis ins Detail ergründet, auch wenn es nur Belanglosigkeiten wie Kölsch-Gläser waren. Wenn er nur mal so viel Energie in seine Lebensplanung gesteckt hätte, dachte Naze und kämpfte gegen die Trauer über den Verlust seines Freundes an.

Im Nachhinein betrachtet war Miko seiner Ansicht nach seit Monaten umgänglicher, ja einsichtiger geworden und auf dem besten Weg, sein Leben in den Griff zu bekommen. Er schmiedete

Pläne, holte sich Rat bei einer Schuldnerberatung und war fest entschlossen, den unsortierten Haufen an Mahnungen, Inkassobriefen und gerichtlichen Mahnbescheiden zu sortieren, um den Gläubigern Vergleiche oder Teilzahlungsangebote anzubieten. Angefangen hatte dieses Umdenken wohl mit dem Tod seines Vaters vor etwa vier Jahren. Solange Horst Koiner, der ehemalige Direktor der Leistungsabteilung bei der Vienna Elementar und gewählter Abgeordneter der österreichischen Nationalversammlung, noch lebte, konnte Miko ihn für alles verantwortlich machen, was in seinem Leben falsch gelaufen war. Teilweise hatte Naze aufgrund von Mikos Schilderungen sogar Verständnis für diese Auflehnung und Schuldzuweisung, aber spätestens nach seinem Weggang aus Wien und der Befreiung aus dem elterlichen Zugriff hätte sich dieses Trotzverhalten legen können. Im Vergleich dazu sein eigenes Elternhaus, das ihn immer förderte und unterstützte, aber auch behutsam auf Fehlentwicklungen mit geduldiger Überzeugungsarbeit einwirkte, hatte es Miko deutlich schwerer.

Michael Koiner und seine Schwester Maria, gingen Anfangs der 1970er Jahre noch in der Zirkusgasse der Wiener Leopoldstadt zur Schule. Insbesondere Michael entwickelte sich prächtig und bekam eine Empfehlung für das Gymnasium. Sein Klassenlehrer war damals bei den Koiners vorstellig geworden, um diese Empfehlung auszusprechen. Horst Koiner komplimentierte Michaels Lehrer unsanft aus der Wohnung, da er für die Versetzungsempfehlung seines Sohnes Michael nicht zugänglich war. Als Begründung für seine Entscheidung führte Horst Koiner seinen eigenen Werdegang an, wie er sich ohne Abitur nach dem Krieg unter großen Anstrengungen ins Berufsleben zurückboxen musste. Seine Kinder sollten also die Schule normal durchlaufen und danach einen Beruf erlernen. Eine solide Ausgangsbasis laut Horst Koiner, gleichwohl zu diesem Zeitpunkt kein Krieg in Sicht war, aber man wisse ja nie. Abitur und Studium wären jedenfalls brotlose Kunst und er, Horst Koiner, wäre das beste Beispiel dafür, dass man es auch ohne höheren Bildungsabschluss zu etwas bringen könne. Es wäre jedoch einfacher gewesen, einen gelernten Beruf gehabt zu haben.

Michael Koiner war stinksauer auf den Alten und quittierte die Entscheidung des Vaters in den folgenden Jahren mit miserablen Noten, die sich erst im letzten Hauptschuljahr wieder besserten, da Michael von Mama die Pläne seines Vaters erfuhr, der für Sohn Michael eine Lehrstelle bei der ÖBB organisieren wollte, um den Sohn in einer mittleren Beamtenlaufbahn unterzubringen. Das musste verhindert werden, dachte sich Michael Koiner und machte sich auf den Weg, eine eigene Lehrstelle zu finden. Alles, nur nicht zur ÖBB und schon wieder dem Willen seines Vaters gehorchen. In der Not unterschrieb Michael Koiner einen Lehrvertrag im Kaffeehaus Stangl im I. Bezirk Wiens in der Herrengasse. Das Konditoreiwesen und die Zuckerbäckerei waren ebenfalls ein Reinfall, denn eigentlich fühlte sich Michael zu Grafik und Design hingezogen. Dazu fehlten ihm allerdings die Eingangsvorsetzungen. Tortenverzieren war aber kein Ersatz für den ersehnten Gestalterberuf. Nach der mit Ach und Krach absolvierten Lehre bleib deshalb nur die Flucht nach Deutschland. Der Plan war, bei Ford in Köln Geld zu verdienen und mit dem Angesparten den Hochschulabschluss und das Studium finanzieren. Es kam aber dann doch ganz anders. In letzter Zeit konnte auch Naze feststellen, dass Miko den Rauswurf seines Klassenlehrers aus der elterlichen Wohnung als Weichenstellung für den Holzweg akzeptierte, auf dem es für ihn aus Wut und Trotz immer knüppeldicker kam.

Nach dem Tod seines Vaters zeigte Miko eine etwas versöhnlichere Haltung gegenüber den Entscheidungen seines Vaters. Im Grunde wusste Miko jedoch sehr wenig über seinen Vater und dessen Familie. Auch seine Großeltern hatte er nie kennengelernt. Sein Vater sprach nie über seine Eltern, seine Familie oder Erlebnisse aus seiner Jugend, aus denen man Schlüsse auf seine Einstellungen hätte ziehen können. Er war stolz auf das Erreichte in seinem Leben und predigte die nationalliberalen Wertesysteme seiner Partei. Naze Keck unternahm damals den Versuch die Entwicklungen seines Freundes mit einer Billardpartie zu vergleichen. Der erste Anstoß würde die Richtung vorgeben und den gesamten Spielverlauf der nachfolgenden Ballberührungen beeinflussen. Miko machte damals aber unmissverständlich klar, dass Naze von Billiard keine Ahnung habe und mit diesen Spielregeln die Zufälle im Leben nicht erklärbar seien.

„Hallo Sie da! Können Sie sich ausweisen? Was machen Sie hier mitten in der Nacht?", drangen die Worte durch den Lichtkegel an Nazes Ohr. Er war auf der Parkbank eingeschlafen und wurde von zwei Polizisten unsanft geweckt. Irritiert blickte sich Naze zunächst um und blinzelte in das grelle Licht der Taschenlampe.

„Sorry, ich bin wohl eingeschlafen!", rief Naze, hob langsam beide Hände und fragte, ob er seinen Ausweis aus der Innentasche seiner Jacke holen dürfe.

„Aber ganz langsam bitte", antwortete der mit der Taschenlampe, während sein Partner schon seitwärts stehend die Sicherung übernahm. Naze holte im Zeitlupentempo seinen Ausweis hervor, reichte die Plastikkarte dem Polizisten, der den

Ausweis direkt in den Lichtstrahl hielt. Naze hatte endlich das grelle Licht aus dem Gesicht und wartete.

„Sie wohnen hier ja ganz in der Nähe", stellte der Beamte trocken fest. „Dann machen Sie sich mal auf den Weg nach Hause, denn hier auf der Parkbank holen Sie sich nur eine Erkältung bei diesen Temperaturen."

Naze Keck stand auf und verschwand in Richtung Friesenplatz, während die beiden Polizisten ihren Weg im Stadtgartenpark fortsetzten. Die Stadt hüllte sich in den diffusen Dämmerungszustand zwischen Nacht und Übergang zum Tag. Am Friesenplatz angekommen, folgte Naze zunächst dem Hohenzollernring, um an der Ecke „Im Klapperhof" abzubiegen. Die Architektur des Gerling-Konzern triumphierte über das Stadtviertel. Von den Kölnern scherzhaft „Kleine Reichskanzlei" genannt, erinnerte dieser von Architekt Arno Breker gestalteter Komplex durchaus an den architektonischen Größenwahn der Nationalsozialisten. Der Gerling-Bau hätte als Kulisse für einen Leni Riefenstahl Film durchaus gepasst. Naze Keck bog nach links in Richtung Gereonsdrisch ab. Das Lächeln seines Freundes, das vor seinem geistigen Auge aufschien, war ihm ein schwacher Trost, denn Miko hatte ihm gegenüber in einem entscheidenden Punkt einen Vorsprung. Miko hatte eine Antwort auf die Frage bekommen, was uns nach dem Sterben erwartet.

5

Angelo Sovrano griff nach seinem Lederrucksack, verließ die Halle der Autoverwertung Schmitz, ohne sich umzusehen, und stieg in einen bereitstehenden Fiat Punto. Den Rest würden die Schrottis erledigen. Den Dodge in der Halle mit heißem Wasserdampf abstrahlen und blitzblank zum Zerlegen in die bereitstehende Box rollen. Das Fahrzeug hatte gefälschte Kennzeichen und Papiere - für alle Fälle. Es war jedoch alles glatt gegangen mit seinem Auftrag. Trotzdem musste der Wagen verschwinden. Standardprozedur in der Autoverwertung Schmitz, die der La Quarta im Rheinland präparierte Autos und Lieferwagen mit gefälschten Kennzeichen und Papieren zur Verfügung stellte, die nach ihren Kurzeinsätzen im Rahmen krimineller Aktionen in Einzelteilen zerlegt als Teilelieferungen und Schrott in die Ukraine gingen. Im Gegenzug verscherbelten die Ukrainer die Fahrzeugteile im Osten weiter und lieferten der La Quarta elektronische Bauteile zur Manipulation von Spielautomaten oder logistische Unterstützung für sogenannte Cybercrime-Aktivitäten. Ellenlange Listen mit gestohlenen Zugangsdaten für Kreditkarten, Online-Kundenzugänge zu gehackten Shoppingportalen, Identitätsdiebstahl mit gefälschten Ausweisen oder der Aufbau und die Einrichtung von Softwareanwendungen. Das kriminelle Portfolio der Ukrainer, mit denen apulischen Familienclans in ganz Europa über das Darknet ihre Transaktionen, Geldgeschäfte und logistische Aktivitäten steuerten, war äußerst umfangreich. Was nicht digital und elektronisch über die Thor-Browser auf virtuellen Servern in der Ukraine oder an Standorten der Mafiafamilien geregelt werden konnte, musste real transportiert und organisiert werden.

Das übernahmen dann meist die Speditionslaster der Familie Zizzo, von denen einer auf Angelo Sovrano im Kölner Ortsteil Ossendorf wartete. Sovrano bog langsam aus dem Schrottplatz kommend in die Vogelsanger Straße ein, nahm außer Sichtweite seine Maske ab und folgte den Anweisungen des Navigationsgerätes, das ihn in den Kölner Norden führte. Ziel war einer der drei italienischen Großhändler in Ossendorf, der gerade eine umfassende Lieferung apulischer Spezialitäten erhalten hatte. Eines der wenigen legalen Geschäfte der La Quarta. Waren aus Apulien, die über Wien, München und Frankfurt a.M. bis ins Rheinland transportiert wurden. Die Empfänger dieser Spezialitäten waren vollkommen legal operierende Unternehmen, die vor allem die italienische Gastronomie und Gemeinden in Österreich und Deutschland mit Leckereien aus der Heimat versorgten. Dieses Wechselspiel zwischen legalen und illegalen Aktivitäten wurde von der Familie Zizzo organisiert, deren Lastwagen in ganz Europa rumkurvten und die Spezialitäten der Salvas verteilten.

Tonnenweise Orecchiette, getrocknete Pasta mit Fleisch- und Gemüsesoße, Panzerotti fritti und kleine Kirschtomaten in Sonnenblumenöl, die als Pomodorini Semisecchi ebenso zu den Delikatessen Apuliens zählten wie Grillfleisch und Wurst, das als Bombette Pugliesi über die Theke ging. Frittierte Fische, die als Scapece Gallipolina genauso begehrt waren wie der Süßkram Cartellate. Blätterteigschnecken, die in allen österreichischen und deutschen Supermärkten zu finden waren. Dazu die apulischen Weine Appasso Rosso, Lu'Li Appasite oder A Mano Primitivo.

Salva in Bari stellte diese Warenlieferungen zusammen und Zizzo aus Cisternino transportiert diese Ladungen zu den italienischen Gemeinden in den europäischen Großstädten. Soweit das legale Geschäft. Beide Familien der La Quarta kooperierten mit albanischen und montenegrinischen Familien, deren Spezialitäten, Waffen und Drogen mit den legalen Waren durchmischt wurden und so an ihre Bestimmungsorte in ganz Europa gelangen. Die Geschäfte der La Quarta liefen ausgezeichnet, auch Dank Angelo Sovrano, der mittlerweile mit seinem Fiat Punto in Ossendorf eintraf.

Der Fiat sollte entsprechend den Anweisungen auf dem Hof des Großhändlers geparkt werden. Schlüssel hinter die Sonnenblende und alle Aktivitäten und das Bewegungsprofil im Navigationsgerät löschen. Jetzt noch sicherheitshalber die Bedienelemente, das Lenkrad und das Navigationsgerät abwischen. Die Schrottis werden den Wagen dann später abholen. Sovrano warf sich den Rucksack über die Schulter und ging auf den roten Volvo Sattelzug zu, auf dessen Auflieger ein großer rote Schriftzug „Zizzo Trasporti Puglia" die gesamte Plane einnahm.

Nach einer kurzen Begrüßung setzte sich der Volvo augenblicklich in Richtung Stadtautobahn in Bewegung, die als Zubringer über die Zoobrücke am Rhein zum Autobahnkreuz Ost führte. Der Fahrer gab Angelo zu verstehen, dass sie um zwei Uhr nachts in Heilbronn rasten, um früh am Morgen an der Ladestelle eines großen Discounters die Ladung für Wien aufzunehmen. Angelo könne sich aufs Ohr legen, denn vor Heilbronn werde er nicht mehr gebraucht. Das gleichmäßige Brummen des Lasters in den Ohren überlegte Angelo, was ihn in Wien wohl als nächstes erwartet. Angelo hatte zwar verinnerlicht, keine Fragen über das wer, wie und wann seines Auftrages zu stellen, aber die Bemerkung seiner Auftraggeber, dass der Russenfreund pünktlich beseitigt werden müsse, machten ihn hellhörig. Nähere Einzelheiten, ein Dossier über die Gewohnheiten und Tagesabläufe seines Opfers, erhalte er direkt in Wien. Weiter kam Sovrano bei seinen Überlegungen nicht, denn die Monotonie der summenden Reifen und Gleichförmigkeit des dahinrollenden Sattelzugs auf der A3 wiegten ihn in einen ruhigen aber leichten Schlaf.

Ein heftiger Ruck und das Zischen der druckluftunterstützten Bremsanlage ließen ihn hochfahren. Angelo schaute auf die Uhr. Zwei Uhr morgens, wie vom Fahrer vorausgesagt. Ist also auch nicht das erste Mal, dass er diese Strecke fährt, dachte sich Angelo und rappelte sich auf.

„Heilbronn", rief ihm der Fahrer beruhigend zu, „siamo a destinazione." Sie waren also an ihrem Zwischenziel angekommen. Angelo Sovrano machte sich auf den Weg zu den Waschräumen des Autohofes. Dort überprüfte er zunächst den Spezialverschluss des Lederrucksacks und zog den doppelten Boden heraus. Eine wunderbare Lederarbeit eines türkischen Taschenmachers, die bislang jede Sicherheitsschleuse unbeanstandet passiert hatte. Alles vorhanden, die handliche und durchschlagsstarke Glock samt Munition lag in ihrer Aussparung, Pässe, Kreditkarten und Prepaid-Telefonkarten sauber im Innenfach. Sein Arsenal tödlicher Ampullen war ebenfalls vollständig. Sicher ist sicher, dachte er, denn Angelo Sovrano traute prinzipiell keinem Fremden über den Weg – auch nicht in der eigenen Familie und diesen Fahrer kannte er noch nicht. Nach kurzer Katzenwäsche nahm er mit Sergio, so hatte sich der Fahrer nach seiner Morgentoilette vorgestellt, einen kleinen Imbiss zu sich. Nach einem weiteren kurzen Nickerchen machten sie sich auf dem Weg zum Zentrallager des Discounters in Heilbronn, um hier die Ladung für Wien aufzunehmen. Palettenweise verschwand die Ware im Sattelzug, der anschließend verplombt wurde. Sergio quittierte die Frachtpapierdurchschläge und schwang sich auf den Fahrersitz. Sovrano saß gelangweilt neben ihm und kurbelte am Sendersuchlauf, gab aber auf, denn ein italienischer Sender war nicht zu finden. Sergio grinste und drückte eine vorbelegte Taste. Der wohlvertraute Klang einer italienischen Nachrichtensprecherin hallte durch die Fahrerkabine des Lasters.

Die Fahrt über München und Salzburg verlief ohne Störungen. Gegen Nachmittag rollte der Sattelzug dann im Logistikzentrum in Großebersdorf bei Wien auf den Hof. Sergio verabschiedete sich von Sovrano und steuerte seinen Lastwagen zum Frachtzentrum. Kurz vor Wien hatte Sovrano seine Prepaid-Karte ins Smartphone gesteckt und eine Nummer gewählt. Ein kurzes Zirpen und am anderen Ende war ein heißeres Pronto zu hören. Angelo gab kurz Bescheid, dass er gegen 16 Uhr in Wien im Logistikzentrum eintreffen. „Wir werden da sein", kam es kurz und knapp als Antwort.

Sie waren tatsächlich pünktlich, ein kurzes Aufleuchten der Lichthupe signalisierte die Position des Wagens, der ihn abholen würde. Sovrano stieg ein und sofort setzte sich der nagelneue Alfa Romeo in Bewegung. Die Fahrt ging zügig über die Brünner Straße zum Wiener Außenring und dann Richtung Florisdorf nach Wien hinein. Der Fahrer ließ die Leopoldstadt linker Hand liegen und fuhr Richtung 1. Bezirk Innenstadt auf dem Schottenring ins Zentrum. Vor dem Café Stangl in der Herrengasse fuhr er rechts ran und gab Sovrano mit einer kurzen Handbewegung zu verstehen, dass er im Café erwartet werde.

Angelo Sovrano stieg aus und der Alfa setzte seine Fahrt durch die Herrengasse fort.

Sovrano musterte aus sicherer Entfernung unter einem Torbogen stehend den Eingangsbereich des Café Stangl. Der kühle Abendwind hatte die Gäste bereits ins Innere des Cafés vertrieben und die komplette Außenbestuhlung auf dem kleinen Platz vor dem Café war leer. Er kannte diesen mondänen Ort, der im Innern mit hohen Säulen und großen Gewölbebögen ausgestattet war, von denen riesige Kronleuchter herabhingen. Der Clou des Stangl aber war die Empore im hinteren Teil der „Kathedrale" – wie die Wiener das Café scherzhaft nannten. Von dieser Empore konnte man das gesamte Lokal im Auge behalten, das einen Hinterausgang zur Strauchgasse hatte. Hier durften nur Stammgäste hinauf und Francesco Salva, der Statthalter der Familie in Wien, gehörte mit seinem Anhang zu diesem erlauchten Kreis.

Wer das Oberhaupt der La Quarta in Wien sprechen wollte, musste dies immer an Orten tun, die von seinen Santisti, den Leibwächtern des obersten Rates der Organisation, hermetisch abgesichert werden konnte. Diese Typen hatten seit den Störmanövern der osteuropäischen Mafiaclans in Wien ein besonderes Verhältnis zu diesem Menschenschlag aus dem Osten. Also besser das Smartphone einschalten und kurz durchklingeln, dachte Angelo.

„Pronto", krächzte die bereits bekannte Stimme in das Telefon. Angelo erwiderte kurz und knapp: „Sono alla porta – ich stehe vor der Tür."

„Komm zum Nebeneingang", gab ihm die Stimme zu verstehen.

Angelo schaltete das Smartphone aus und ging Richtung Strauchgasse zum Nebeneingang des Café Stangl. Während er sich dem Eingang näherte, entfernte er die abgelaufene Prepaidkarte aus dem Mobilfunkgerät, zerkratzte mit dem Fingernagel die goldschimmernden Kontakte, die sich ablösten und mitsamt dem kleinen Plastikkärtchen im Gulli verschwanden.

6

Der Verkehr auf der Nord-Süd-Fahrt wälzte sich im gemächlichen Tempo in beiden Richtungen über die Tunis Straße. Köln tauschte seine Besucher aus. Während die letzten Angestellten auf den Ausfallstraßen stadtauswärts strömten, um in ihren Schlafburgen in der Peripherie der Rheinmetropole zu verschwinden, rollte die Ablösung und Freizeitwelle in Richtung Innenstadt, um Restaurants, Theater, Kinos und andere Vergnügungsstätten aufzusuchen. Franco Rusina schloss den Eingang des ehemaligen Hotels in der Tunis Straße und verteilte die Post der Bewohner in die Zimmerfächer hinter der ausgedienten Rezeption. Die Glastür mit der Aufschrift Manager stand halb offen und gab den Blick auf sein Büro frei. In der Eingangshalle rechts neben der Rezeption befand sich der ehemalige Frühstücksraum, der als Gemeinschaftsraum der Bewohner umfunktioniert, mit Tischfußball, speckigen Ledergarnituren und einer TV-Anlage ausgestattet war. Im Hause selbst war es still. Im Treppenaufgang zu den oberen Stockwerken flackerte eine Neonröhre und der Hinterausgang zum Eigelstein lag im Dunkeln. Die Bewohner waren außer Haus und in der Stadt verteilt in den Betrieben der Bella Vita GmbH beschäftigt.

Arbeit bei der Bella Vita bedeutete einen schlechtbezahlten Job in der Gastronomie, in Spielhallen und Wettbüros oder als Fahrer bei Kurierdiensten und Knochenjobs in Logistikbetrieben. Beliebt, da absolut anspruchslos, waren auch die Jobs in den

Handyshops oder den zahllosen und überlebenswichtigen Büdchen in den Wohnquartieren, bei denen es so ziemlich alles zu kaufen gab, was der schusselige Kölner beim Einkaufen im Supermarkt vergessen hatte. Rund 12 Betriebe im Stadtgebiet Köln waren mit dieser Bella Vita GmbH geschäftlich verflochten, die im italienischen Monopoli in der Region Bari gelegen, mit der Bella Vita SNC (Società in nome collettivo) das Firmengeflecht europaweit steuerte. Die Bella Vita Unternehmen - sinnigerweise als „schönes Wohnen" übersetzt - unterhielten allein in Europe rund 50 solcher ehemaligen Hotels und Pensionen, die wie eine Perlenschnur von Apulien aus über Bologna, Verona, Graz, Wien, München, Köln und Dortmund bis ins Ruhrgebiet reichte. Geschäftsführer der Bella Vita SNC war Giuseppe Garetti, der an die Gesellschafter und Familienoberhäupter Angelo Salva und Riccardo Zizzo berichtete und über die Manager der Bella Vita Appartementhäuser die Geschäfte der Betriebe mit den jeweiligen Capos der La Quarta abstimmte. Franco Rusina war einer dieser unscheinbaren Aufseher, der als „Wohnheim-Manager" und mit allen Wassern gewaschen die Bewohner der Appartements kontrollierte. Rusina war nicht nur der Hausmeister und Herr über die 32 Bewohner des Hauses, sondern steuerte auch das Leben einiger virtuellen Doppelgänger dieser Bewohner, deren gestohlene Identität für kriminelle Aktivitäten genutzt wurde.

Das direkt hinter der Rezeption angrenzende und meist verschlossene Büro Rusinas war die Schaltzentrale dieser Aktivitäten. Über alle Bewohner des Hauses existierte dort eine Akte im Tresor und einige besaßen virtuelle Doppelgänger. Sehr gut gefälschte Kopien ihrer Personalausweise, der Schriftverkehr mit Banken, Kontoauszüge, Kontokarten, TAN-Listen, Identverfahren für Kontoeröffnungen, Risiko-Lebensversicherungsverträge unterschiedlicher

Versicherungsgesellschaften samt einer gefälschten Gesundheitsprüfung und ärztlichen Attesten. Das komplette Arsenal eines virtuellen Doppelgängers, dessen reales Pendant nichtsahnend in den Diensten der Bella Vita sein unterbezahltes Leben fristet. Franco Rusinas Aufgabe bestand vordergründig darin, darauf zu achten, dass er die schriftlichen Vorgänge und Dokumente dieser Geisterarmee in seinem Büro sortierte und die eingehende Post sauber zuordnete. Die Unterlagen der virtuellen Doppelgänger blieben in seiner Obhut, während die Posteingänge der realen Bewohner jeweils am späten Nachmittag in die Zimmerfächer einsortiert wurden.

Neben dieser Geisterarmee gab es aber auch noch hunderte von Angestellten in den Betrieben, die nicht in diesem Bella Vita Appartements untergebracht waren. Ihr persönliches Profil eignete sich nicht für eine virtuelle Zweitexistenz. Zu viele soziale Kontakte, familiäre Strukturen, ohne große Abhängigkeiten und Schulden – meist Studenten und Rentner. Für die Bewohner der Tunis Straße hatten die Postzusteller deshalb die klare Anweisung, alle Posteingänge wegen fehlender Briefkästen immer im Büro an der Rezeption abzugeben. Verstärkt wurde diese Anweisung auch durch den Umstand, dass außer den Namensschildern und den Klingeln am Eingang keine Möglichkeit gegeben war, die Post loszuwerden. Ein einfaches, aber sehr zuverlässiges System der Sortierung und Zuordnung, dass keine Pause erlaubte – außer an Sonn- und Feiertagen, an denen keine Postzustellungen stattfanden. Sollte Franco Rusina doch einmal dringende Termine wahrnehmen müssen, übernahm Jorge Biselsky seinen Job. Der Ukrainer wohnte oben unterm Dach in den ehemaligen Bedienstetenwohnungen und teilte sich mit Franco Rusina das Büro im Erdgeschoss.

Jorge Biselsky war einer der Spezialisten, die den Identitätsdiebstahl durch Fälschungen und gut gemachte Kopien erst ermöglichten. Ob nun falsche Zulassungspapiere für die Autoverwertung Schmitz in Bickendorf, manipulierte Frachtpapiere für die Kurierfahrer oder fingierte Abrechnungen der Spielhallen, alles ging über den Schreibtisch von Biselsky, der dieses Geschäftsmodell mit gestohlener Identität und vor allem die Manipulationen im Rechnungswesen der Betriebe in all seinen Varianten in Köln für die La Quarta betrieb. Biselsky war wie seine ukrainischen Fälscherkollegen Absolvent der National Polytechnischen Universität in Odessa und spezialisiert auf Identitätsdiebstahl und Online-Manipulationen. Gemeinsam mit Franco Rusina hatte Jorge Biselsky dieses System der Präsenzadresse mit ladungsfähiger Anschrift für die im Haus wohnenden Geringverdiener entwickelt. Menschen mit Hartz-IV-Bezug, soziale Unterschicht oder Asylbewerber, die weder Freunde noch Angehörige hatten und die keiner vermisste. Rusina und Biselsky stellten auch die Buchhaltungen und Belegverwaltungen der Kölner Betriebe zusammen, bevor diese Unterlagen frisiert zu den Steuerberatern gingen.

Franco Rusina eilte ins Büro. Das Telefon klingelte. „Pronto", rief er in den Hörer und schloss mit der anderen Hand die Tür hinter sich.

„Ich habe Interesse an dem in der Wochenpost inserierten Appartement", war die Stimme am anderen Ende zu hören, „ist das Zimmer noch frei?"

Rusina im freundlichen aber verbindlichen Tonfall: „leider nein, wir haben das Zimmer bereits vermietet, guten Abend", und legte den Hörer auf.

Diese Nachricht war das vereinbarte Stichwort für Franco Rusina. Er öffnete den Stahlschrank und griff sich den von Biselsky vorbereiteten Schnellhefter, stopfte noch die Kontoauszüge und eine gerahmte Fotografie in die Tragetasche und ging damit in die oberen Stockwerke. Michael Koiners Appartement lag links hinten am Ende des Flurs im 2. Stock. Der Österreicher würde mit Sicherheit nicht mehr nach Hause kommen. Franco öffnete mit dem Zentralschlüssel das Appartement II-8, betrat den Raum, schaltete das Licht ein und drückte die Türe ins Schloss. Der Verkehrslärm wummerte von der Nord-Süd-Fahrt gegen die Fenster, dessen Rollos heruntergelassen waren. Wie zu erwarten war das Zimmer nicht aufgeräumt und der Geruch von billigem Deo lag noch in der Luft.

Michael Koiners Schreibtisch war direkt am Fußende seines Bettes postiert und durch ein freistehendes Regal vom Bett getrennt. Ein paar Bücher, Ringordner mit persönlichen Unterlagen und jede Menge Papierkram war in den Regalfächern verstreut. Franco hob deshalb einen der Stapel an und schob seine mitgebrachten Kontoauszüge unsortiert darunter. Die Schnellhefter mit den Versicherungsunterlagen und dem Schriftverkehr stellte er direkt zwischen die beiden bunten Ordner, in denen die realen Vorkommnisse aus Mikos Leben abgeheftet waren. Zeugnisse, Verträge, alte Lohnunterlagen und der spärliche Schriftverkehr seines verkorksten Lebens. Das mitgebrachte gerahmte Foto, auf dem Michael Koiner und Charlotte Kalo freundlich in die Kamera lächelten, stellte Franco für jeden gut sichtbar auf dem Fensterbrett ab. Die Aufnahme hatte Jorge Biselsky in einem unbeobachteten Moment während der letzten Hausparty unten im Aufenthaltsraum geschossen und den Bildausschnitt mit Photoshop atmosphärisch überarbeitet. Zusammen mit ein paar von Jorge angefertigten Notizen, die

Franco auf dem Schreibtisch verstreute und die allesamt mit Charlotte unterschrieben waren, vereinte der Hausmeister das Leben des realen Miko mit dem des virtuellen Michael Koiner. Wer sollte jetzt noch bezweifeln, dass sich die beiden kannten, dachte Franco, zog seine Handschuhe aus und verschwand mit der Tragetasche aus dem Appartement II-8, dass er mit zwei Schlüsselumdrehungen abschloss.

Weniger beschaulich ging es an diesem Abend in der Polizeiwache Ehrenfeld zu, als die Polizisten der Polizeiinspektion 3 Köln West vom Unfallort zurückkehrten. Nachdem der am Unfallort mit der Untersuchung des Toten beauftragte Rechtsmediziner zwar den Tod, aber keine natürliche Todesursache bei Michael Koiner attestiert hatte, wurde der Unfall von den Polizeibeamten zunächst als Tötungsdelikt eingeordnet, aber nach ersten Zeugenvernehmungen als Unfallflucht mit Todesfolge eingestuft. Sicherheitshalber schalteten die vor Ort mit den ersten Ermittlungen betrauten Polizisten die Staatsanwaltschaft und den Kriminaldauerdienst ein. Der Leichnam wurde sofort beschlagnahmt und zur weiteren ärztlichen Untersuchung vorsorglich in die Gerichtsmedizin am Melaten Friedhof überstellt. Da das Todesermittlungsverfahren durch den anwesenden Staatsanwalt im Eilverfahren und in Übereinstimmung mit dem Kriminaldauerdienst nicht als Tötungsdelikt, sondern als Unfallflucht mit Todesfolge eingestuft wurde, konzentrierten sich die Kriminalbeamten auf die Ermittlung des Unfallfahrzeuges und brachten die Fahndung nach dem flüchtigen Fahrer beziehungsweise der Fahrerin auf den Weg. Den Polizisten der Wache Ehrenfeld blieb der unvermeidliche Papierkrieg mit der Staatsanwaltschaft, in dem in umfangreichen und detaillierten Berichten eine Einschätzung des Tathergangs „Tod durch Fremdverschulden" begründet werden muss. Genaue Auffindesituation des Toten, die Spuren am Auffindeort, die Leichenerscheinung, die Bekleidung der Leiche, der Unfallhergang und vor allem die Mappe mit allen gefertigten Bildern vom Unfallort und der Leiche, da diese Fotos die größte Aussagekraft besaßen. Hinzu kamen die Standbilder der Überwachungskamera, die zur Erleichterung des Staatsanwaltes weitere Vermutungen über die Todesursache ausschlossen, da der Unfallhergang eindeutig als Video aufgezeichnet war. Auch wenn keine brauchbaren Erkenntnisse über die Zulassung, den Fahrer und das Fahrzeug auf dem Überwachungsvideo zu sehen waren, lieferte das Video doch den Unfallhergang. Das Unfallopfer wurde auf dem Zebrastreifen von einem Pickup erfasst, unter dem Fahrzeug begraben, von beiden Achsen überrollt und am Fahrzeugende seitlich auf den Gehweg ausgespuckt. Die anschließende Unfallflucht mit Todesfolge ist also in der weiteren Verantwortung der Kriminalpolizei.

Den Polizisten der Wache Ehrenfeld blieb damit noch die unschöne Aufgabe, die Angehörigen des Toten zu ermitteln und zu verständigen. Der Ausweis des Toten, ein Pass mit eingeklebtem Aufenthaltstitel, fand sich in seiner Jacke. Danach war der Tote Österreicher, der seinen Wohnsitz in Köln hatte. Außer dem defekten und zertrümmerten Smartphone, fanden die Polizisten noch ein paar schwarze Visitenkarten, eine Kontokarte, die Karte der Krankenversicherung, dazu eine Monatskarte für den Nahverkehr Köln-Bonn und ein Schlüsselbund mit drei Schlüsseln. Dem Ausweis zufolge hieß der Tote Michael Koiner, der derzeit in der Tunis Straße lebte. Falls mit Hilfe der Recherchen über die konsularische Vertretung Österreichs in Düsseldorf keine Angehörigen ermitteln werden konnten, sollte eine polizeiliche Nachlasssicherung in der Wohnung des Toten in die Wege geleitet werden. Eventuell ließen sich dort Dokumente oder Hinweise auf Angehörige finden. Dies wurde vorsorglich für den nächsten Morgen als Auftrag, samt Ausweis und Schlüsselbund, an die Polizeiwache in der Kölner Stolkgasse übermittelt. Dieses Revier, an der Nord-Süd-Fahrt gelegen, lag der Wohnung des Toten am nächsten.

Die beiden in Zivil gekleideten Beamten der Polizeiinspektion 1 Köln Mitte, die von der Stolkgasse aus am nächsten Morgen zu der angegebenen Adresse in der Tunis Straße fuhren, kannten das ehemalige Hotel und parkten ihren Zivilwagen direkt um die Ecke im Thürmchenswall. Die Eingangstür war nur angelehnt und auf dem Klingelschildern fand sich der Name M. Koiner. Die beiden betraten das Foyer und blieben an der Rezeption stehen. Im Foyer werkelte ein älterer Herr an der Deckenbeleuchtung.

„Guten Morgen, wohnt hier ein Herr Koiner?", kam die knappe Frage aus dem Mund des größeren der beiden Polizisten. Franco Rusina schraubte ohne sich umzudrehen weiter an der Glühbirne und fragte zurück: „Wer will das wissen?" Die Antwort kam prompt und bestimmt: „Die Polizei." Franco stieg langsam von der Leiter herunter und jammerte: „Was hat der Kerl denn diesmal ausgefressen?"

„Nichts", die ebenso kurze wie bestimmte Antwort. „Wir möchten den Vermieter sprechen und die Wohnung des Herrn Koiner in Augenschein nehmen. Herr Koiner wurde gestern in den frühen Abendstunden bei einem Verkehrsunfall tödlich verletzt. Wir haben hier seinen Ausweis und offenbar seine Wohnungsschlüssel", entgegnete der wortführende Größere und beide Polizisten hielten Franco Rusina ihre Dienstausweise entgegen.

„Ich bin der Manager dieses Hauses und vertrete sozusagen den Besitzer und Vermieter. Sie können alle Angelegenheiten direkt mit mir regeln. Falls dazu Genehmigungen nötig sein sollten, können wir den Anwalt der Firma hinzuziehen. In meinem Büro habe ich eine Vollmacht", gab Franco den beiden Beamten zu verstehen und kam weiteren Fragen über Zuständigkeiten zuvor. Er besitze ausreichende Befugnisse, um einer Wohnungsöffnung zuzustimmen.

„Wir müssen dazu in den zweiten Stock, Appartement II-8. Die Schlüssel haben sie ja und ich bringe sie hin", fuhr Franco fort und deutete mit einer Handbewegung auf den Treppenaufgang in die oberen Stockwerke. Der Trupp setzte sich in Bewegung. Vor der Tür zu Appartement II-8 machte Rusina einen Schritt zur Seite und bedeutete den Beamten, die Türe mit dem Schlüssel des Toten zu öffnen. Am Schlüsselbund waren drei Schlüssel befestigt. Ein Sicherheitsschlüssel für die Haustüre, ein gewöhnlicher Zimmerschlüssel zum Appartement und ein kleinerer Schlüssel, wie er für Briefkästen und Spinde genutzt wird. Die Aufschrift Eurolocks und die Schlüsselnummer 92206 konnte Rusina nicht zuordnen.

„Der Sicherheitsschlüssel ist für die Haustüre unten", merkte Rusina noch an, „nehmen sie den normalen Zimmerschlüssel für die Appartementtür." Die Beamten öffneten das Zimmer und baten Rusina draußen zu warten. „Sie finden mich unten im Büro", gab Franco zu verstehen und ging zum Fahrstuhl.

Die Durchsuchung des Zimmers nach brauchbaren Unterlagen nahm einige Zeit in Anspruch, brachte aber zügig brauchbare Ergebnisse, denn im Regal und auf dem Schreibtisch wurden die beiden Beamten schnell fündig. Geburtsurkunde, Zeugnisse und Meldebescheinigungen der Stadt Köln verschwanden in der mitgebrachten Asservatenbox der Polizei. Während der bislang wortführende Beamte die Unterlagen des Toten weiter sichtete, notierte der Kleinere auf einer Liste fein säuberlich die Fundstücke, die in die Box wanderten. Bankunterlagen und der Schriftverkehr mit der Versicherung kamen auch in die Box. Nach mehrmaligen Checks der Liste und des Inhalts der Box hatten die beiden die wesentlichen Informationen sichergestellt. Geburtsurkunde mit Namen der Eltern, Geburtsort und Heimatadresse, Konditor-Lehrvertrag mit einer Wiener Bäckerei, Arbeitsverträge der Ford-Werke, Mietverträge zu seinen Aufenthaltsorten in Köln, das Ford-Wohnheim, die Wohnung in der Schillingstraße und der Miet- und Arbeitsvertrag mit der Bella Vita GmbH in der Tunis Straße. Sehr vielversprechend auch das Scheidungsurteil und die Versicherungspolice, in denen jedoch neben dem Namen des Toten zwei unterschiedliche Frauen aufgeführt waren. Die der geschiedenen Beate Koiner, geb. Zasker im Scheidungsurteil und einer Charlotte Kalo, die als Bezugsberechtigte in der Versicherungspolice eingetragen war und offenbar hier im Hause wohnte, da die Adresse identisch mit der des Versicherungsnehmers war.

„Nimm auch das Bild von der Fensterbank mit", forderte der Kleinere der Beiden und notierte das gerahmte Foto in seiner Liste. „Die Kollegen werden sicherlich rausfinden, wer da auf dem Foto abgebildet ist."

Die beiden Beamten schlossen die Asservatenbox, verließen das Zimmer und versiegelten die Appartementtür. Unten im Foyer angekommen, übergaben sie Franco Rusina einen Durchschlag der Liste jener Unterlagen, die sie dem zuständigen Ermittlungsbeamten übergeben werden, und erkundigten sich nach der in einem Dokument genannten Charlotte Kalo, die hier im Haus wohne.

„Richtig", bestätigte Franco Rusina, „die wohnen beide hier und waren offenbar ein Paar. Mehr kann ich ihnen dazu nicht sagen", winkte Rusina gleich ab, denn er kümmere sich nicht um das Privatleben seiner Mieter. Er könne aber mal nachsehen, ob Frau Kalo im Hause sei und sie bitten herunterzukommen.

„Das wäre sehr freundlich von ihnen", sagte der Größere und beide Polizisten nickten zustimmend, während sie in den Aufenthaltsraum gingen. Kurze Zeit später kam Rusina mit der ängstlich dreinblickenden Charlotte Kalo in den Gemeinschaftraum. Kaum war sie der höflichen Aufforderung Platz zu nehmen nachgekommen, überbrachten ihr die Polizisten die Nachricht vom Tod ihres Freundes.

„Und ich habe mich schon gewundert, weshalb er gestern nicht zum Billardturnier im Snooker erschienen ist", mimte Charlotte die Ahnungslose und auf die Frage der Beamten, ob sie am Abend zuvor nichts von dem schrecklichen Unfall vor dem Snooker mitbekommen habe, kam die trotzige Antwort: „Wie denn, ich arbeite im hinteren Teil des Restaurants an der Bar und hatte alle Hände voll zu tun. Der Laden war proppenvoll." Nachdem draußen ein Unfall für Aufruhr unter den Gästen sorgte, hätte sie vor allem auf mögliche Zechpreller geachtet, die sich im allgemeinen Durcheinander verdrücken wollten.

„Als ich nach Mitternacht das Snooker abschloss, war auf der Venloer Straße bereits alles weggeräumt. Ich wollte eigentlich nur noch schnell ins Bett", beendete Charlotte ihre Aussage.

„Gut, das wäre für den Anfang erst einmal alles", beschwichtigte der Kleinere und übergab Charlotte Kalo eine Visitenkarte. „Falls Sie psychologische Betreuung oder jemanden zum Reden brauchen, dann rufen Sie diese Telefonnummer an.

Bitte halten Sie sich zu unserer Verfügung, denn die mit dem Fall betrauten Kriminalbeamten werden Sie sicherlich noch zu einer weiteren Befragung einladen. Wir haben im Moment keine Fragen mehr."

Sie bedankten sich bei Rusina für seine Kooperation und gaben ihm zu verstehen, dass die Polizei nach Ermittlung der Angehörigen eine Übergabe der persönlichen Habe veranlassen werde und das Appartement dann an den Vermieter zurückgebe. Bis dahin dürfe das Zimmer niemand betreten oder das Siegel entfernen. „Ich werde das so an den Besitzer berichten und stehe Ihnen selbstverständlich für weitere Fragen zur Verfügung", verabschiedete Rusina die Polizisten am Ausgang.

Der Kleinere öffnete im Fahrzeug erst einmal die Asservatenbox, entnahm die Liste und notierte hinter dem Fundstück „Fotografie von der Fensterbank" den Namen Charlotte Kalo, Freundin des Toten.

Charlotte saß noch immer wie ein Häufchen Elend im Gemeinschaftsraum und kratzte mit dem Fingernagel an der verschlissenen Armlehne des Ledersessels. „War das in Ordnung so?", fragte sie ängstlich und eingeschüchtert Franco Rusina, der sie mit eiskaltem Blick musterte.

„Nimm dir heute mal eine Auszeit, denn am Nachmittag wird dir unser Anwalt die weitere Vorgehensweise erklären", gab Rusina als Antwort und drehte sich an der Türe nochmal um. „Wenn der ganze Spuk hier beendet und das Projekt abgewickelt ist", fuhr Rusina fort, „wartet bereits eine neue lukrative Aufgabe auf dich."

Charlotte nickte, riss sich aber zusammen, um nicht schreiend aus dem Zimmer zu rennen. Langsam ging sie an der

Rezeption vorbei nach oben in ihr Appartement, schloss hinter sich die Türe zu und warf sich auf ihr Bett. Angsterfüllt und fassungslos starrte sie an die Zimmerdecke. Ihre Schläfen pochten angesichts der Bedrohung die in ihr hochkroch. „Wie komme ich aus diesem Schlamassel bloß wieder raus? Ich brauche dringend eine brauchbare Strategie", flüsterte sie sich selbst beruhigend zu, sprang auf und rannte in die Toilette, drehte den Wasserhahn auf und schüttete mit beiden Händen das kalte Wasser über die brennende Gesichtshaut.

7

Die Empore im Café Stangl war bis auf den letzten Platz mit der Entourage des Wiener Clanchefs der La Quarta besetzt. Der typische Singsang der italienischen Sprache, mit all den Emotionen und launischen Ausschmückungen, brandete Angelo Sovrano am Eingang zur Empore entgegen. Seine beiden Begleiter, die ihn unten am Nebeneingang in Empfang genommen und gefilzt hatten, blieben dicht hinter ihm im Zugang zur Empore stehen. Angelo mied solche Ansammlungen und dieses lautstarke Palaver seiner Landsleute, die wild fuchtelnd ihre Gespräche mit Gebärden unterstrichen, deren seltsame Choreografie einen Taubstummen in den Wahnsinn getrieben hätten. Ganz anders der Tisch links von ihm. Im ruhigen Tonfall und ohne übertriebene Gesten unterhielten sich die Männer offensichtlich über den Neuankömmling. Angelo spürte ihre verstohlenen Blicke. Er war das Gesprächsthema der Albaner. Dieses Interesse passte ihm gar nicht, aber im selben Augenblick winkte ihm Francesco Salva vom anderen Ende der Empore zu und gab mit einer Handbewegung zu verstehen, dass Angelo Sovrano ihm folgen solle. Angelo setzte sich mit seinen Begleitern in Bewegung. Der Trupp stoppte vor einer Tür, die Begleiter nahmen Platz und Angelo verschwand im Nebenraum. Das Zimmer besaß eine durchgehende Glasfront hinter der sich eine Außenterrasse anschloss. Dort hatte Francesco Salva bereits Platz genommen.

„Ciao amico mio", begrüßte Francesco Salva seinen engen Vertrauten, bedankte sich für sein Kommen und lobte ihn für den erfolgreich ausgeführten Auftrag in Köln. „Was wir zu besprechen haben, ist nichts für fremde Ohren", fuhr Salva in seiner Begrüßung fort, „hier sieht und hört uns niemand, mein Freund."

„Ich grüße dich Francesco, aber dein Begrüßungskommando hätte mich auch gleich auf diese Terrasse bringen können," erwiderte Angelo. „Du weißt, dass ich nicht begeistert bin, wenn mich allzu viele Menschen sehen und ich solche Ansammlungen durchqueren muss. Macht ihr eigentlich im Moment einen Betriebsausflug, oder was hat dieser Rummel hier zu bedeuten?"

„Meine Leute sind gerade ziemlich nervös wegen den unschönen Aktionen der Tschuschen*", gab Salva zur Antwort.

*Tschuschen – abwertende Bezeichnung der Wiener für den osteuropäischen und asiatischen Menschenschlag.

„Wir sind hier in Wien ziemlich nah an Tschechien, der Slowakei, Ungarn und Rumänien dran und das Ganze wird auch noch durch die Aktivitäten der Russen verschärft. Die haben in den letzten Monaten vor allem unseren albanischen und ukrainischen Freunden eine Menge Ärger bereitet", so die Begründung für das nervöse Verhalten seiner Truppe. „Meine Leute sind völlig durch den Wind, solange dieser Russenfreund noch freirumläuft. Aus diesem Grunde brauche ich dich hier. Der muss weg, bevor die ihn im Untersuchungsausschuss in die Mangel nehmen", ereiferte sich Salva.

Francesco Salva kam zum Kern der Sache und nannte auch gleich den Namen des Ärgernisses, das bis Ende der Woche aus der Welt geschafft werden müsse. Die Anhörung des

Ministerialrats Dr. Alfred Lembacher aus dem Bundesministerium für Inneres sei für Montag in anderthalb Wochen geplant. Francesco Salva habe kein Interesse daran, dass dieser Schmierlappen noch mehr Schaden anrichtet und die La Quarta ins Licht der Öffentlichkeit zerrt. Die ukrainischen und albanischen Familien hätten in den vergangenen Monaten ein paar herbe Rückschläge einstecken müssen. Über Nacht und vollkommen überraschend sei die vor Jahren gegründete „Spezialeinheit Österreichs zur Bekämpfung der Organisierten Kriminalität", kurz SÖBOK, ziemlich erfolgreich gegen die Albaner und Ukrainer vorgegangen und habe eine Menge Staub aufgewirbelt. Egal welche Aktivitäten, ob Drogen, Waffen, manipulierte Spielautomaten oder Kreditkartenbetrug, die SÖBOK habe im Vorfeld der Aktivitäten bereits Bescheid gewusst. „Informatori del cazzo", fluchte Francesco laut vor sich hin. „Diese verfluchten Informanten."

Es habe lange gedauert, bis die Ursache dieser plötzlichen Polizeierfolge gefunden war. Die SÖBOK habe einen V-Mann aus den Reihen der Russen zu tief in unsere Geschäfte blicken lassen. Dieser Januskopf der Russen wurde von zwei Kriminalbeamten der österreichischen Spezialeinheit geführt, die korrupt und bestechlich waren und kräftig mitverdienten an den Störmanövern. Der Russe habe seine Beziehungen zur SÖBOK und dem Innenministerium aber ausschließlich genutzt, um mit Hilfe der bestochenen Beamten die Geschäfte und Aktivitäten der Familie Salva zu torpedieren.

Die Tschuschen-Clans haben dazu einen hohen Beamten im Innenministerium angefüttert, mutmaßte Salva, der für die SÖBOK verantwortlich gewesen war und dieser Dr. Lembacher hätte den V-Mann der Russen samt den Bundeskriminalbeamten der Spezialeinheit in Wien kräftig aufräumen lassen. Die eigenen Leute, Russen, Polen und Rumänen ließ er dabei in Ruhe. Der

Presse und der Öffentlichkeit war es egal, wer da aufgehängt wurde, solange die Erfolge im Kampf gegen die organisierte Kriminalität vermeldet werden konnten, meinte Salva.

„Wir haben Jahre gebraucht, um unsere Geschäfte still und leise und ohne großes Trara aufzubauen", brauste Salva auf. „Während die Russen und Tschuschen hier rumballern und äußerst brutal ihren Geschäften nachgehen, verfolgen wir eine ruhigere Gangart. Wir wollen nicht auffallen und unsere Geschäfte in Zukunft in aller Stille abwickeln."

Nur durch Zufall habe er von den Ukrainern erfahren, dass der wegen mehrfachen Mordes gesuchte Russe einen österreichischen Pass für seine V-Mann-Tätigkeit bekommen habe und damit unbehelligt in ganz Europa ohne Visum seinen Geschäften nachgehen konnte. Die Ukrainer hätten ihrerseits einen Hacker beauftragt, um der Polizei in Deutschland entsprechende Informationen im Fahndungscomputer zu hinterlassen, die auf die wahre Identität des österreichischen Geschäftsmannes hinwiesen. Der Mistkerl sei daraufhin von der Polizei in Hannover festgesetzt und mittlerweile wegen mehrfachen Mordes verknackt worden. Seither haben die Österreicher einen handfesten Skandal und jede Menge Erklärungsbedarf wegen des V-Mannes und seines österreichischen Passes, feixte Salva und schlug sich lachend auf den Oberschenkel. Zum Glück habe die deutsche Polizei den Österreichern ein paar entscheidende Hinweise zu diesen korrupten Kriminalbeamten der SÖBOK und dem Strippenzieher im Bundesinnenministerium geben können.

„Im Moment sieht die Sache für uns ganz gut aus", fuhr Salva fort, „denn die beiden Bundeskriminalbeamten wurden sofort in Untersuchungshaft genommen und warten jetzt in der Justizanstalt Josefstadt auf ihren Prozess."

„Um die beiden müssen wir uns nicht mehr kümmern, denn die haben ausgepackt und die Tschuschen an den ermittelnden Staatsanwalt verkauft. Ich habe strikte Anweisung gegeben, dass die beiden Kiberer in Ruhe gelassen werden. Das erledigen die Russen mit Sicherheit noch vor dem Gerichtsverfahren. Und außerdem wissen die beiden so gut wie nichts über uns, ohne ihren V-Mann. Das waren Marionetten der Russen und die werden die Geständnisse der beiden nicht auf sich beruhen lassen."

„Schön und gut", entgegnete Angelo, nachdem er schweigend die Hintergründe des Wiener Desasters verarbeitet hatte. „Der Russe sitzt lebenslänglich in deutschen Gefängnissen und wartet auf seine Henker. Die beiden Kiberer stehen auf der Liste der Tschuschen und schmoren in der Josefstadt", fasste Angelo zusammen und stellte die Frage: „Was weiß dieser Doktor Lembacher über deine Geschäfte? Seine Aussagen könnten doch mächtig Staub aufwirbeln?" „Eben nicht", meinte Salva, „denn du wirst diesen Mistkerl beiseiteschaffen, während unsere Leute in diesem Moment nicht einmal in der Nähe von Wien sein werden."

Francesco Salva und seine Freunde würden die derzeitige Überwachung der Polizei dazu nutzen, die Kiberer des Bundeskriminalamtes nach Graz, Salzburg oder in Richtung Innsbruck zu locken und sie mit langweiligen Familienfeiern beschäftigen. Die SÖBOK wäre nach dem Skandal aufgelöst und ins Bundeskriminalamt integriert worden. Die hätten also im Moment keine klaren Strukturen, meinte Salva lachend.

„Dein Job ist es, den Herrn Dottore Lemberger ohne sichtbare äußere Gewaltanwendung zum Teufel zu schicken. Der Mann ist über 60 und hatte vor kurzen einen leichten Herzinfarkt. Als Kardio-Patient gehört der Mistkerl demnach zur Risikogruppe. Dir wird da sicherlich was Passendes einfallen."

„Hier sind ein paar Instruktionen", schloss Salva seine Ausführungen und griff in die Innentasche seines Sakkos. „Das Geld für diesen Job habe ich bereits angewiesen und erhöhe es, falls du Auslagen hast."

„Molte grazie per questo", grinste Angelo, „die werde ich sicherlich haben. Einigen wir uns auf das Wochenende vor der Anhörung. Ich klingle kurz durch, wenn ich soweit bin, damit ihr rechtzeitig untertauchen könnt. Ich habe ja nur einen Versuch und der muss klappen." Angelo reichte Francesco kurz die Hand und verabschiedete sich. „Ich wünsche euch schöne Familienfeiern."

Angelo Sovrano nahm von der Terrasse den direkten Weg zum hinteren Treppenabgang der Empore. Unten angekommen ließ er den Hinterausgang zur Strauchgasse links liegen und bog schnurstracks an den Toiletten vorbei in die große Haupthalle des Café Stangl ein, setzte sich an die Fensterreihe zur Herrengasse und winkte einen Kellner an seinen Tisch. Der Kaffee kam wie in Wiener Caféhäusern üblich auf einem Tablett mit leicht geschäumter Krone, ein Glas Wasser und etwas Naschwerk. Angelo griff nach der Kronen-Zeitung und öffnete verdeckt den braunen Umschlag, den er von Francesco Salva bekommen hatte.

Die Informationen waren auf einer Karteikarte geschrieben und ein Zeitungsausschnitt zeigte den Ministerialrat Dr. Lembacher bei einem offiziellen Anlass im Bundesministerium. Der mit dem dunklen Bart, dem akkuraten Scheitel und dem roten Pfeil über seinem Kopf war also das Ärgernis, dachte Angelo und legte das Foto zurück in den Umschlag. Die Karteikarte enthielt die Adresse der Wohnung des Opfers in der Wiener Brigittenau am Allerheiligenplatz und war gespickt mit Hinweisen zu seinem Bewegungsprofil. Seinem Weg zur Arbeit ins Bundesministerium, das hier ganz in der Nähe an der Herrengasse lag, folgten die

Zeitangaben. Lembacher verschwindet kurz vor 9 Uhr mit seinem Wagen, einem Mercedes der S-Klasse, in der Tiefgarage des Ministeriums. Pünktlich um 17 Uhr machte er sich auf den Rückweg zu seiner Wohnung. Ergänzend dazu die Informationen, dass der Ministerialrat noch im Dienst sei und sich frei bewegen könne. Seine Ehefrau hat wohl nach dem aufgedeckten Skandal und den Anschuldigungen in der Presse die Flucht ergriffen und sei abgereist. Der Mann lebt derzeit allein und nutzt seine Bewegungsfreiheit insbesondere am Wochenende.

Jeden Samstagmorgen starte Dr. Lembacher in sein Wochenendhaus nach Hadersfeld. Die Fahrt gehe immer über den Wiener Norden nach Nussdorf und von dort auf der L2009 über Klosterneuburg hinauf nach Hadersfeld. Die kleine Villa befindet sich in der Marktgemeinde St. Andrä-Wördern im Ortsteil Hadersfeld an der Hauptstraße. Pünktlich um 20 Uhr bricht er dort jeden Sonntagabend auf, um in seine 16 Kilometer entfernte Wiener Stadtwohnung zurückzukehren. Mehr wäre über diesen korrupten Langweiler nicht zu berichten.

Sovrano steckte den Umschlag in seine Tasche, legte einen 10 Euro-Schein auf das Tablett und verließ das Café Stangl über den Hauptausgang just in jenem Moment, als eine Touristentruppe mit blauem Fähnchen voran in Richtung Michaeler Platz zur Wiener Hofburg unterwegs war. Nach rund 300 Meter scherte Angelo Sovrano an der Bushaltestelle gegenüber dem Looshaus aus der Wandertruppe aus und nahm die Linie 2A zum Schwarzenbergplatz. Da er der einzige zugestiegene Fahrgast war, ging er nach hinten in die letzten Sitzreihen und beobachtete den Verkehr. Auf der kurzen Fahrtstrecke hielt der Bus mehrmals an, aber Angelo konnte kein verdächtiges Fahrzeug ausmachen, das dem Bus folgen würde und im gebührenden Abstand ebenfalls Stopps einlegte. Am Schwarzenbergplatz stieg Sovrano aus und ging hinunter zum Hotel Liszt. Hier hatte er wie immer im 6. Stock das Zimmer 611 reservieren lassen das er notfalls über die Feuerleiter und das Dach des Hotels verlassen konnte.

Nach einem kurzen Imbiss im Hotelrestaurant zog sich Sovrano auf sein Zimmer zurück und studierte den Stadtplan von Wien. Angelo notierte sich seine Stationen, die er am nächsten Morgen erkunden und in Augenschein nehmen wollte. Das Wochenendhaus oben auf dem Hadersfeld war bislang der vielversprechendste Ort für sein Vorhaben. Die Umgebung der Stadtwohnung seines Opfers war in einem lebhaften Viertel der Brigittenau und schied bereits bei seinen ersten Überlegungen aus. Er hatte noch gut fünf Tage Zeit, um alles zu organisieren. Und der Sonntagabend war die letzte Möglichkeit, den Ministerialrat von der Anhörung fernzuhalten.

8

„Guten Tag, mein Name ist Georg Ortmayr, ich komme von der Vienna Elementar und ich würde mich freuen, wenn sie mir einige Fragen zu Ihrem Bekannten Herrn Koiner beantworten könnten. Doch zunächst mein aufrichtiges Beileid." Ortmayr streckte Naze Keck seine Hand entgegen und drängte durch die Wohnungstür in den Vorraum.

Vollkommen überrascht von Ortmayrs Auftritt, wich Naze erschrocken zurück und fragte leicht verunsichert, woher Ortmayr seine Adresse habe und wieso er annehme, dass er Fragen zu Michael Koiner beantworten könne. Er sei schließlich nur ein flüchtiger Bekannter von Herrn Koiner.

„Wären da nicht seine Familie in Wien oder die Ex-Ehefrau hier in Köln die geeigneteren Ansprechpartner", schlug Naze Keck mit fragendem Gesichtsausdruck vor, um den unangemeldeten Gast loszuwerden.

„Genau das hatte ich auch vor, aber sehen sie selbst", erwiderte Ortmayr, zückte seine Aktentasche und zog ein mehrseitiges Dokument hervor. Die Polizeiwache in Ehrenfeld hatte ihm diese Informationen in Kopie zum Ermittlungsstand ausgehändigt, nachdem er im Namen seiner Gesellschaft ein berechtigtes Interesse am Tathergang und den Umständen des Todes von Michael Koiner vorgebracht hatte. Schließlich ging es hier um die Summe von 250.000 Euro, die von der im Versicherungsvertrag eingetragenen Begünstigten über ihren

Anwalt geltend gemacht werden. Für die Polizei war der Fall nach nunmehr drei Wochen intensiver Ermittlung als Tötungsdelikt mit Fahrerflucht eingestuft worden.

„Meine Gesellschaft kennt die Familie des Toten, da der Vater bis zu seinem Tod als Leiter der Leistungsabteilung bei uns tätig war. Die Mutter lebt zurückgezogen in der Nähe von Wien und niemand in der Familie hat seit der Beerdigung des Vaters Kontakt zu Michael Koiner gehabt", entschuldigte sich Ortmayr, der mit diesen Informationen um Verständnis bat und kramte eine Kopie des Totenscheins aus seiner Aktentasche.

„Im Totenschein wird als Todesursache ein Unfall mit Fahrerflucht angegeben. Die Ermittlungsbehörden fahnden ausschließlich nach dem Unfallfahrzeug. Selbsttötung scheidet nach Ansicht der Polizei aus und der Fall wird lediglich als Fahrerflucht mit Todesfolge von der Staatsanwaltschaft weiterverfolgt. Ihr Name wird im Polizeiprotokoll als einer der vernommenen Zeugen aufgeführt. Und da Sie offenbar mit Herrn Koiner befreundet waren, hielten wir es für angebracht, zunächst mit Ihnen über Herrn Koiners Umfeld und diesen schrecklichen Unfall zu sprechen", rechtfertigte Ortmayr seinen Vorstoß.

Naze Keck beteuerte, dass er bereits bei der Vernehmung durch die Polizei vor gut drei Wochen mitgeteilt habe, weder zum Unfallhergang noch zum Unfallopfer gesicherte Angaben machen zu können.

„Herr Ortmayr, Sie können das alles dem Polizeiprotokoll entnehmen und soweit mir bekannt ist, hatte niemand den Unfall beobachtet oder konnte Angaben dazu machen. Meinen Informationen nach wurde Michael Koiner offensichtlich von einem ziemlich schweren Wagen erfasst, überrollt und einige Meter weit mitgeschleift", betonte Naze Keck und schloss mit der Bemerkung, Michael Koiner habe offenbar keine oder sehr wenige

Freunde gehabt, denn außer dem Seelsorger, er selbst und ein ihm unbekannter Mann wären am Tag der Beisetzung von Michael Koiner erschienen.

Im Grunde sei es nicht einmal ein richtiges Begräbnis gewesen, sondern ein Gedenkgottesdienst in Erinnerung an Menschen, für die es keine Trauerfeier für die Angehörigen gab. Hier wurde all jener Menschen gedacht, die in den vergangenen Wochen in Köln verstorben sind oder tot aufgefunden wurden. Also Menschen, zu denen keine Angehörigen ermittelt werden konnten, oder um die sich niemand kümmern wollte. Die Urnen dieser Menschen waren zum Zeitpunkt des Gedenkgottesdienstes bereits auf einem anonymen Gräberfeld beigesetzt worden.

„Ein Trauerspiel, wenn Sie mich fragen, zumal Michael Koiner ja durchaus eine Begünstigte benannt hatte, wenn ich Sie richtig verstanden habe," merkte Naze Keck noch an.

Ortmayr ging auf Nazes Argumentation aber nicht näher ein und konterte sofort, indem er aus dem Protokoll zitierte, dass Ignaz Keck zumindest über die enormen Schulden seines Bekannten informiert gewesen sei.

„Richtig, aber das war es dann auch schon und mehr ist darüber nicht zu sagen. Guten Tag!" Naze Keck drängte Ortmayr mit eindeutigen Handbewegungen zur Tür.

Ortmayr fixierte Naze Keck mit zugekniffenen Augen, nahm seine Brille ab und zog einen weiteren Aktendeckel aus seiner zerbeulten Ledertasche. „Eigentlich darf ich Ihnen das hier gar nicht zeigen, aber es erklärt das anfängliche Misstrauen unserer Gesellschaft", rechtfertigte sich Ortmayr und hielt Naze eine ziemlich grob gerasterte Fotografie hin, auf der ein Pickup in Fahrtrichtung Ehrenfeldgürtel abgebildet war. Leider habe die Polizei kein schärferes Standbild aus dem Überwachungsfilm der Kamera hinbekommen, jammerte Ortmayr, aber unschwer zu erkennen liegt hinter dem Fahrzeug rechts ein lebloser Körper auf der Fahrbahn. Der Pickup selbst sei in diesem Überwachungsvideo in Richtung Ehrenfeldgürtel gefahren und dann bei Rot vor der Ampel schräg rechts über den Fußgängerweg in den Ehrenfeldgürtel abgebogen. Der starke Regen an diesem Abend, die diffuse Straßenbeleuchtung und die aufgeblendeten Scheinwerfer eines entgegenkommenden Fahrzeuges machten es unmöglich, das total verdreckte Nummernschild zu entziffern, aber die Experten der Vienna Elementar hätten anhand der Karosserieform einen Dodge RAM Pickup identifiziert. Dumm nur, dass es von diesem Wagentyp allein im Regierungsbezirk Köln über 3.800 zugelassene Fahrzeuge gebe. Die Überprüfung dieser Fahrzeuge würde Wochen in Anspruch nehmen, fasste Ortmayr seine Erkenntnisse zusammen.

„Ja und", meinte Naze Keck lakonisch, „worauf wollen sie hinaus?"

„Der Zufall wollte es", triumphierte Ortmayr, „dass wir einen durchaus interessanten Halter unter den betreffenden Fahrzeugbesitzern ausfindig machen konnten. Der Lebensgefährte von Michael Koiners Ex-Ehefrau, ein gewisser Hardy Boltrop fahre einen baugleichen Dodge Pickup."

„Versteh ich nicht", gab Naze Keck zur Antwort, „konnte Ihre Versicherungsgesellschaft oder die Polizei Spuren an diesem Fahrzeug sichern?"

„Nein", entgegnete Ortmayr kleinlaut, „sowohl Frau Zasker als auch ihr Lebensgefährte waren zum Zeitpunkt des Unfalls nicht in Köln und ohne Anfangsverdacht erteilt die Ermittlungsbehörde keine Erlaubnis, das Fahrzeug von der Spurensicherung untersuchen zu lassen. Ob dieses Alibi der

Beiden standhält, wird sich noch zeigen. Unsere Leute sind da dran."

Die Vienna Elementar glaube nicht an Zufälle, fuhr Ortmayr fort und schon gar nicht, wenn die Begünstigte der Risiko-Lebensversicherung zwei Tage nach dem Unfall von der Polizei informiert wurde und ihr Anwalt direkt am darauffolgenden Tag von der Polizei einen Totenschein oder ein Schriftstück zum Stand der polizeilichen Ermittlungen einforderte. Gleichzeitig verlangte der Anwalt die Herausgabe des Ausweises des Herrn Koiner und erkundigte sich, wo er einen Leichenbeschauschein erhalte, um eine amtliche Sterbeurkunde ausfertigen lassen zu können. Eine Kopie des Versicherungsscheins und ein Schreiben seiner Mandantin, in dem die Ansprüche der Bezugsberechtigten fristgemäß der Vienna Elementar angezeigt werden, hatte der Anwalt schon dabeigehabt, jammerte Ortmayr. Zudem sei die Vienna Elementar bei der Nennung des Namens Koiner prinzipiell misstrauisch, da der Tod des Vaters ihrer Gesellschaft damals einen nicht geringen Imageschaden bescherte.

„Was meinen Sie mit Imageschaden und Tod des Vaters? Dazu habe ich keine Informationen und Miko hat über diesen Vorfall wie Sie es nennen nicht gesprochen. Ich weiß nur, dass Vater und Sohn ein sehr angespanntes Verhältnis hatten", entgegnete Naze Keck dem Versicherungsermittler. „Zudem ist es doch normal, dass die Polizei anhand des Ausweises des Toten und der Melderegister die frühere Ehefrau ermittelt hat", entgegnete Naze Keck.

„So gesehen haben Sie recht", meinte Ortmayr, „die Polizei hat nach der Klärung der Identität des Toten den Vorgang an die zuständige Polizeiwache Stolkgasse weitergeleitet. Von dort wurde die Durchsuchung und anschließende Versiegelung des Appartements von Michael Koiner in der Tunis Straße veranlasst. Der dort vorgefundene Originalvertrag der Risiko-

Lebensversicherung enthielt auch den Namen der Begünstigten und das war nicht der Name seiner früheren Ehefrau Beate."

„Das ist ja interessant", gab Naze Keck überrascht zur Antwort, „wer ist denn die Begünstigte?"

Ortmayr blätterte in seinen Unterlagen und blickte Naze Keck erneut mit zugekniffenen Augen an. „Das darf ich Ihnen eigentlich aus Datenschutzgründen nicht sagen, aber Sie kennen die Dame. Wir haben aber noch nicht ganz verstanden, welcher Art die Beziehungen des Toten und der Begünstigten waren. Einerseits die Ex-Ehefrau und ihr jetziger Lebenspartner Hardy Boltrop, der einen Dodge Pickup fährt, andererseits die Begünstigte Charlotte Kalo, die unter der gleichen Adresse wie Herr Koiner in der Tunis Straße wohnt, wenn auch in einem anderen Appartement", beendete Ortmayr seine Ausführungen.

„Das überrascht mich aber jetzt", rief Naze Keck, „ich weiß, dass sich die Beiden kannten. Nur in welcher Beziehung Michael Koiner und Charlotte Kalo standen, ist mir ehrlich gesagt vollkommen unklar." Auch höre er hier zum ersten Mal, dass Charlotte Kalo und Michael Koiner im gleichen Haus wohnten. Eines sei aber damit wohl vom Tisch, fuhr Naze Keck fort, Beate Koiner und ihr Lebensgefährte hätten ein wasserdichtes Alibi und zudem auch kein Motiv. Die Vienna Elementar habe im ersten Moment wegen des Pickups auf dem Polizeifoto wohl die falschen Schlüsse gezogen. Die beiden scheiden damit als Täter aus und Charlotte Kalo hatte zum Zeitpunkt des Unfalls Dienst im Snooker, was wiederrum ein gutes Dutzend Leute bezeugen können, stellte Keck fest und drängte erneut auf die Beendigung der Unterredung.

„Ich kann ihnen all die offenen Fragen, Vermutungen, Zusammenhänge und Zufälle, die sie hier anführen mit Sicherheit nicht beantworten. Tauschen Sie sich doch bitte mit der Polizei weiter aus. Ich habe jetzt genug von Ihren Spekulationen und fordere Sie auf, meine Wohnung zu verlassen."

Ortmayr schüttelte vehement den Kopf: „Zuviel Ungereimtheiten, die erst einmal geklärt werden sollten, bevor wir eine so hohe Summe ausbezahlen."

„Das ist mal wieder typisch für euch Versicherungen", polterte Naze Keck los. „Über Jahre hinweg die Beiträge kassieren, aber im Todesfall dann verzweifelt im Kleingedruckten fischen, obwohl hier weder Selbsttötung noch andere Beweise des Versicherungsbetrugs gegen die versicherte Person oder die Begünstigte vorliegen." Selbst die Polizei, gehe von einem Unfalltod durch Fremdverschulden mit Fahrerflucht aus, fasste Naze Keck nochmals zusammen.

„Mit Ihren abstrusen Unterstellungen führen Sie und Ihre Versicherungsgesellschaft doch nur an den Haaren herbeigezogene Verdachtsmomente gegen den Versicherten und seine im Vertrag eingetragene Begünstigte an. Zudem diskreditieren Sie Herrn Koiners Familie mit Andeutungen zum Tod seines Vaters, der bei ihrer Gesellschaft wohl in Misskredit geraten ist."

„Ich kenne diese Charlotte Kalo nicht persönlich und kann mir kein Urteil über die Art der Beziehung mit Michael Koiner erlauben. Nur eines ist sicher, Michael Koiner war für diesen Abend als Favorit im hausinternen Billardturnier gemeldet und hoch motiviert, sich nicht das Leben zu nehmen," beendete Naze Keck ziemlich genervt die Unterredung und deutete mit der Hand auf den Ausgang.

Georg Ortmayr packte seine Unterlagen zusammen und verließ wutschnaubend die Wohnung.

9

Angelo Sovrano genoss das üppige Frühstück im Liszt und machte sich kurz nach 8 Uhr am Morgen auf den Weg nach Florisdorf. Gleich gegenüber dem Hotel parkten die blauen Fahrzeuge des Wiener Taxi Verbandes 31300. Er nahm den vordersten Wagen, stieg ein und nannte sein Fahrziel. Der Fahrer sichtlich zufrieden mit diesem Reiseziel und dem damit verbundenen Umsatz, brachte ihn nach Florisdorf in die Leopoldstraße. Dort residierte eine weitere Autoverwertung der La Quarta, die wie ihre Kölner Kollegen Ersatzteile und Schrott über die Slowakei in die Ukraine verschob. Das blaue Taxi hielt. Sovrano bezahlte bar und verschwand gegenüber der Autoverwertung auf einer Baustelle. Florisdorf war einer jener Vororte, deren Charme darin bestand, die triste Mischbesiedelung der Gewerbebetriebe und Wohnhäuser mit unzähligen Baustellen aufzulockern und Boomtown vorzutäuschen. Das blaue Taxi startete durch und verschwand aus dem Blickfeld Sovranos. Er prüfte nochmals die Umgebung und ging mit schnellen Schritten hinüber zu seinem eigentlichen Ziel. Kurze Zeit danach fuhr ein Ford Bronco mit Angelo Sovrano am Steuer in Richtung Wiener Zentrum. Nach der Donauüberquerung ging es auf der 14 nach Nussdorf und weiter nach Klosterneuburg und von dort steil bergan auf der L2009 nach Hadersfeld.

Das Wochenendhaus des Dottore Lembacher lag nach hinten versetzt mit großem Vorgarten direkt an der Hauptstraße.

Sovrano fuhr mit Tempo 30 am Haus vorbei und bog nach 300 Metern in einen Wanderparkplatz ein. Der Ford Bronco hatte eine dunkelgraue Lackierung und war damit bestens geeignet, um im Schatten der Tannen nicht großartig aufzufallen. Angelo packte seinen Rucksack, zog sich die Wanderschuhe an und stapfte zurück auf der Hauptstraße am Wochenendhaus des Ministerialrates vorbei. Die Häuser lagen hier oben am höchsten Punkt auf einem Kamm, der sich gerademal rund zwei Kilometer ausdehnte und auf beiden Seiten nur über die serpentinenreiche L2009 erreichbar war. Entweder von Klosterneuburg kommend oder vom Liechtensteinischen Revier über steile Serpentinen hinauf in den Ortsteil Hadersfeld. Sovrano hatte auf seiner Wanderung die Hauptstraße bis zum Ortsausgang Richtung Klosterneuburg mit seiner Smartphone-Kamera dokumentiert. Hier am Ortsende fiel die Ortsdurchfahrt L2009 steil ab und verschwand nach einer scharfen Rechtskurve im dichten Waldgebiet. Direkt in der Kurve war der Abzweig zur Feldgasse, die ebenfalls durch ein Waldstück zu den Häusern am Nordhang führte, von denen hier an der Kreuzung nur die obere Dachkante und die Kamine sichtbar waren. Auch hier machte Angelo eine längere Fotosession der Örtlichkeit und ging über die Feldgasse auf der Rückseite des Wochenendhauses zurück zum Wanderparkplatz. Langsam entwickelte sich sein Plan, wie der korrupte Ministerialrat todsicher seinen Anhörungstermin verpassen würde.

Sicherheitshalber erkundete Sovrano mit dem Bronco auch die Straße zum Liechtensteinischen Revier in Richtung der Marktgemeinde St. Andrä-Wördern, da auch diese Strecke als Fluchtweg in Betracht gezogen werden musste. Kaum hatte er den Kamm der Ansiedlung Hadersfeld verlassen, wand sich die L2009 in waghalsigen Schwüngen zu Tal und unten angekommen bedauerte Angelo, dass der Ministerialrat in Richtung Klosterneuburg nach Wien fahren werde. In St. Andrä-Wördern wendete er sein Fahrzeug und fuhr über das Liechtensteinische Revier wieder hinauf zum Hadersfeld und auf direktem Weg zurück nach Wien. Den Bronco stellte er in der Garage am Schwarzenberger Platz ab, die gleich neben seinem Hotel lag. Ein kurzes Abendessen, ein zwei Espresso zum Wachwerden und wenig später saß Angelo in seinem Zimmer über seinen Detailplanungen.

Um anonymisiert auf die Detailkarten und Luftbilder im Internet zuzugreifen, nutzte Angelo Sovrano den mobilen Hotspot seines Smartphones und wählte sich mit seinem Laptop über diesen Hotspot ins Netz ein. Sein Besuch im Darknet wurde durch den Tor-Browser anonymisiert, die Recherchen und Bestellaufträge verschlüsselt. Binnen weniger Minuten hatte er die Planung anhand der Luftbilder mit seinen eigenen Aufnahmen von Hadersfeld abgeglichen und eingezeichnet. Das Wochenendhaus lag 860 Meter von der Haarnadelkurve am Ortausgang entfernt. Dort würde er den Ford Bronco direkt in der abschüssigen Kurve am Abzweig zur Feldgasse postieren. Sovrano hatte sich für das Verblitzen entschieden. Eine Methode, die zuletzt von der DDR-Stasi perfektioniert wurde, um ihre Opfer mit gewaltigen Lichtblitzen von der Straße zu drängen. Die geeignete Lichtstärke für das Verblitzen würde er mit einem Filmscheinwerfer erzeugen, der durch Beigabe von elektrisch aufgeladenem Halogengas und Jod eine stärkere Lichtausbeute gegenüber Quecksilberlampen brachte. Ein Lichtblitz, der den stärksten Ochsen umhauen und für mehrere Sekunden blenden würde. Der Anfahrtsweg des Ministerialrats, von seinem Wochenendhaus bis zur steil abfallenden Rechtskurve, entsprach exakt dem Zeitraum, um die Quecksilber-Metall-Halogenverbindung im Filmscheinwerfer aufzuladen und mittels einer Infrarotschranke sekundengenau dann zu zünden, wenn der

Wagen in die abschüssige Rechtskurve fuhr. Angelo beendete seine Darknet-Session, löschte den kompletten Browserverlauf und lehnte sich zufrieden zurück. Morgen würde er das benötigte Equipment beschaffen und in einer einsamen Waldgegend südlich von Wien im Helenental testen.

Das Wochenende kam und Sovrano setzte die vereinbarte Kurznachricht an seinen Auftraggeber Francesco Salva ab: „Ich freue mich auf Euren Besuch am kommenden Wochenende in Graz". Salva hatte auf das vereinbarte Zeichen gewartet, informierte seine Geschäftspartner und am besagten Wochenende würde sich keiner der überwachten Clanchefs der Italiener, Ukrainer oder Albaner in Wien aufhalten. Die Tests im Helenental verliefen für Angelo zufriedenstellend und die Rahmenbedingungen an diesem Sonntag im November waren ebenfalls optimal. Bewölkter, mondloser Himmel und um 20 Uhr bereits stockdunkel. Kurz vor der geplanten Heimfahrt des Ministerialrats war Angelo mit seinen Vorbereitungen fertig und postierte sich direkt im Waldsaum der Kurve in Hadersfeld.

20:02 Uhr, im Bronco war das Ladegeräusch des HMI-Scheinwerfers zu hören. Das hohe Zirpen war durch die erste Infrarot-Schranke ausgelöst worden, als Lembacher mit seinem Mercedes in die Hauptstraße einbog. Die Lichtkegel der Wagenscheinwerfer krochen im gemächlichen Tempo in Richtung Ortsausgang und neigten sich abwärts in Richtung Rechtskurve. Die zweite Lichtschranke löste den gewaltigen Blitz des HMI-Scheinwerfers aus. Angelo sprang von links auf die Straße und Lembacher riss wie vorausgesagt das Lenkrad geblendet nach rechts, um dem plötzlich auftauchenden Menschen auf der Straße auszuweichen. Die schwere Limousine schoss über die Böschung und krachte in den Wald. Der Blitz hatte eingeschlagen und die Kurve samt Bronco lag wieder im Dunkeln. Ein kurzer Sprint und

Angelo riss die Fahrertür des Mercedes auf. Lembacher saß benommen und fixiert durch den aufgeblähten Airbag und dem gestrafften Sicherheitsgurt in seinem Sitz. Angelo drückte seinen Kopf nach vorne und setzte eine Gilurytmal-Injektion in den Nackenhaaransatz. Den Einstich der feinen Nadel würde man dort schwer finden. Das Antiarrhythmikum wirkte durch die schnell gespritzte Überdosis augenblicklich. Lembacher zeigte keine Anzeichen von Gegenwehr mehr, denn der schnell verabreichte Wirkstoff Ajmalin sorgte für Herzrasen und Herzkammerflimmern, das in der Folge einen Herzstillstand hervorruft. Die Überdosis ist binnen weniger Stunden im Körper abgebaut und dann so gut wie nicht mehr nachweisbar.

Angelo schaltete die Beleuchtung des Mercedes aus und drückte die lasch herunterhängende Hand Lembachers in Richtung Armaturenbrett. Die hechelnde Atmung seines Opfers hatte aufgehört und Lembacher hing schlaff im Sitz. Kurz darauf schloss Angelo die Tür der Limousine, ging den kurzen Hang hinauf und sammelte die Lichtschranke vor der Kurve ein. Auf der Straße stehend horchte er in die Dunkelheit des späten Novemberabends. Die Dorfbewohner saßen wie gewöhnlich Sonntagabends vor der Glotze und warteten auf den Tatort im ORF2, während draußen das wahre Leben das mörderische Drehbuch schrieb. Der Wind strich durch den nahen Tannenwald, während Angelo zum Bronco ging. Mit wenigen Handgriffen montierte er den Scheinwerfer von der Dachreling und verstaute ihn gemeinsam mit der Lichtschranke in eine Materialkiste, die er im Heck des Wagens unter einem Sichtschutzrollo verstaut hatte. Ein kurzes Brummen des V8-Motors und der Bronco kroch blubbernd die Hauptstraße hinauf. Vor der zweiten Lichtschranke schaltete Angelo die Scheinwerfer seines Wagens aus, holte den Bewegungsmelder und verstaute ihn ebenfalls hinten in der Materialkiste. Als er wieder im Wagen saß, sah er im Rückspiegel Scheinwerfer auf sich zu kommen, die mit leicht überhöhter

Geschwindigkeit an ihm vorbei in Richtung Liechtensteinisches Revier fuhren. Angelo Sovrano folgte dem Fahrzeug bis zum Wanderparkplatz und bog ab. Die Scheinwerfer aus und das Seitenfenster offen, lauschte Sovrano in die kühle Nacht. Nur das Rauschen der Tannen war zu hören. Nach wenigen Minuten startete er den Ford Bronco. Ein Blick auf die Instrumententafel zeigte ihm die Empfangsstärke seines Smartphones an, das über Bluetooth mit der Freisprechanlage verbunden war. Erschrocken schaltete er sein Mobilfunkgerät ab, legte einen Gang ein und fuhr mit geringer Geschwindigkeit zurück zum Tatort. Nachdem er sich vergewissert hatte, dass auch in dieser Fahrtrichtung die Limousine seines Opfers nicht zu sehen war, konnte er beruhigt die Aktion beenden, denn Lembacher wird die Überdosis nicht überleben und sein Fahrzeug frühestens am nächsten Morgen entdeckt. Angelo beschleunigte seine Fahrt und fuhr zurück nach Wien.

Punkt 21 Uhr bog der Ford Bronco in Florisdorf in die Autoverwertung ein. Die Standardprozedur war identisch mit denen der Kölner Schrottis. Die Materialkiste mit dem gesamten Equipment verschwand in der Schrottpresse und der Bronco ein paar Stunden später in Einzelteile zerlegt in einem Container, der am nächsten Morgen nach Odessa ging. Sovrano warf seinen Rucksack über die Schulter und ging einige Meter zu Fuß in Richtung Bushaltestelle, um mit der Linie 29A bis zum Leopoldauer Platz zu fahren. Dort angekommen stieg er in ein Taxi und ließ sich direkt ins Zentrum von Wien bringen. Die restliche Strecke vom Prater zum Hotel ging er zu Fuß.

Das Frühstück am nächsten Morgen genoss Angelo Sovrano ausgiebig und studierte dabei alle Wiener Zeitungen, die in der

Frühstückslounge auslagen. Keine Zeile in den üblichen Polizeiberichten, kein Wort über den Ministerialrat Dr. Alfred Lembacher, der seit Wochen im Vorfeld der für heute geplanten Anhörung im Untersuchungsausschuss die Aufmerksamkeit der Öffentlichkeit besaß und dessen Tod bis zum Redaktionsschluss der Zeitungen in der vergangenen Nacht offensichtlich nicht entdeckt wurde. Spätestens in zwei Stunden werden sie nach ihm suchen, denn dann soll die Anhörung beginnen. Sovrano beendete das Frühstück, ging auf sein Zimmer, schaltete den Fernseher ein und begann zu packen. Puls 24 Live, ein Nachrichtensender, der rund um die Uhr die Österreicher auf Trab hielt, brachte die ersten Informationen über die für 10 Uhr angesetzte Anhörung im Untersuchungsausschuss.

Die Befragung des vorgeladenen Ministerialrats Dr. Lembacher sei vor wenigen Minuten geplatzt. Allgemeine Ratlosigkeit und erste Spekulationen, weshalb Dr. Lembacher nicht erschienen sei. Wie bei allen Sendern üblich, nutzte auch Puls 24 Live die Lücke im geplanten TV-Beitrag aus dem Bundesministerium mit Archivbeiträgen, in denen die mutmaßlichen Korruptionsvorwürfe und die Hintergründe des Falls, die zur Auflösung der SÖBOK führten, im Eiltempo wiederholt wurden. Nach einer kurzen Überleitung dann der Pressesprecher mit einer wohltemperierten „noch wissen wir nichts über den Aufenthalt von Dr. Lembacher" Ansage, die als Antwort auf die Frage der Puls24 Moderatorin gedacht war, aber Schnitt und Überleitung zum Kollegen Sennmeier, der unweit von Wien in der Pampa stand und die Bilder seines Kameramannes kommentierte.

„Offenbar hat ein Anwohner von Hadersfeld in den frühen Morgenstunden die Limousine des Dr. Lembacher entdeckt. Die Polizei ist gerade dabei, den Wagen bergen zu lassen. Nach ersten Informationen der Polizei ist Dr. Lembacher tot hinter dem Steuer seines Wagens aufgefunden worden. Wir melden uns wieder, wenn die Polizei gegen 11 Uhr eine erste Stellungnahme abgeben wird", konstatierte Sennmeier und verstummte. Die Kamera schwenkte über die Anhöhe, auf der eine ganze Armada von Blaulichtern den Waldrand in ein blaugrünes Wetterleuchten tauchten.

Sichtlich zufrieden verließ Angelo Sovrano sein Zimmer, checkte aus und nahm sich ein Taxi zum Wiener Hauptbahnhof im Stadtteil Margareten. Dort wartete bereits der Railjet nach Verona. Er liebte die Zugfahrt über den Brenner und durch die Alpen, deren Bergtäler den Zug auf der italienischen Seite in die Po-Ebene entließen. Nach rund 10 Stunden Fahrt kam er am Hauptbahnhof Porta Nuova in Verona an und fuhr direkt in sein Hotel am Flughafen. Gegen 23 Uhr checkte er dort ein und ließ sich eine Kleinigkeit auf das Zimmer bringen. Angelo setzte sich auf die kleine Dachterrasse seines Zimmers. Sein Blick ging hinüber zum Flughafen, dessen Leuchtfeuer die Rollbahn ausleuchteten. Sein Smartphone vibrierte in der Jackettasche und auf dem Display wurde eine Nachricht angekündigt. Die verschlüsselte Nachricht enthielt die Aufforderung, die auf dem La Quarta-Server liegenden Instruktionen abzurufen. Der Zugriff darauf erfolge über die ihm bekannten Anmeldedaten im Darknet. Angelo löschte die Nachricht, ging auf sein Zimmer, stellte eine gesicherte Verbindung zum Darknet her und startete den Download der Datei [orsul_bo_as].

„Morgen Nachmittag um 15 Uhr. Blauer Fiat Tipo direkt gegenüber dem Ausgang der Ankunft am Flughafen Bari. Wir erwarten dich in Molfetta - tanti saluti, Aldo Rufano."

Angelo Sovrano pfiff durch die Zähne und löschte die Datei im Verzeichnis. Den Rest des Abends verbrachte er mit der peniblen Reinigung seiner Glock, überprüfte sein Arsenal des Schreckens im Rucksack und spekulierte über die Einladung nach Molfetta nach. Dort hatten die Bosse Angelo Salva und Riccardo Zizzo ein Anwesen, das gut ausgestattet und bewacht inmitten einer Olivenplantage lag. Angelo Sovrano hatte von Molfetta gehört, war aber selbst noch nie dort. Wer dorthin eingeladen wurde war wichtig. Angelo grinste, als er den Dateinamen des Downloads dachte. ORSUL – das versprach Zuwachs auf dem Konto - „il conto cresce!"

1 0

Rechtsanwalt Boris Kuhn ordnete seine Klarsichthüllen in der Reihenfolge der geplanten Gesprächsthemen, schichtete einige Dokumente dabei um, klopfte die neue Anordnung der Papiere auf der Tischplatte im Aufenthaltsraum zurecht und schob den Stapel wieder in die Klarsichthüllen. Die Tür zu Franco Rusinas Büro war verschlossen. Boris Kuhn blickte genervt abwechselnd auf seine Armbanduhr und hinaus ins Foyer. Die alten Holzdielen des ehemaligen Hotels knarzten, als Franco Rusina mit Charlotte Kalo im Schlepptau erschien. Charlotte, sichtlich steif und ungelenk, schob sich um den Tisch und setzte sich direkt gegenüber von Boris Kuhn, während Rusina ein paar Gläser und Getränke aus einem Schrank kramte und klappernd auf den Tisch stellte.

„Bedient Euch", war seine kurze Einladung an Kuhn und Kalo, „wir sollten anfangen, denn es gibt eine Menge zu besprechen."

Damit übergab Rusina an Boris Kuhn, der sich die erste Klarsichthülle griff und das Wort an Rusina richtete.

„Zuerst die erfreulichen Dinge und die als erledigt geltenden Punkte", eröffnete Kuhn die Unterredung und übergab Rusina ein Schreiben der Polizeiinspektion 3 Köln West.

„Mit diesem Schriftsatz gibt die Polizei das entsiegelte Appartement des Michael Koiner an den Vermieter zurück", grinste Kuhn den Verwalter an und deutete auf einen Karton am Ende des Tisches mit der Bemerkung, „da drin sind die für die weiteren polizeilichen Ermittlungen nicht relevanten Unterlagen und Gegenstände des Toten, die aus seinem Zimmer von der Polizei sichergestellt wurden." Kuhn wedelte mit dem Übergabebeleg der Polizei.

„Die für die Ermittlungen im Rahmen der Unfallflucht sichergestellten Gegenstände am Unfallort verbleiben allerdings in der Asservatenkammer der Polizei", fasste Kuhn zusammen und steckte beide Vorgänge zurück in die Plastikhülle.

„Die persönlichen Unterlagen samt Schriftverkehr, Kontoauszügen, Versicherungsunterlagen, Ausweise, Kontokarten, Rentennachweise, Zeugnisse und Arbeitsverträge, die die Polizei zur Feststellung der Identität und der Angehörigen mitgenommen hatte, werde ich in unserer Kanzlei treuhänderisch einlagern. Die nächsten Angehörigen haben das Erbe wie erwartet ausgeschlagen, aber wer weiß denn heute, ob es nicht irgendwo noch einen Erbberechtigten gibt", betonte Kuhn, zog die Verzichtserklärungen der Angehörigen hervor und steckte diese in die Klarsichthülle für Erledigtes.

„Weder die frühere Ehefrau, noch die Mutter oder die Schwester des Toten wollen das Erbe antreten und haben ihren Verzicht schriftlich übermittelt", beendete Kuhn diesen Part der Besprechung, nicht ohne den abschließenden Hinweis auf die enormen Schulden des Toten in Richtung Charlotte Kalo gerichtet loszuwerden. „Oder hätten Sie Interesse am Erbe von Herrn Koiner?", wollte Kuhn wissen. Wie erwartet lehnte Charlotte mit einem deutlichen und entsetzten Nein ab.

„Ihre Ansprüche als eingetragene Bezugsberechtigte haben wir erfolgreich bei der Versicherung geltend gemacht und nach anfänglichen Verzögerungen der Vienna Elementar

Leistungsabteilung konnten die Bedenken des in Deutschland tätigen Ermittlers entkräftet und beigelegt werden. Von diesem Georg Ortmayr haben wir also nichts mehr zu befürchten", strahlte Kuhn siegessicher in die Runde und fügte die Bemerkung an, dass die Kontakte der Wiener Freunde zur Vienna Elementar durchaus hilfreich waren. Insbesondere der Hinweis, dass der Verstorbene der Sohn des ehemaligen Nationalrates und Direktors der Vienna Elementar Leistungsabteilung gewesen sei, war dann wohl das ausschlaggebende Argument, um Ortmayr zurückzupfeifen.

„Wenn ich Sie richtig verstanden habe", fuhr Rechtsanwalt Kuhn im sonoren Tonfall an Rusina gerichtet fort, „legt die Bella Vita GmbH keinen Wert auf die persönlichen Gegenstände des Toten."

„Was sollen wir mit diesem japanischen Sammelsurium anfangen", polterte Rusina dazwischen und an Charlotte gerichtet: „Wir würden dich bitten, die persönlichen Sachen von Koiner auszusortieren und zu entsorgen. Ich habe dazu einen Rollcontainer bei einem Aktenvernichter geordert, der morgen angeliefert und ins Zimmer gestellt wird. Schmeiß den Papierkrempel einfach komplett da hinein und mach mit dem Rest was du willst", brachte Rusina seine gönnerhafte Ansprache zum Abschluss.

„Ich kann Ihnen da einen Wohnungsentrümpler empfehlen, der die Bücher, Klamotten und den Trödel wegkarrt", ergänzte Kuhn die Anweisungen Rusinas und fuhr fort, „in den meisten Fällen gibt es dafür auch noch etwas Geld. Das können sie aber gerne behalten. Wobei wir bereits beim nächsten Thema wären, dem lieben Geld."

„Ich habe hier eine erweiterte Vollmacht vorbereitet, der unsere Kanzlei zum Treuhänder für die noch auszuzahlende

Versicherungssumme bestimmt", räusperte sich Kuhn umständlich. „Das Mandat für unsere Kanzlei hatten Sie ja bereits unterschrieben und hiermit schließen wir den Vorgang mit einer Vollmacht zur treuhänderischen Verwaltung des Geldes ab", schnappte sich eine der Klarsichtfolien und zog einen Schriftsatz hervor.

„Sie müssen nur noch unterschreiben, dann zahle ich ihnen einen Betrag über 2.000 Euro aus. Das ist die Summe, die großzügig gerundet nach Abzug aller Schulden und Verbindlichkeiten des Herrn Koiner gegenüber der Bella Vita übrigbleibt", erläuterte Kuhn und legte ein offenes Kuvert mit 2.000 Euro in 100 Euro-Scheinen bereit, das gemeinsam mit der Treuhandvollmacht in Charlottes Richtung geschoben wurde.

Charlotte biss sich auf die Zunge und verbot sich und ihrem Mund alle möglichen Fragen zu stellen, die ihr gerade durch den Kopf schossen. Wo hoch ist eigentlich die Versicherungssumme, die ihr Miko hinterlassen hatte? Welcher Art und wie hoch sind die Schulden des Österreichers bei der Bella Vita? Wer garantiere ihr eigentlich, dass sie als Mitwisserin dieses offensichtlich nicht ganz sauberen Deals später nicht belangt werden könne? Doch ein Blick in den finsteren Gesichtsausdruck von Rosina genügte und ihre Hände fuhren automatisch über den Tisch und ergriffen das Dokument samt Kugelschreiber. Mit zittriger Hand setzte sie ihre Unterschrift unter den Schriftsatz. Augenblicklich erhellte sich die finstere Miene Rusinas.

„Du kannst das Geld gerne nehmen. Wir wollen dir nichts Böses. Im Gegenteil, betrachte es als Entschädigung für deine Mitwirkung und dafür, dass du das Appartement ausräumst." Rusina stand auf und gab Charlotte damit zu verstehen, dass die Unterredung jetzt für sie beendet sei.

„Du weißt, dass der Österreicher enorme Schulden bei uns hatte", trumpfte Rusina nochmals auf. „Unser Anwalt zeigt dir gerne die Abtretung der Versicherung an die Bella Vita."

Charlotte hatte verstanden. Jetzt bloß keine Zweifel oder Fragen aufkommen lassen. Sie nahm das Kuvert mit dem Geld und umklammerte es sichtlich verkrampft mit ihren Händen, als sie an Rusina vorbei den Raum verließ.

„Seid ihr sicher, dass Charlotte Kalo den Mund hält, sich nicht verplappert oder der Polizei anvertraut?", wollte Kuhn von Rusina wissen. „Auf mich macht die Frau einen ziemlich verstörten und panischen Eindruck."

„Mach dir mal darüber keinen Kopf", beschwichtigte Rusina den Anwalt, „das Mädchen weiß ganz genau, mit wem sie es hier zu tun hat und wo ihre Grenzen sind. Die war heilfroh, als wir sie von den Albanern freigekauft haben und ihr mit entsprechenden Unterlagen in Wien, Salzburg und schließlich in Köln Arbeit in der Gastronomie verschafft haben. Die macht einen guten Job im Snooker und hat uns wertvolle Hinweise über den Laden gegeben. Als Illegale mit gefälschten Papieren hat sie keine Veranlassung mit den Bullen zu sprechen", prahlte Rusina.

„Wie ist denn der Stand in Sachen Snooker?" wollte Kuhn wissen. „Wolltet ihr das Lokal nicht übernehmen?"

„Alles bestens und genau wie wir vermutet hatten", antwortete Rusina dem Anwalt. „Der Laden läuft nach den Informationen von Charlotte zu urteilen wie geschmiert und ist dank des billardverrückten Publikums geradezu ideal für unsere Spielautomaten. Die Gäste haben dort sozusagen eine natürliche Neigung zum Zocken."

„Boris, du solltest schon mal anfangen die Unterlagen für die Übernahme des Lokals vorzubereiten, denn wir werden den jetzigen Betreibern ein Angebot unterbreiten, das sie nicht ablehnen können", feixte Rusina amüsiert. „Eventuell kaufen wir die gesamte Immobilie und setzen dann die Miete für die Snooker-Pächter nach oben. Damit fördern wir bestimmt noch mehr die Verkaufsbereitschaft", protzte Rusina sichtlich begeistert mit seinen Ideen.

„Und was wird aus Charlotte Kalo?", wollte Kuhn wissen und kramte seine Klarsichtfolien zusammen.

Rusina beobachtete das Treiben des Anwaltes sichtlich genervt. Diesem Klarsichthüllen-Junkie traute er nicht über den Weg. Das ständige Jonglieren mit den transparenten Einstecktaschen waren für Rusina eher ein Beweis dafür, dass dieser Rechtsverdreher was zu verbergen hatte. Was sollen denn die Fragen zur Zukunft von Charlotte Kalo? Besser mal eine Nebelkerze werfen, dachte Rusina und antwortete auf Kuhns Frage: „Für Charlotte haben wir einen sehr guten Job in den Wettbüros unserer Konkurrenz in Wien. Wir haben da vor Ort ein paar lukrative Sportbars im Visier, die für die Wiener Bella Vita äußerst interessant sind," deutete Franco Rusina vage an.

Kuhn hörte zu, äußerste sich aber nicht zu dem Vorhaben. Er stand auf und verabschiedete sich von Rusina mit dem Hinweis, dass er die Abrechnungen zum Vorgang Koiner in den nächsten Tagen vorbeibringen werde."

Auf dem Weg in sein Büro wäre Kuhn für jede noch so triviale Ablenkung dankbar gewesen, um seinen Gedanken eine andere Richtung geben zu können. Jedes Mal, wenn er sich mit diesem todsicheren Geschäftsmodell ORSUL befassen musste, bekam er diese leichten Panikattacken. Als Mitwisser und Anwalt der La Quarta in Köln hatte er sehr schnell dieses Geschäft seiner kriminellen Mandanten durchschaut. Kuhn wusste aus den

Gesprächen und Andeutungen, dass etwa 30 solcher Appartementhäuser und Pensionen in Köln, Dortmund, München, Wien, Graz, Verona und Bologna bis hinunter nach Apulien zur Bella Vita gehörten. In Wirklichkeit dürfte die Anzahl jedoch bei über 40 solcher Häuser liegen, die jährlich pro Standort etwa drei Risiko-Lebensversicherungen bei unterschiedlichen Gesellschaften abschlossen. Kuhn schätzte die Zahl der Todes- und Leistungsfälle auf mindestens 100 im Jahr, die verteilt über ganz Europa in den Leistungsabteilungen der Versicherungen eingereicht wurden. Im Prinzip bedeutete dies rund fünf Fälle bei jeder der geschätzten 20 Gesellschaften, mit fünf verschiedenen Identitäten der Versicherten samt den Bezugsberechtigten. Ein verschwindend geringer Bruchteil, gemessen an den Milliardensummen aller Leistungsfälle dieser Branche. Kein noch so gutes Betrugsprogramm mit ausgefeilten Algorithmen würde diese Fälle entdecken, da war sich Kuhn sicher. Die Schadenssumme aller ORSUL Betrügereien schätzte er auf rund 25 - 28 Millionen Euro, die jedoch verteilt in rund 100 Verträgen schlummern. Allein in Deutschland verwalteten seines Wissens nach alle Risiko-Lebensversicherer einen Bestand von 19,7 Millionen Verträge. Wie sollten da 100 Verträge verteilt über 40 Standorte in ganz Europa auffallen?

ORSUL war nach Abzug aller Kosten äußerst profitabel, denn durchschnittlich 9 Euro Monatsbeitrag pro Police für einen unverheirateten kinderlosen Berufstätigen zwischen 25-35 Jahre auf eine Laufzeit von 20 Jahren angelegt, war günstig zu haben und konnte ohne großen Aufwand von den virtuellen Versicherungsnehmern aufgebracht werden. Selbst wenn man die Kosten für gefälschte Papiere, ärztliche Atteste, den Killer und die Anwälte großzügig mit in die Rechnung aufnahm. Diesen Ausgaben von ungefähr 10.000 - 15.000 Euro standen rund 250.000 Euro Ertrag aus jeder Police entgegen. Sauberes frisches Geld aus legalen Quellen, das wiederum in legale Geschäfte investiert wurde. ORSUL – Ohne Risiko sicher und lukrativ – ein lohnenswertes Geschäft für alle, dachte Kuhn, auch für ihn. Er profitierte davon und war Mitwisser. Ganz tief drinnen allerdings, rumorte diese Mitwisserschaft zum blanken Entsetzen, wenn er an die La Quarta dachte und daran, dass er keine Chance hatte, jemals aus diesem todsicheren Geschäft lebend aussteigen zu können.

1 1

Für einen Novembernachmittag war es ungewöhnlich warm. Die Triebwerke der Flugzeuge hinterließen auf der Betonpiste des Flughafens Bari flimmernde Bilder, als Angelo Sovranos Alitalia Flug aus Verona mit 20 Minuten Verspätung auf der Landebahn in Bari aufsetzte. Zu allem Überfluss stauten sich die Reisenden vor der Gepäckausgabe, da die verspätete Maschine den geregelten Ablauf störte. Angelo wartete geduldig mit geschultertem Rucksack am Förderband. Kaum hatte er den Ausgang der Gepäckausgabe mit dem zusätzlichen kleinen Hartschalenkoffer passiert, wurde er von einem gelangweilten Zollbeamten aus der Reihe der Passagiere herausgewunken. Der junge Zöllner musterte ihn von oben nach unten und nahm ihm anschließend seinen Ausweis ab.

„Woher kommen Sie und wohin geht die Reise?", wollte der Zöllner wissen. Ohne die Antwort abzuwarten folgte im mürrischen Befehlston: „Machen Sie bitte den Rucksack auf!"

Während Angelo seinen Rucksack öffnete, schlurfte ein zweiter Beamter im gemächlichen Tempo an den Kontrolltresen, nahm dem jüngeren Kollegen den Ausweis ab und deutete auf den Koffer. Der Jüngere, gerade mit der Überprüfung des Rucksacks fertig, wandte sich dem Koffer zu, den Angelo gerade geöffnet hatte.

„Ich komme aus Verona und bin auf dem Weg nach Hause", beantwortete Angelo die eingangs der Kontrolle gestellte Frage.

Er blickte beide Zöllner freundlich lächelnd, aber mit festem Blick an. Der Jüngere tippte mit dem Finger an seine Mütze und forderte Angelo auf, seine Gepäckstücke wieder zu schließen. Der Ältere machte den Eindruck, als sei er beim Lesen des Ausweises eingeschlafen. Angelo Sovrano streckte ihm seine Hand als Zeichen dafür entgegen, dass er seinen Ausweis zurückhaben wollte. Mürrisch drückte der Ältere ihm den Pass in die Hand und entließ ihn mit einem „gute Reise, Herr Marchetti" in Richtung Ausgang.

Angelo Sovrano freute sich auf die Heimat, doch Apulien bedeutete für ihn auch erhöhte Wachsamkeit. Er blieb im toten Winkel der automatischen Glastüre stehen und spähte nach draußen, um die Lage zu sondieren. Der blaue Fiat Tipo Cross stand wie verabredet direkt gegenüber dem Ausgang des Ankunftsgebäudes. Der Fahrer stand außerhalb des Wagens im Schatten einer Palme und wischte sich mit einem Taschentuch die Schweißperlen von der Stirn. Die ankommenden Passagiere hatten sich bereits vor dem Ausgang verteilt, waren in Richtung Mietwagenzentrum unterwegs oder mit einem Taxi nach Bari aufgebrochen. Zügig ging Angelo Sovrano auf den Fahrer zu und bedeutete ihm einzusteigen.

„Nach Molfetta?", fragte der Fahrer und wartete zögernd auf die Antwort.

„Sorry für die Verspätung, aber die Zöllner waren der Ansicht, in meinem Gepäck den Fang des Tages zu finden", grinste Angelo und nahm im Fond des Wagens Platz.

Der Fahrer nickte verständnisvoll, zwängte sich in den Wagen und wollte gerade den Wagen starten, als er sich kurz zu Angelo umdrehte.

„Bitte schalten Sie ihr Handy aus, der Consigliere hat das so angeordnet."

„Das Gerät habe ich bereits in Verona ausgeschaltet, du kannst also beruhigt losfahren", kam die genervte Antwort Angelos. Das Fahrzeug setzte zurück. Ein Ruck während des Gangwechsels und der blaue Tipo verließ das Flughafengelände in Richtung Norden. Die Fahrt entlang der Küstenstraße ging nach Molfetta. Der Fahrer folgte der Umgehungsstraße um den Ort und bog abrupt, ohne den Blinker zu setzen, in einen Olivenhain ein. Nach mehreren hundert Metern bog das Fahrzeug auf einen unbefestigten Feldweg an dessen Ende sich behäbig ein massives Holztor öffnete. Der Wagen hielt an und langsam löste sich die Staubfahne des Fahrzeuges hinter ihnen auf. Angelo lugte durch das Tor, das den Blick auf einen flachen Gebäudekomplex freigab, der von hohen Mauern umgeben nicht eingesehen werden konnte. Angelo Sovrano stieg aus dem Wagen und schlug sich den Staub aus den Hosenbeinen. Aldo Rufano stand am Eingang, umarmte Angelo begleitet von heftigem Schulterklopfen und bat ihn ins Haus. Drinnen war es angenehm kühl. Die Capos Angelo Salva und Riccardo Zizzo saßen bereits am Tisch und genossen ihre Pasta mit Miesmuscheln in Weißweinsoße.

„Wir haben schon mal angefangen", begrüßte Zizzo Angelo Sovrano und rief in Richtung Küche nach Maria der Haushälterin.

„Bring doch bitte unserem Gast und dem Dottore auch eine Portion Spaghetti", beauftragte Angelo Salva die herbeigeeilte Köchin und deutete auf die Stühle ihm gegenüber.

Angelo Sovrano und Aldo Rufano nahmen am Tisch ihre Plätze ein. Zwei dampfende Teller mit der Muschelpasta wurden serviert und Riccardo Zizzo schenkte allen am Tisch die Getränke ein. Während des Essens wurden wie immer im Vorfeld solcher Gespräche Freundlichkeiten ausgetauscht und belanglose

Unterhaltungen geführt, bis die dienstbaren Geister das Essen abgeräumt und die Türen hinter sich geschlossen hatten. Das Quartett wechselte seinen Standort und ging hinaus auf die überdachte Terrasse.

„Respekt Angelo, die Aktion in Wien war ein Bravourstück. Francesco lässt dich grüßen. Offiziell wurde der Tod des Ministerialrates als Herzversagen am Steuer seines Wagens in den Medien dargestellt", übernahm der Consigliere das Wort und leitete über zum eigentlichen Anlass des Treffens.

„Ich denke, ihr solltet eure Überlegungen und die neuen Geschäftsideen Angelo erläutern und von unseren Testläufen im Norden berichten" schlug Aldo Rufano beiden Capos vor.

„Mach du das mal, denn das ist uns zu technisch", meinte Zizzo lachend und an Salva gerichtet, „wir haben das zwar im Kern verstanden, aber uns ist der Ertrag und der erfolgreiche legale Zugewinn wichtiger."

„Wir haben dieses neue Geschäftsmodell in den vergangenen Wochen zunächst auf den Classic-Car-Messen in Padua und Mailand getestet. Mit ein paar Anpassungen und Verbesserungen im Ablauf werden wir das im kommenden Jahr dann auch auf den deutschen Oldtimer-Messen durchführen. Den Auftakt machen wir auf der Bremen Classic Motorshow", meinte Rufano an Sovrano gerichtet. „Derzeit werden noch geeignete Partner für den Ankauf in Deutschland gesucht, aber wir sind zuversichtlich, dass wir das Anfang des Jahres auch geklärt haben."

Aldo Rufano kam dann sehr schnell zum eigentlichen Kern der Sache und den Grund weshalb sie Angelo bei den kommenden Messen in Deutschland gerne an Bord hätten. Das Geschäftsmodell basiere zunächst auf dem Ausräumen von Bankautomaten mit manipulierten Kreditkarten. Den Ukrainern sei es gelungen, neben den Debitorenkarten mit manipulierten

Magnetstreifen auch das verbesserte EMV-Chip-Verfahren zu knacken. Prinzipiell würden im Vorfeld des legalen Fahrzeugankaufs, der ausschließlich bei privaten Anbietern mit Bargeld auf der Messe erfolge, die Bankautomaten auf dem jeweiligen Messegelände und dessen Umfeld ausgeräumt. Das hätten sie auf der Auto e Moto d'Epoca in Padua und der Milano Autoclassica im vergangenen Monat bereits erfolgreich getestet. Als hinderlich habe sich dabei die Dauer dieser Transaktionen herausgestellt. Der Consigliere vertrat die Auffassung, dass an jedem Automaten mindestens drei Leute eingesetzt werden müssten, damit das verdeckt und zügig vorangeht. Einer bediene den Automaten mit den manipulierten Karten, der zweite bekomme über das Smartphone die jeweilige PIN aus der Zentrale und der Dritte übernehme die Rolle des Anstehenden in der Schlange, um neugierige Messebesucher abzuschrecken oder das Warten zu vermiesen.

„So weit so gut, aber was soll ich bei diesen Aktionen?", warf Angelo Sovrano ein, wurde aber von Zizzo gleich unterbrochen.

„Wir wollen da neben dem äußerst günstigen Geld aus den Bankautomaten auch größere Summen unseres Geldes waschen", meinte Riccardo Zizzo. „Egal aus welchem Kanal das Geld kommt, die klassischen Fahrzeuge werden ausschließlich von privaten Anbietern gekauft und bar bezahlt."

„Das Ganze basiert auf Standardkaufverträgen und die Autos kommen so auf legalem Wege in die Autohäuser, an denen wir Beteiligungen erworben haben", ergänzte Rufano. Die privaten Autoverkäufer hätten mit dem Kaufvertrag einen Nachweis des Geldes für ihre Banken und unsere Autohäuser einen Nachweis darüber, woher die Automobile kommen. Dem Geldwäschegesetz wäre damit Genüge getan und mit dem späteren Verkauf der Klassiker wäre das Geld gewaschen. Die Einnahmen aus dem Autohandel würden selbstverständlich versteuert und den La Quarta-Unternehmen als legal erworbenes Kapital für weitere legale Investitionen überlassen.

„Dein Job ist es, die Automobileinkäufer und unser Geld auf den Messen im Auge zu behalten", erklärte Angelo Salva den geplanten Einsatz Angelos.

„Allein auf den drei Messplätzen in Deutschland sind nach Beobachtungen unserer Experten, in den vergangenen Jahren von privaten Anbietern rund 50-60 spannende Klassiker so um mindestens 100-120 Tausend Euro angeboten worden. Wir rechnen im ersten Quartal also mit einem Kapitaleinsatz von rund 5-6 Millionen Euro. Dein Einsatz wären jeweils drei bis vier Tage während der Messe", schloss Rufano dieses Thema vorläufig ab. „Sag uns was du brauchst und stell dich darauf ein, dass du von Februar bis April in Deutschland verbringst."

„Ich gehe mal davon aus, dass eure Aufkäufer nicht über meine Anwesenheit informiert werden und ich mich vollkommen frei bewegen kann", wollte Angelo Sovrano wissen.

„Richtig", antwortete Rufano, „es sind maximal zwei bis drei Aufkäufer auf jeder Messe im Einsatz, die dann die Transaktionen, Geldübergaben und den Austausch der Fahrzeugpapiere an den drei Messetagen abwickeln." Es sei demnach eine überschaubare Aktion, da die in Betracht kommenden Klassiker bereits an den Preview- und Vorschautagen der Messen von den Aufkäufern ausgesucht werden.

„Na dann Salute", strahlte Angelo Sovrano und erhob sein Glas. Die vier ließen die Gläser klirren, während drinnen das Abendessen aufgetischt wurde.

„Angelo, ich habe nach dem Essen noch einen Auftrag für dich in Bologna, der bis Ende des Jahres abgeschlossen sein sollte", meinte Rufano, bevor sich die vier ins Esszimmer begaben.

„Geht klar, wenn ich im Januar dann vor den Messen mal eine Pause einlegen könnte?" Der Consigliere nickte.

Angelo Salva und Ricardo Zizzo plauderten während des Essens über die neuen Verbindungen der La Quarta nach Tirana in Albanien und dem gewitzten Geschäftspartner in Sutorina in Montenegro. Der Montenegriner hatte zwei Söhne, die ihr Handwerk an der Nationalen Polytechnischen Universität Odessa bei den Ukrainern gelernt und später in Kiew mit ihren ukrainischen Mentoren realisiert hatten. Es handle sich dabei um eine neue Generation von Bauteilen mit denen Spielautomaten manipuliert werden können. Die Prototypen sind bereits in Wien in der Praxis getestet worden. Diese neuen Platinen, intern „Bremser" und „Bucher" genannt, wurden in Spielautomaten verbaut und erwirtschafteten in den Wiener Spielhallen bereits satte Gewinne. Vereinfacht gesagt reduzierten die Bremserbauteile die Gewinnauszahlungen, während die Bucherbauteile getürkte Gewinne auf der Abrechnungssoftware des Automaten simulierten, die jedoch nie stattgefunden hatten. Diese als Luftnummer gebuchten Auszahlungen senkten die Steuerlast und sorgten für glänzende Erträge, die elegant am Finanzamt vorbeigemogelt wurden. Sichtlich zufrieden zogen sich die beiden Capos Salva und Zizzo nach dem Essen zurück und verabschiedeten sich von Angelo Sovrano.

„Wie kommst du eigentlich mit Hunden klar", wollte Aldo Rufano unvermittelt von Angelo wissen und blies genüsslich den Rauch einer Havanna über den Tisch.

„Eigentlich ganz gut, solange ich Blickkontakt mit ihnen habe", antwortete Angelo Sovrano spöttisch. „Nur wer Angst vor den Hunden hat, muss mit Attacken rechnen, denn Hunde können Angst riechen. Prinzipiell haben aber die meisten Hunde Angst vor mir. Aber wieso fragst du"?

„Nichts Besonderes", meinte der Consigliere beiläufig, „aber dein nächster Job in Bologna, hat mit Hunden zu tun." Rufano griff neben sich und zog ein Kuvert aus seiner Mappe hervor. „Ich habe dir hier ein paar Informationen zusammengestellt", gab Rufano zu verstehen und breitete den Inhalt des Kuverts vor Angelo Sovrano aus.

Angelo Sovranos Zielperson hieß Donato Caluzza, 40 Jahre, unverheiratet, keine Familie, keine Kinder oder Erben und arbeitet in einem Kopier- und Telefonshop der Bella Vita S.l.r. in Bologna. Donato ist ein großer Tierfreund und seine Liebe galt vor allem den schnellen Windhunden. Den Angaben von Mario Pastone, Geschäftsführer des Wohnheimes in Bologna, glich das Appartement Caluzzas einer Kultstätte für Windhunde. Es verging kein Wochenende, an denen Caluzza nicht in den Wettbüros auf Hunderennen setzen würde und damit sogar mäßigen Erfolg hatte. Donato Caluzza virtueller Doppelgänger ist mit 250.000 Euro versichert. Als Bezugsberechtigter ist in seinem Versicherungsvertrag eine Stiftung eingetragen. Ein Tierheim in Pioppa bei Bologna, das an der A14 Autostrada Adriatica liegt. Der Stiftungsvorstand des Tierheims, ein gewisser Michele Girello, ist auch der Geschäftsführer dieses Tierheim, das zu den Betrieben der Bella Vita S.l.r. in Bologna gehört. Im Grunde aber war dieses Tierheim darauf spezialisiert, im Großraum Bologna streunende Hunde einzufangen und diese gewinnbringend an Pharmabetriebe und Tierversuchslabore in Mailand und Rom zu verkaufen. Ein rundum lukratives Geschäft, das zudem noch zahlreiche Spenden aus der Bevölkerung erhalte. Von all dem hatte Donato Caluzza jedoch keine Ahnung. Genauso wenig wie über die Risiko-Lebensversicherung seines virtuellen Doppelgängers, die von der Assicura Sulla Vita SpA in Rom ausgestellt wurde. Der Hundenarr passe aber gut in die Legende, wenn er sein virtueller Doppelgänger nach seinem Ableben die Versicherungssumme dem Tierheim vermacht.

„Du wirst in Bologna in der Pension Bella Vita im Stadtteil Santa Croce erwartet. Ich habe Dich bereits beim Verwalter Mario Pastone angekündigt", beendete Aldo Rufano seine Ausführungen.

„Muss das denn unbedingt sein", fragte Sovrano, „ich hasse es, wenn ich meine Anonymität aufgeben muss. Da ich davon ausgehe, dass dieser Caluzza eines natürlichen Todes sterben soll, ist mir ein Einsatz ohne Mitwisser lieber".

„Es reicht doch, wenn Pastone von mir einen Tag vor der Aktion informiert wird, um sich vorzubereiten und dann nach dem Ableben Caluzzas eine Nachricht bekommt", erklärte Sovrano dem Consiglere. „Die örtliche Polizei tauche in der Regel erst nach der Feststellung der Identität des Toten, also nach zirka zwei Stunden, in der Wohnung des Toten auf, den sie zuvor wahrscheinlich irgendwo in Bologna auffinden werden. Ich werde mir schon eine eindeutige natürliche Todesursache einfallen lassen. Sieht doch besser und absolut plausibel aus, wenn dieser Caluzza beispielsweise während eines spannenden Hunderennens vor Aufregung im Wettbüro dahinscheidet oder in seinem stressigen Job als Shop-Betreiber mit zu hohem Blutdruck von uns gehen würde", meinte Angelo mürrisch.

„Ich habe da vollstes Vertrauen in deine Arbeit und kann deinen Wunsch unerkannt zu bleiben durchaus nachvollziehen. Also werde ich Pastone einen plausiblen Grund für die Änderung mitteilen", beendete Rufano das Thema und übergab Sovrano das Dossier über Donato Caluzza. Angelo griff zu einem Stift, den der Consiglere vor sich liegen hatte und schrieb auf das Kuvert „Cani dormienti" – schlafender Hund.

1 2

Franco Rusina fluchte, als der Container des Aktenvernichters morgens um 7.00 Uhr angeliefert wurde und der Fahrer den leeren Alubehälter rumpelnd ins Foyer schob.

„Tach auch! Bitte hier unterschreiben", raunzte der Hüne den verdutzten Rusina an, knallte den Lieferscheinblock auf den Container und hielt ihm einen Kugelschreiber hin. Rusina verspürte eine unbändige Lust, diesem Poltergeist eine zu donnern, aber sein Verstand hielt ihn in Anbetracht der muskulösen Erscheinung seines Gegenübers davor zurück. Rusina unterschrieb und gab den Kugelschreiber brav zurück.

„Wenn Sie mit der Befüllung fertig sind, einfach die Telefonnummer anrufen, die auf dem Lieferschein abgedruckt ist, und einen Abholtermin vereinbaren", wies der Fahrer den Hausmeister in das weitere Prozedere ein, überreichte Rusina den Lieferschein und stapfte zum Ausgang.

„Geht klar und einen schönen Tag noch", rief Rusina dem Hünen nach, der bereits an seinem Laster angekommen war, in die Fahrerkabine kletterte und mit einer Handbewegung den Gruß erwiderte.

„Du mich auch", entfuhr es Rusina und erwiderte den Gruß. Er schnappte sich den leeren Container und schob ihn zum Fahrstuhl. Oben im zweiten Stock angekommen, gab sich Rusina keine Mühe, besonders leise zu sein, und polterte mit der

Aluminiumkiste zu Koiners Appartement, schloss auf und schob den rollenden Papierschlucker ins Zimmer. Falls der zweite Stock noch im Schlaf lag, war es damit jetzt vorbei.

Gegen neun Uhr klopfte dann Charlotte zaghaft an die Bürotür von Rusina, der ihr mürrisch den Schlüssel für das Appartement II-8 gab.

„Die Kiste steht bereits im Zimmer und wenn du mit allem fertig bist, lass ich den Container wieder abholen. Erledige bitte zuerst die Pappe und das Papier, denn der Container kostet Geld", instruierte Rusina Charlotte Kalo und verschwand in seinem Büro.

Charlotte machte sich an die Arbeit und sammelte zunächst die Papierstapel auf Mikos Schreibtisch und dem angrenzenden Regal zusammen. Blatt für Blatt verschwand im breiten Schlitz der Alubox des Aktenvernichters, bis der Schreibtisch und die Regalbretter leergeräumt waren. Unter dem Schreibtisch stieß Charlotte auf eine Umzugskiste, die randvoll mit Briefen, Mahnschreiben und gelben Mahnbescheiden gefüllt war. Das waren also die Schulden des Österreichers, die aber nach einer ersten Durchsicht nicht von der Bella Vita GmbH eingefordert wurden, sondern von einer Unzahl anderer Gläubiger, denen Miko das Geld für teilweise ziemlich unnützen Plunder schuldig geblieben war. Ihre gestern während des Gesprächs mit dem Anwalt angestellte Vermutung wurde durch den grob überflogenen Schriftverkehr in Koiners Umzugskiste bestätigt. Michael Koiners Schulden bei der Bella Vita waren ihrer Meinung nach ebenso aus der Luft gegriffen, wie die Rechnung, die ihr die Familie Salva in Apulien nach dem Freikauf von den Albanern präsentierte. Die hatten sich diese Schuldtitel Michael Koiners bestimmt durch ihre ukrainischen Fälscher anfertigen lassen, die auch vor Jahren ihre Papiere und Aufenthaltsgenehmigungen für Österreich und Deutschland beschafft hatten. Allein um diese Aufenthaltsgenehmigungen abzustottern, hatte man ihr über zwei Jahre jeden Monat einen erheblichen Anteil ihres Verdienstes einbehalten.

Charlotte zog den Umzugskarton an die Alubox heran und erschrak heftig, da neben ihr plötzlich eine Person auftauchte. Durch diesen Adrenalinschub hellwach geworden, ebbte ihr gestiegener Puls schnell wieder ab, da es nur ihr Spiegelbild war, dass sich in der umfunktionierten Glastüre des Badezimmers bewegte. Charlotte atmete tief durch und schickte jeden einzelnen Brief, jede Mahnung und jeden Schuldtitel durch den gefräßigen Schlitz, bis zwei braune Kartons am Boden des Umzugskartons sichtbar wurden. Neugierig hob sie die Kartons heraus, setzte sich an den Schreibtisch und öffnete die erste Schachtel mit Größenangabe 50. Es waren stabile Verkaufsschachteln für Herrenoberhemden, die Miko als Aufbewahrungsbox für eine ansehnliche Anzahl vergilbter Zeitungsausschnitte nutzte, die in das Seidenpapier der Hemdenverpackung eingeschlagen waren. Oben auf lag eine Todesanzeige von Horst Koiner, der am 17.08.1923 in Wien geboren und am 20.12.1994 gestorben war.

„In Liebe Margot und die Kinder Maria und Michael. Die Beisetzung findet am 29.12.1994 auf dem Friedhof im 11. Wiener Gemeindebezirk Simmering statt", las Charlotte laut vor. Darunter eine weitere Todesanzeige der Vienna Elementar, die den Tod ihres früheren Direktors a.D. und Nationalrates, Herrn Horst Koiner, betrauerte und schließlich eine voluminöse Traueranzeige der Freiheitlichen Partei Österreichs, die den plötzlichen Tod des Nationalrates Horst Koiner anzeigte, der seit der 9. Gesetzgebungsperiode 1966 bis zur 19.

Gesetzgebungsperiode 1994 für die FPÖ einen Sitz im Nationalrat innehatte. Unter den Traueranzeigen dann einige Zeitungsausschnitte aus Wiener Tageszeitungen, die sich mit dem Skandal der Vorteilsnahme eines ehemaligen, im Bericht anonymisierten Direktors der Vienna Elementar befasste. Den Schluss der Pressesammlung bildete eine kleine auf eine DIN A4 Seite geklebte und mit rotem Stift eingerahmten Notiz, die den plötzlichen Tod eines früheren ranghohen Mitarbeiters der Vienna Elementar vermeldete. Unter den Zeitungsberichten kamen noch zwei Briefe zum Vorschein. Einer war im Dezember 1994 in Salzburg abgestempelt und an Michael Koiner adressiert. In diesem Brief beschwerte sich die Schwester bitterböse darüber, dass er nicht zur Beisetzung seines Vaters nach Wien gekommen sei. Der zweite Brief war von seiner Mutter, die ihm im Januar 1995 mitteilte, dass sie die Wohnung in Wien aufgegeben habe und in das Haus ihrer Eltern am Neusiedler See umgezogen sei. Die Wohnung in der Leopoldstadt wollte sie nach dem Tod des Vaters nicht mehr halten, da die meisten Bewohner des Viertels und ehemalige Freunde den Kontakt und Umgang mit ihr deutlich mieden.

Ganz unten in der Schachtel kramte Charlotte dann noch ein weiteres braunes Kuvert hervor, das ebenfalls nur Zeitungsausschnitte enthielt, die in großen Überschriften ihre Themen ankündigten: „Razzia in der Wiener Unterwelt, Russenmafia, Korruption, Mord, SÖBOK Skandal, Beamte des BKA verhaftet, Freunderlwirtschaft, Wohnbaugenossenschaft Ost unter Verdacht, Finanzkarussel des Allgemeinen Wiener Krankenhauses." Eine besonders dicke und mehrfach geklammerte Dokumentation befasste sich mit dem Bundeslagebild des BKA Wiesbaden über Organisierte Kriminalität und enthielt Organisationspläne des Polizeipräsidiums Köln und Berichte der Kölner Nachrichten über

Steuerhinterziehung und Spielautomatenmanipulationen in Spielhallen des Rheinlandes.

Ein weiteres Kuvert war mit Österreich beschriftet und enthielt die Kopie eines dringlichen Antrags an die Österreichische Bundesregierung, die dem Nationalrat einen Bericht über die wirtschaftlichen, kulturellen und wissenschaftlichen Beziehungen mit osteuropäischen Staaten sowie den Nachfolgestaaten der ehemaligen Sowjetunion vorlegen solle. In diesem Bericht solle die Bundesregierung alle getroffenen Maßnahmen schildern, die geeignet wären, um Vorteilnahmen organisierter Krimineller zu verhindern. Charlotte nahm das letzte Konvolut dieses Kartons in die Hand. Die vergilbten Zeitungsartikel aus Wien hatten nur ein Thema: Den SÖBOK-Skandal. Die Auflösung der „Sondereinheit Österreich zur Bekämpfung der Organisierten Kriminalität", die zur Festnahme von zwei Kriminalbeamten führte. Die Berichte befassten sich ausschließlich mit der Auflösung dieser Spezialeinheit und schlossen mit einer dreiteiligen Serie über Geschäftspraktiken der in Wien operierenden Mafiafamilien.

Charlotte schloss die Schachtel und strich in Gedanken über den Deckel des Kartons, bevor sie die zweite Schachtel öffnete und weitere braune Kuverts mit vergilbten Zeitungsausschnitten zum Vorschein kamen. Auch hier eine Sammlung von Berichten zu unterschiedlichen Mafiaaktivitäten im Rheinland und in Wien. Erschrocken fuhr sie hoch, als im Haus Stimmen zu hören waren, doch in die Angst mischte sich der Entschluss, dass dieser Fund unbedingt in Sicherheit gebracht werden musste. Zeit zum Lesen war jetzt keine. Rusinas Leute hatten das Zimmer zwar gefilzt, aber die beiden Hemdenverpackungen unter der Masse der Mahnschreiben nicht entdeckt. Michael Koiner hatte grob geschätzt über 12 Jahre, beginnend mit dem Tod des Vaters bis in die Neuzeit hinein Meldungen, Berichte und Aktivitäten zur organisierten Kriminalität in Wien und Köln gesammelt.

Charlotte öffnete die Appartementtür und lauschte in den Flur. Nur das Rasseln des Straßenlärms der Nord-Süd-Fahrt war als Grundgeräusch zu hören. Sie schnappte sich die beiden Schachteln und ging ohne anzuhalten in den oberen Stock. Kaum im Zimmer kippte sie den Korb mit ihrer Dreckwäsche auf dem Bett aus, wickelte die beiden Schachteln in einen Kopfkissenbezug und legte diese auf den Boden des Wäschekorbes. Abschließend stopfte sie die Wäsche wieder in den Korb. Hier war Mikos Sammlung von Zeitungsausschnitten vorerst sicher. Lotte sperrte ihre Wohnung ab und ging leise zum Appartement von Miko zurück. Als sie unten ankam, stand die Tür offen und im Zimmer waren Geräusche einer Toilettenspülung zu hören.

„Hallo, ist da jemand?", rief sie in das Zimmer, das sie in der Eile nicht abgeschlossen hatte und das Licht brennen ließ.

„Bin nur ich", tönte Franco Rusina aus dem Raum," wo warst Du denn und weshalb ist das Zimmer nicht abgeschlossen?"

„Ich war eben kurz auf meinem Zimmer zum Pinkeln", kam schüchtern die Antwort.

„Warum gehst du nicht hier auf die Toilette?", bohrte Rusina mit fragendem Blick nach.

„Ich gehe ungern auf Toiletten, in denen Männer im Stehen gepinkelt haben", antwortete Charlotte patzig, öffnete die Tür zur Toilette und deutete auf die gut sichtbaren Urinränder der Kloschüssel.

„O.K. und wie weit bist Du im Augenblick?", lenkte Franco Rusina beschämt und leicht errötend ab. Auch er war offenbar einer, der im Stehen pinkelte.

„Den Papierkram habe ich durch, die Alubox ist fast voll. Als nächstes kommen die Bücher, die Klamotten und der Krimskrams dran, den der Wohnungsauflöser morgen mitnehmen soll. Die Alubox kann abgeholt werden."

„Gut, dann nehme ich das Altpapier schon mal mit nach unten", sagte Franco, kippte die Box in Schräglage und rollte den Container aus dem Zimmer. „Mach nicht mehr so lange und schließ die Tür ab, wenn du gehst!", rief er aus dem Flur und rollte die Kiste scheppernd zum Fahrstuhl, zu dem nur er einen Schlüssel hatte. Die Bewohner des Hauses sollten gefälligst zu Fuß gehen, das spart Strom und Wartungskosten für den Fahrstuhl. Falls jemand wirklich einmal was Schweres nach oben transportieren will, kann man ihn ja nach dem Schlüssel fragen. Er ist schließlich kein Unmensch. Offensichtlich hatte Charlotte mit dem Ekel vor verpinkelten Männertoiletten einen Nerv bei Franco getroffen und gleichzeitig seinen Unmut wegen des nicht abgeschlossenen Zimmers zerstreut. Am darauffolgenden Tag, als sie die Aufräumaktion um die Mittagszeit als erledigt mitteilte, war Franco Rusina übertrieben freundlich zu ihr.

„Der Trödler kann kommen und den Rest abholen!", rief Charlotte in Rusinas Büro, der gerade mit Jorge Biselsky eine scherzhafte Auseinandersetzung führte. Mit Charlottes Rufen brach die lachende Unterhaltung im Büro abrupt ab und Biselsky streckte seinen Kopf durch die Tür.

„Ah, Signorina Charlotte", kam es gedehnt aus seinem Mund und Franco schubste ihn im selben Moment durch die Tür nach draußen.

„Leg den Schlüssel einfach auf die Theke, ich kümmere mich um den Trödelfritzen", gab er ihr freundlich zu verstehen.

„Gut dann geh ich mal ins Snooker", rief Charlotte den Beiden zu und verschwand durch die Eingangstür nach draußen.

Ihr Weg führte sie ins Postamt in den WDR-Arkaden, das nur wenige Minuten entfernt, direkt an der Nord-Süd-Fahrt lag. Sie kaufte dort einen in Folie geschweißten Versandkarton Größe M und anschließend im nächst gelegenen Drogeriemarkt noch ein Fläschchen Isopropylalkohol, welches ebenfalls in ihrer großen Umhängetasche verschwand. Pünktlich um 16 Uhr bereitete sie im Snooker ihre Schicht hinter der Theke vor, zerbrach die Kleingeldrollen in die Kasse und machte sich Notizen zum Anfangsgeldbestand ihrer Schicht im Abrechnungsbuch. Charlotte war schlecht gelaunt. Sie fertigte die Gäste möglichst schnell ab und würgte Gespräche bereits im Anfangsstadium im barschen Tonfall ab. Naze Keck hatte Charlotte bereits eine Weile beobachtet. Als sie auf ihn aufmerksam wurde, erschrak sie leicht und spannte ihren Rücken.

„Ich war schon eine Weile nicht mehr hier und wollte Ihnen auf jeden Fall mein Beileid zum Tod von Michael aussprechen", stammelte Naze Keck nervös und verlegen an der Theke stehend.

„Danke", kam die knappe Antwort, „was möchten Sie trinken?" Mit einer schnellen Handbewegung wischte sie die Theke ab und legte Naze Keck die in Plastik eingeschweißte Getränkekarte hin.

„Nur einen Kaffee bitte", gab Keck kurz zur Antwort, aber Charlotte werkelte bereits an der Kaffeemaschine herum. Unerreichbar für weitere Gespräche oder Plaudereien. Charlotte trat aus dem Dampf der Kaffeemaschine hervor und stellte ihm den gewünschten Kaffee als Gedeck mit einem kleinen Glas Wasser und einem faden Anis Keks hin. Seine im Kopf zurechtgelegten Gesprächsthemen blieben auf der Zunge kleben, während sein fragendes Gesicht erstaunt die Gegenfrage entgegennahm.

„Darf ich Ihnen sonst noch etwas bringen?" Sie wartete aber die Antwort nicht ab und entschwand ans andere Ende der Theke. Naze Keck war verärgert. Was hatte er dieser Frau denn getan, dass sie ihn so abfertigte? Er nahm einen Schluck Kaffee und beruhigte sich im gleichen Moment, als Charlotte einen Gast ziemlich rüde abkanzelte, der so etwas wie einen Flirt bei ihr landen wollte. Scheint heute nicht ihr Tag zu sein, war seine verständnisvolle Einsicht, als bereits der nächste Gast an der Theke eine verbale Breitseite von Charlotte einfing. Naze Keck legte drei Euro auf das Tablett, nippte noch einmal am Wasserglas und verschwand in Richtung Ausgang.

Charlotte beendete an diesem Abend früher ihre Schicht, nahm die große Umhängetasche mit den Einkäufen vom Nachmittag und ging zur U-Bahn-Haltestelle. Umsteigen am Friesenplatz und dort am Büdchen Zigaretten einkaufen. Zuhause angekommen lugte sie vorsichtig in den Eingangsbereich. Das Foyer war leer. Ihr Blick ging zu ihrem Postfach hinter dem Tresen, auch das war leer. Zügig und ohne anzuhalten durchschritt sie das Foyer. Sie eilte die Treppe hinauf in ihr Zimmer. Dort angekommen, schloss sie hinter sich ab und hängte ihre Jacke über die Türklinke. Damit verdeckte sie das Schlüsselloch. Charlotte ging zum Fenster und schaute einige Minuten auf den jetzt kurz vor Mitternacht abflauenden Verkehr der Nord-Süd-Fahrt. Hinter ihr blubberte der Wasserkocher. Sie zog die Rollos der Fenster nach unten und goss den Tee auf. Während sie mit dem Löffel den Honig im Tee verrührte, eilten ihre Gedanken den jetzt folgenden Arbeitsschritten ihrer Aktion voraus. Handschuhe anziehen, die gelbe Versandkiste aus der Folie nehmen und entsprechend den Anweisungen zu einem Karton falten. Dann die Flasche mit dem Isopropylalkohol auf den Tisch, dazu die Wattebällchen aus dem Kosmetikschränkchen im Bad und Mikos Schachteln aus dem Wäschekorb holen. Nachdem sie den Tee getrunken hatte, beträufelte sie einen Wattebausch mit dem Reinigungsalkohol und öffnete die erste Schachtel. Da sie nicht genau wusste, welche Artikel und Berichte sie angefasst hatte, mussten alle Dokumente von Fingerabdrücken mit dem alkoholgetränkten Watteknäuel abgewischt und in die Schachteln zurückgelegt werden. Nach zwei Stunden waren alle Ausschnitte und Dokumente erledigt und die Schachteln wurden verschlossen. Jetzt noch die beiden Hemdenschachteln außen sauber von Fingerabdrücken reinigen und alles in die gelbe Versandschachtel verstauen. Die Postsendung war fertig. Sie holte die Visitenkarte vom Tisch, die sie in Mikos Zimmer gefunden und eingesteckt hatte, griff nach einem schwarzen Permanent Marker und beschriftete den Versandkarton. Das Paket wurde an Mikos Freund Ignaz Keck adressiert, der laut seiner Visitenkarte im „Wirtschaftsarchiv Köln" arbeitete. Charlottes vage Chance bestand darin, dass Ignaz Keck unschwer realisieren würde, dass dieses Paket drei Wochen nach Mikos Tod nicht von ihm selbst gepackt und abgeschickt sein konnte. Schon gar nicht, wenn Miko als Absender auf dem Paket stand. Der Inhalt der Kiste schrie geradezu danach, den Unfall in einem neuen Zusammenhang zu betrachten. Charlotte steckte das Paket in ihre große Umhängetasche, zog ihre Handschuhe aus und öffnete das Fenster, damit sich der Geruch des Isopropylalkohols verflüchtigen konnte. Morgen früh sollte die Angelegenheit eine neue Richtung nehmen, dachte Charlotte noch kurz vor dem Einschlafen und war sichtlich zufrieden mit ihrem Plan. Bedauerte es aber, diese Sammlung an Zeitungsausschnitten aus

Zeitgründen nicht lesen zu können. Das brisante Material musste so schnell wie möglich außer Haus. Für sie war das eine Zeitbombe, die woanders explodieren sollte.

Charlotte Kalo verließ am darauffolgenden Nachmittag ihr Appartement wie gewohnt, um ins Snooker aufzubrechen. Heute ging sie stattdessen zielstrebig zum Hauptbahnhof Köln, den sie über den Eingang West an der Breslauer Straße betrat. Zielstrebig folgte sie der A-Passage bis zu den Toiletten und löste ein Eintrittsticket. Die Rail & Fresh Toilettenanlage im Kölner Hauptbahnhof hatte einen zweiten Ausgang, der direkt in die C-Passage führte. Sollte ihr jemand gefolgt sein, so würde er ihr mit Sicherheit nicht auf die Damentoilette folgen, sondern vor der Toilette auf ihre Rückkehr warten, während sie bereits auf Gleis 2 in den wartenden Zug nach Dortmund stieg. Auf die Minute genau verließ der ICE den Kölner Hauptbahnhof in Richtung Deutz. In Dortmund angekommen ging Charlotte über die Nordseite des Bahnhofs in das Postamt auf der Kurfürstenstraße und stellte am Paketschalter ihre Tasche auf den Tresen. Mit beiden Händen zog sie den Stoff der Tasche nach unten und kippte das Paket aus dem Beutel. Wie erhofft, schnappte sich der Postangestellte das Paket und stellte es auf die Waage. Sie bezahlte und warf beim Verlassen des Postamtes die Quittung und den Abschnitt mit der Sendungsnummer in den Abfall. In knapp einer Stunde würde der ICE auf Gleis 10 zurück nach Köln fahren und damit rechtzeitig zu ihrem Schichtbeginn ankommen.

Das Paket war auf dem Weg und die Zustellung durch nichts mehr zu stoppen. Sie hoffte darauf, dass der Empfänger die im Paket enthaltenen Informationen zum Anlass nehmen würde, um bei der Polizei neue Ermittlungen anzuregen. Die Zündschnur dafür hatte sie in Form eines handgeschriebenen Zettels in das Paket gelegt. Geschrieben war die Botschaft im Stil der schwungvollen Lettern, die Miko gerne verwendete und mit seiner nachgeahmten Unterschrift unterzeichnet.

„Kümmert euch um die Kopien, die nie beerdigt wurden, aber andere todsicher aus dem Leben katapultierten. ORSUL – Ohne Risiko Sicher Und Lukrativ."

13

Angelo Sovrano schob seine Geländemaschine in den Schuppen seines Elternhauses, drehte den Benzinhahn zu und warf eine Abdeckplane über die Husaberg 500. Wohnhaus und Schuppen waren dank ihrer aschfahlen verwitterten Holzverschalung vor dem Panorama der grauen Berghänge kaum wahrzunehmen. Sein Elternhaus war seit Jahren nicht mehr bewohnt. Angelo hatte nach dem Tod seiner Mutter die Möbel und Inneneinrichtungen mit Leinentüchern abgedeckt, die Fensterläden geschlossen und den Eingangstüren zum Haus und dem Schuppen einbruchssichere Schlösser spendiert. Ab und an schaute der alte Mazarella hier nach dem Rechten und besserte eventuelle Schäden aus, die bei dem wechselhaften Wetter oben im Gargano nicht ausblieben. Er selbst kam selten hier hinauf in seinen Heimatort und wenn, dann ließ er sich von Mazarella auf den neuesten Stand des Dorftratsches bringen oder machte mit seiner Geländemaschine Ausflüge an den Lago di Varano im Norden des Nationalparks.

Angelo Sovrano hatte nach dem Treffen in Molfetta eine kleine Auszeit erbeten und sich für eine Woche in die Abtei Santa Maria di Pulsano zurückgezogen. Jetzt im Winter war es dort oben absolut ruhig, denn er war der einzige Gast der Mönche, die dieses abgelegene Kloster bewirtschafteten. Keine Touristen, keine Pilger oder Wanderer, die einen beim Nachdenken störten. Die vier Mönche, die in der Abtei lebten, hatten alle Hände voll zu tun und waren dankbar, wenn sie in Ruhe gelassen wurden. Das Haus seiner Eltern wollte er im Winter nicht nutzen, denn die Heizung wegen ein paar Tagen anzuwerfen, lohnte sich nicht. Sovrano wäre gerne noch ein paar Tage geblieben, aber es war Zeit zum Aufbruch. Die Angelegenheit in Bologna musste bis Ende Januar erledigt sein. Danach wurde er Anfang Februar in Bremen erwartet, um das Classic Car Projekt auf der Messe zu überwachen. Sein Zimmer in der Abtei war bereits geräumt und der gepackte Koffer lag in seinem Mietwagen, der oben im Innenhof der Abtei parkte. Angelo besprach sich kurz mit Mazarella, bedankte sich für die Reparatur des Daches und drückte dem Alten einige Hundert-Euro-Scheine in die Hand.

„Das ist fürs Aufpassen und die Reparaturen, mein Freund. Ich hoffe, es deckt deine Ausgaben. Falls während meiner Abwesenheit noch was anfallen sollte, findest du wie gewohnt in der Küche ein paar Scheine in der Suppenterrine."

„Danke, das ist mehr als genug Angelo, aber wann kommst du eigentlich wieder?", wollte der Alte wissen.

„Wenn alles glattgeht, bin ich Ende Februar Anfang März wieder hier. Rechtzeitig um mit dir auf die Jagd zu gehen. Die Wildschweine nehmen ja sonst überhand", lachte Angelo und schulterte seinen Rucksack.

„Soll ich dich noch nach Manfredonia bringen," wollte Mazarella wissen, doch Angelo lehnte dankend ab.

„Lass mal gut sein, ich gehe zu Fuß hinauf in die Abtei, dort steht mein Wagen. Ciao mein Bester", hob seinen Arm zum Gruß und stapfte den Hang hinauf.

„Addio Angelo, divertiti!", rief Mazarella dem Freund nach, der zügig im Wald verschwand.

Der Mietwagen stand im Schatten des Innenhofes der Abtei. Angelo warf den Rucksack auf den Beifahrersitz, startete den Wagen und fuhr den altbekannten Weg wie früher hinunter nach Manfredonia. Er hatte beschlossen, mit den Zug nach Bologna zu reisen. Die Mietwagenrückgabe verlief ohne Probleme und wenig später saß Sovrano im Regionalzug nach Bari. Dort stieg er um in den ICN 35022, der gegen 20 Uhr am Abend in Bologna Centrale einfahren würde. Die Bahnstrecke verlief immer an der Adria entlang über Foggia, Pescara, Ancona und Rimini, bevor sie von der Küste weg in Richtung Landesinnere verlief. Während der Zugfahrt aktivierte Sovrano sein Prepaid-Handy und wählte die Nummer der Bella Vita SNC in Bologna. Mario Pastone, der Geschäftsführer der Pension, war kurz angebunden und wortkarg.

„Hat dir der Consiglere Bescheid gegeben, dass ich die Angelegenheit möglichst anonym erledigen möchte?", fragte Sovrano den Manager des Wohnheims.

„Ja, hat er. Ich erwarte lediglich präzise Angaben von dir, wenn du den Job erledigt hast, damit ich noch genügend Zeit habe, das Appartement unseres Hundefreundes zu präparieren", antwortete Pastone und fügte hinzu, „ich gehe mal davon aus, dass dein Handy sicher ist?"

„Mein Smartphone ist abhörsicher, Mario, also notiere dir bitte folgende Nummer, falls du mich sprechen willst", erwiderte Angelo und gab die Rufnummer durch.

„Alles klar, unter dieser Nummer bist du also bis zu deiner Abreise erreichbar", erkundigte sich Pastone und wiederholte die Zahlenfolge. „Wir haben dir im Hotel Imperiale ein Kuvert hinterlegt und ein Zimmer auf den Namen Carlo Marchetti reserviert."

„Das ist richtig", antwortete Angelo und verabschiedete sich. Draußen zog gerade die Silhouette von Francavilla al Mare, ein Vorort von Pescara, vorüber. Angelo drückte sich tiefer in den Sitz und dämmerte mit geschlossenen Augen im Takt der Schienenfugen. Punkt 20.05 Uhr fuhr der ICN 35022 in Bologna Central ein. Draußen war es bereits stockdunkel und die Stadt schimmerte im goldgelben Licht der Straßenbeleuchtung. Das Imperial war nur wenige Minuten vom Hauptbahnhof entfernt. Sovrano ging die kurze Strecke mit schnellen Schritten und war froh, als die Automatiktüren des Hotels den Lärm der Stadt hinter seinem Rücken verschluckten.

„Guten Abend, mein Name ist Carlo Marchetti. Für mich wurde hier ein Zimmer gebucht", begrüßte Sovrano die adrett gekleidete Empfangsdame, stellte sein Gepäck ab und wartete auf ihre Reaktion.

„Guten Abend Herr Marchetti, ich darf Sie im Namen unserer Hotelleitung herzlich willkommen heißen. Bitte füllen Sie unseren Anmeldebogen aus, während ich Ihre Post hole und die Codekarte für das Zimmer freischalte." Sie überreichte Sovrano ein Formular samt Stift und beugte sich kurz über die Anmeldung. Claudia, so stand es auf ihrem goldenen Namensschild, erkundigte sich nach dem Gepäck, ging dann aber zügig an die Rückwand und holte aus dem Fach 233 einen Umschlag und die Zugangskarte für das Zimmer.

„Sie sind im zweiten Stock, Zimmer 233. Der Aufzug ist hier vorne links. Darf ich Ihnen Ihr Gepäck aufs Zimmer bringen lassen?"

Sovrano verneinte, denn seine überschaubare Ausstattung wolle er doch lieber selbst nach oben bringen. Die nachfolgenden Einweisungen ließ er geduldig über sich ergehen. WLAN und eine

Anleitung zur Einwahl befinde sich im Zimmer. Das Frühstück könne er von 7.00 Uhr bis 9.00 Uhr drüben im Hotelrestaurant einnehmen und der Room Service sei unter der Rufnummer 990 erreichbar.

„Ich wünsche Ihnen einen angenehmen Aufenthalt in unserem Hause", beendete Claudia ihren Begrüßungstext, klimperte kurz mit ihren Wimpern und schickte ein eintrainiertes Lächeln über den Rezeptionstresen.

Angelo Sovrano alias Carlo Marchetti nickte nur kurz, griff seinen Rucksack, steckte das Kuvert ein und schob seinen Gepäcktrolli in Richtung Fahrstuhl. Kaum hatte er die Aufzugstaste gedrückt, öffnete sich die Tür und ein bulliger Kerl mit Knoblauchfahne trat aus dem Fahrstuhl, schob ihn unsanft zur Seite und schoss in Richtung Rezeption davon. Sovrano ärgerte sich, dass er diesem ungehobelten Klotz nicht im Vorübergehen ein Bein gestellt hatte, aber sein Aufenthalt brauchte keine Auffälligkeiten. Oben angekommen orientierte er sich an den Hinweisschildern. Das Zimmer lag am Ende des Ganges auf der Stirnseite.

„Auch gut, da habe ich den Gang ja vollständig unter Kontrolle", murmelte Angelo vor sich hin, öffnete das Zimmer und steckte die Codekarte in den Kontaktschalter für die Stromversorgung. Augenblicklich explodierten die Lampen und tauchten das Zimmer in gleisendes Licht.

Angelo Sovrano stöpselte seinen Laptop in die Steckdose und stellte über den Hotspot eine gesicherte Verbindung her. Wie immer nach längerer Abstinenz vom Internet, meldete sich das Betriebssystem erst mal mit der Drohung, jetzt das längst überfällige Update zu starten und zeitgleich poppte ein weiteres

Fenster auf, das ihn darauf hinwies, das Backup zeitnah durchzuführen.

„Was denn nun, ihr Vollpfosten", wetterte Angelo Sovrano in den Windows Begrüßungssong hinein, „ich verbringe gerne meine Zeit mit solchen Kinkerlitzchen."

Er schob den Laptop beiseite, startete die angeforderten Updates und überbrückte die Wartezeit mit dem Inhalt des ausgehändigten Kuverts. Das Dossier seiner Auftraggeber war kurz und knapp. Neben den Adressen und Ortsangaben lagen zwei Fotografien von Donato Caluzza im Kuvert. Eine Aufnahme zeigte ihn an seiner Arbeitsstelle in Aktion und das zweite Foto war auf der Rückseite mit einer Ortsangabe beschriftet: Grillfest im Garten der Bella Vita. Zu sehen waren drei Personen, ganz rechts im Bild stand deutlich zu erkennen Donato Caluzza. Angelo Sovrano notierte sich die Straßennamen und Uhrzeiten des knappen Bewegungsprofils und startete den Routenplaner im Tor-Browser. Ein langweiliges und eintöniges Leben, das dieser Caluzza führte, dachte Angelo und notierte sich die Angaben. Montag bis Freitag jobbte der Hundefreund in der Copisteria Legatoria, ein Copyshop mit Buchbinderei und Telefonzubehör in der Via Zamboni, der für die Studenten der nahen Universität Bologna von morgens 10.00 Uhr bis abends 19.00 Uhr offen hatte. Die Alma Mater der Universität war gleich um die Ecke und der Laden war somit ständig gut besucht. Mittwochs arbeitete Caluzza nur halbtags und verließ Punkt 13 Uhr den Laden, um das Wettbüro „Puntata24" im Stadtteil Bolognina aufzusuchen. Hier war er auch jeden Samstag anzutreffen. Meist brach er samstags nach dem Frühstück gegen 11 Uhr am Bella Vita im Stadtteil Croce Coperta auf und fuhr mit seiner Vespa in Richtung Ippodromo di Bologna. Die Pferderennbahn war nur knapp zwei Kilometer von der Bella Vita Pension entfernt. Im Rennbahn-Café verbrachte Caluzza eine gute Stunde mit den Rennlisten seiner

Sportzeitung, bevor er hinüber zum „Puntata24" in der Via di Salicento ging. Donato Caluzza verbrachte den ganzen Nachmittag damit, seine Windhund-Rennwetten zu platzieren und verfolgte die Übertragungen live über das Global-Greyhound-TV. Das war alles. Sovrano klappte den Laptop zu und verstaute seine Utensilien im Rucksack.

Der Frühstücksraum war für seinen Geschmack zu voll und bot nur ein langweiliges Buffet der Sorte Continental-Frühstück. Sovrano nahm sich einen Kaffee und knabberte an einem Cornetto. Der Blick auf die Uhr zeigte an, dass es Zeit wurde, sich auf den Weg zu Noleggio zu machen. Der Rollerverleih an der Porta Mascarella war gut 10 Minuten vom Hotel entfernt. Die Wahl fiel auf eine Piaggio Beverly 500. Der Scooter war genau richtig für sein Vorhaben. Schnell und jedem Auto in der Stadt überlegen. Geräumige Koffer an den Seiten und ein Integralhelm, passend zur grauen Rollerfarbe. Unauffälliger geht's nicht, dachte Angelo Sovrano als er den Mietvertrag unterschrieb. Mit dem Helm blieb er unerkannt und der Roller war das ideale Fahrzeug für die Observierung von Caluzza. Egal welche Abkürzungen oder Schleichwege seine Zielperson auch nehmen würde, mit dem Roller konnte Angelo Sovrano schnell und wendig überall dranbleiben. Ganz besonders in Bologna und im Studentenviertel. Hier standen an jeder Straßenecke hunderte dieser Roller, die in italienischen Großstädten den Straßenverkehr dominierten. Angelo Sovrano klemmte sein Smartphone in die Halterung am Lenker und folgte den Angaben der App in die Via Zamboni zum Copyshop Ebraico. Schräg gegenüber vom Laden klappte er sein Helmvisier hoch und beobachtete das Treiben im Kopierladen. Ziemlich viel los da drüben. Kein guter Ort für sein Vorhaben.

Genau nach Plan düste Donato Caluzza am darauffolgenden Tag mit seiner Vespa um 8:30 Uhr in die Innenstadt, stellte den Roller unweit des Kopierladens ab und verschwand im Laden. Drei Stunden später tauchte er wieder auf, schwang sich auf seine Vespa und fuhr zum Ippodromo di Bolognina. Wie im Dossier angekündigt ging er zunächst ins angrenzende Rennbahn-Kaffee, nahm eine Kleinigkeit zu sich und notierte sich die Favoriten und Zeiten der kommenden Windhundrennen. Angelo Sovrano hatte sich ebenfalls eines dieser Sporthefte gekauft. Die Greyhound-Rennen fanden an diesem Mittwoch überwiegend in England statt. Jeweils sechs Hunde starteten pro Rennen und das im Fünf-Minuten-Takt, denn die Windhundrennen gingen lediglich über eine Distanz von knapp 500 Metern. Die meisten Rennen listeten dabei die Rennbahn Green Dogs in Monmore und das Derby auf Perry Barr in Birmingham auf. Gegen 16 Uhr folgten dann noch sechs Rennen in Swindon und weitere fünf auf der Rennbahn Henlow in Bedfordshire. Angelo sah sich auch gleich die Rennlisten für den kommenden Samstag durch. Auch hier waren vier Veranstaltungsorte ausgewiesen, die jeweils ein halbes Dutzend der Windhunde ins Rennen schickten. Insgesamt hatte er am Samstag einen Zeitkorridor von nahezu vier Stunden im Wettbüro „Puntata24". Es wird Zeit, sich dieses Wettbüro mal von innen anzuschauen.

Angelo Sovrano hielt sich im Hintergrund, als Caluzza das Wettbüro betrat und zielstrebig am Schalter seine Einsätze platzierte. Der Hundefreund kombinierte dabei seine Favoriten auf unterschiedliche Art. Seine Favoriten platzierte er auf Sieg und Platz, eine weitere Wette kombinierte er auf Win, Place und Show. Gewinnt der Hund, dann bringen alle drei Wetten Einnahmen, wird er Zweiter, dann zählen nur Show und Place, wird er Dritter, dann zählt nur Show. Diese Vorgehensweise wiederholte er bei fünf weiteren Windhundrennen, ging anschließend zum Kaffeeautomat und setzte sich in einen der Sessel, die vor den Monitoren standen. Sein Interesse galt ab dann nur noch dem Global-Greyhounds.tv und in den Pausen holte er sich einen weiteren Espresso am Automaten, diskutierte mit Gleichgesinnten über die Rennen und führte Freudentänze auf, wenn einer seiner Favoriten eine „Dreierwette" gewonnen hatte. Angelo hatte genug gesehen und sein Entschluss stand fest. Am Samstag wird er die Rolle des Windhundrennen Anfängers und Loosers geben und sich an Donato Caluzza ranmachen.

Unauffällig gekleidet, eine grüne Schirmmütze mit gestickter Windhund Silhouette auf dem Kopf, das Sportmagazin unterm Arm und ausreichend Kleingeld für den Kaffeeautomaten in der Tasche wartete Angelo Sovrano alias Marchetti am Samstag im „Puntata24" und gab den sichtlich nervösen und unerfahrenen Anfänger in Sachen Windhundrennen. Caluzza hatte offenbar etwas Verspätung, doch genau in dem Moment, als Angelo Sovrano nachschauen wollte, wo der Hundefreund blieb, kam Caluzza zur Tür herein und ging wie gewohnt sofort zu einem der Schalter. Kurz darauf nahm er in einem der Sessel Platz und Sovrano setzte sich direkt neben ihn. Caluzza verfolgte die Rennen und hatte offensichtlich bereits bei zwei Einsätze gewonnen, als Sovrano eine Pause nutzte, um den Verzweifelten zu mimen.

„Verdammt noch mal, wie ging das nochmal mit dem Dreier", rief er und wedelte mit seinem Wettschein. Caluzza wirkte amüsiert und lächelte den Anfänger an.

„Was haben Sie denn beim letzten Rennen gesetzt", wollte er von Sovrano wissen, der sich dankbar zu ihm rüberbeugte und den Wettzettel vorzeigte.

„Ich habe auf Rapid Khan gesetzt, der wurde aber nur Zweiter. Zählt das jetzt noch als Place und Show in diesem Rennen?"

„Nein, das war nichts, denn Sie haben auf Sieg gesetzt, also Platz zwei als einzigen Tipp. Platz oder Show wurde nicht gespielt auf diesem Schein", antwortete der routinierte Caluzza. „Sie hätten eine Dreierwette platzieren sollen. Tipp eins auf Platz 2 und dann die Kombi Place und Show. Dann hätten sie mit Platz 2 alle drei Wetten gewonnen".

„OK, kapiert und wieder was gelernt", meinte Angelo Sovrano lakonisch, zerknüllte den Wettschein und fragte Caluzza, ob er ihm einen Kaffee spendieren dürfe. Der Hundefreund lächelte und nickte, richtete seine Konzentration aber wieder auf den Bildschirm, denn das nächste Rennen wurde angekündigt.

Angelo Sovrano ging zum Kaffeeautomaten. Der Pappbecher rauschte nach unten und während der Kaffee röchelnd einlief, kippte er das mitgebrachte PaNa in Caluzzas Becher. Während er seinen Kaffee aufbrühte, konnte sich das PaNa in Caluzzas Becher auflösen. Angelo Sovrano rührte noch ein wenig Zucker hinein. Das PaNa war eine Mischung aus Paspertin Tropfen, die den Magen beruhigten und einer hohen Dosis hochgiftiges Natrium Pentobarbital Konzentrat, das äußerst schnell und ohne Schmerzen wirkte. Diese Mischung war absolut tödlich und nach der Einnahme gab es kein Zurück, denn für diesen in der Sterbehilfe entwickelten Cocktail gab es kein Gegenmittel. Eine Obduktion würde zudem nur das Paspertin nachweisen, das als Magenmittel zudem unverdächtig war. Angelo Sovrano reichte Caluzza den Kaffee, der sich artig bedankte und beim Trinken weiterhin gebannt auf den Bildschirm starrte. Sovrano bemerkte noch, wie Caluzza binnen sehr kurzer Zeit gleich nach dem Zieleinlauf das Bewusstsein verlor und ins Koma fiel. Der Giftcocktail wirkte zuverlässig, legte das zentrale Nervensystem lahm und brachte das gesamte Atemzentrum zum Stillstand. Angelo Sovrano nahm dem schlafenden Caluzza den Kaffeebecher aus der Hand und schob ihn sanft in den Sessel. Danach ging er zum Kaffeeautomaten und warf beide Pappbecher in den Abfalleimer. Der Tote saß immer noch regungslos leicht zur Seite gekippt im Sessel und wirkte wie einer, der ein Nickerchen macht. Angelo Sovrano verlies unbemerkt das Wettbüro und setzte sich gegenüber in das Rennbahn-Café am Ippodromo. Es dauerte fast fünfzehn Minuten, bevor drüben im Puntata24 hektische Betriebsamkeit aufkam. Nach weiteren 5 Minuten rauschte der Notarzt und die örtliche Polizia di Stato vor das Wettbüro. Das dritte Fahrzeug war ein mit Blaulicht ausgestattetes Zivilfahrzeug der Questura Bologna und mit zwei Kriminalbeamten besetzt. Es wurde also Zeit, Mario Pastone zu verständigen. Sovrano wählte die Nummer des Hausverwalters.

„Pronto, chi è questo", tönte die Stimme Pastones aus dem Smartphone, „was liegt an?"

„Donato Caluzza ist gerade von uns gegangen und wird soeben abtransportiert", informierte Angelo den Hausmeister, „du kannst jetzt das Zimmer präparieren."

Sekunden tödlicher Stille in der Verbindung und Sovrano wollte schon nachfragen, ob Pastone alles verstanden hatte, als dieser ziemlich ungehalten nachfragte.

„Wen hast du denn da umgebracht? Der Kerl ist gerade quicklebendig an mir vorbei aus dem Haus gegangen", spottete Pastone und vermutete, dass Caluzza in wenigen Minuten am Wettbüro auftauchen müsse. „Unser Hundefreund hat sich heute etwas verspätet, da er beim Frühstück mit seinem Zimmernachbarn in Streit geraten ist. Ich konnte gerade noch rechtzeitig eine Prügelei verhindern. Sieh zu, dass du das klärst

Angelo und halte den echten Caluzza vom Wettbüro fern, solange der andere da noch rumliegt."

„Geht klar Pastone", kam die kurze Antwort von Angelo Sovrano, der vollkommen verdattert ein „Ciao, ich melde mich wieder", in den Hörer stammelte. Doch die Verbindung war bereits unterbrochen. Tatsächlich dauerte es nur 10 Minuten, bis Donato Caluzza auf seiner jaulenden Vespa am Ippodromo eintraf. Putzmunter bockte er den Roller auf und verstaute den roten Helm unter der Sitzbank. Caluzza ging schnurstracks auf das Rennbahn-Café im Ippodromo zu und an Sovrano vorbei. Der Hundefreund wählte einen Platz im Schatten und setzte sich mit dem Rücken zum Wettbüro an einen Tisch. Angelo Sovrano konnte es nicht fassen, denn die Ähnlichkeit Donato Caluzzas mit jenem Besucher des Wettbüros, den Angelo Sovrano vor wenigen Minuten ins Jenseits befördert hatte, war verblüffend. Angelo Sovrano hatte einen Doppelgänger von Donato Caluzza ins Jenseits befördert.

„Was ist da drüben eigentlich los"? wollte Caluzza von seinem Tischnachbarn wissen und deutete auf die Blaulichtwand vor dem Wettbüro.

„Die haben für heute das Büro und die Wettannahme geschlossen. Falls sie heute noch Wetten abschließen wollen, machen sie das besser Online zuhause", kam die prompte Antwort.

Caluzza machte sich noch einige Notizen, faltete die Sportzeitung zu und schwang sich auf seine Vespa. Ein kurzer Blick zum Wettbüro, Achseln zucken, Helm aufsetzen und die Vespa anlassen. Caluzzo verschwand genauso wie der gekommen war – mit kreischender Vespa, die eine dünne bläulicher Wolke hinter sich herzog.

14

„Herr Keck, Sie möchten doch bitte zum Empfang kommen, dort ist ein Paket für Sie eingetroffen." Frau Anderson machte auf dem Absatz kehrt und steuerte auf den Kopierraum zu, während Naze Keck aus seiner Suchstrategie auftauchte. Er blickte kurz der Direktionsassistentin nach und stammelte ein „Geht klar" vor sich hin. Der Empfang des Wirtschaftsarchivs Köln lag ein Stockwerk tiefer. Naze Keck nahm die Treppe. Auf dem Weg zum Empfang ging er nochmals seine Bestellungen der letzten Tage in Gedanken durch. Generell gingen seine persönlichen Bestellungen immer an seine Privatadresse. Firmeninterne Aufträge wickelte er immer über Frau Anderson ab. Sie nahm die Aufträge für den internen Bedarf entgegengenommen und lieferte quasi frei Haus an den Schreibtisch. Wer also schickte jetzt Pakete an seine Büroadresse?

„Das wurde gerade für Sie abgegeben!", rief ihm der penible Empfangschef zur Begrüßung entgegen und zeigte auf einen gelben DHL-Versandkarton. Naze Keck inspizierte das Adressfeld und erschrak, als er den Absender entzifferte. Ein prüfender Blick auf den Poststempel bestätigte seine Vermutung: das Datum und der Absender konnten nicht korrekt sein. Das Paket war vor drei Tagen in Dortmund von einem Menschen aufgegeben worden, der seit drei Wochen tot auf dem Friedhof liegt. Naze reagierte sofort und zog seine weißen Archiv-Baumwollhandschuhe über, die hier jeder Mitarbeiter des Wirtschaftsarchivs mit sich führte und griffbereit hatte, wenn Archivalien angefasst werden mussten. In der Regel ging es aber in solchen Fällen darum, auf diesen alten Dokumenten keinen Fingerschweiß zu hinterlassen. Instinktiv war Naze sofort klar, dass hier etwas nicht stimmte. Ein Toter verschickt keine Pakete, aber woher hatte der Absender seine Büroadresse? Michael Koiner konnte auf keinen Fall der Absender sein, denn er hätte das niemals mit korrekter Abteilungsbezeichnung und dem vollen Namen Ignaz E. Keck an das Wirtschaftsarchiv Köln, sondern eher an seine Privatadresse geschickt, die er Miko seines Wissens auch gegeben hatte.

„Stimmt was nicht mit dem Paket, Herr Keck", wollte der Empfangschef wissen und trat an Naze Keck heran.

„Nein, alles in Ordnung", meinte Keck, straffte den Sitz seiner Handschuhe und verschwand mit dem Paket in Richtung seines Arbeitsplatzes, „nochmals danke Herr Schneider, dass Sie das Paket angenommen haben."

Naze Keck stellte die DHL-Lieferung neben seinem Schreibtisch ab und war versucht, den Karton zu öffnen. In Anbetracht der Uhrzeit disponierte er jedoch um und nahm sich vor, den Inhalt am Abend zu Hause in Ruhe zu inspizieren.

Entgegen seiner Gewohnheit, nach Dienstschluss am Freitagabend im Snooker vorbeizuschauen, ging Naze Keck auf dem direkten Weg die Gereon Straße hinunter in Richtung Kaiser-Wilhelm-Ring und bog am Gereonsdrisch in sein Wohnviertel ab. Zuhause angekommen, stellte er die rote Tragetasche ab, inspizierte den Kühlschrank und machte sich auf den Weg zur Christophstraße. So sehr er auch die Wohnung am ruhigen Gereonsdrisch schätzte, das gesamte Veddel litt unter den dort ansässigen Firmen, Kanzleien und Banken, die den gesamten Wohnraum unter sich aufgeteilt hatten. Die Folge, abends ab 20 Uhr war das Gereonsviertel und der angrenzende Klapperhof wie ausgestorben. Kein Discounter oder Lebensmittelhändler weit und breit. Nur kleine Läden in der Christophstraße. Ein Bäcker, ein Metzger und das Lotto-Büdchen auf der Ecke, der Einkauf war also schnell erledigt. Getränke im Büdchen, Leberkäs-Semmeln in der Metzgerei und ein kleines Brot für das Wochenende vom Bäcker.

Die gelbe DHL-Paket lag auf dem Küchentisch. Im Hintergrund röchelte die Kaffeemaschine. Behutsam schnitt er die mit Klebeband versiegelten Laschen auf, klappte den Deckel nach oben und hob die Noppenfolie an. Eine braunmarmorierte Verpackungsschachtel für Herrenoberhemden kam zum Vorschein und darauf ein Zettel, dessen schwungvolle Notiz an Miko erinnerte und seinen kaligraphischen Stil nachahmte. Der Text war Aufforderung und Anweisung zugleich:

„Kümmert euch um die Kopien, die nie beerdigt wurden, aber andere todsicher aus dem Leben katapultierten. ORSUL – Ohne Risiko Sicher Und Lukrativ."

Naze Keck wiederholte leise die Botschaft und dachte über den Sinn des Satzes nach, dass Kopien nie begraben werden, aber andere aus dem Leben werfen. Wer waren diese Kopien und wer die anderen? Er legte den Zettel beiseite und holte die braune Schachtel aus dem DHL-Paket. Naze brauchte nahezu zwei Stunden, bis er den Inhalt vergilbter Zeitungsausschnitte und Dokumente gesichtet hatte. Todesanzeigen, Sitzungsprotokolle des österreichischen Nationalrates, eine Unzahl an Berichten aus Wiener Tageszeitungen und Magazinen, Tageszeitungen aus Köln, dem gesamten Rheinland und Ruhrgebiet.

Um hier die Übersicht zu behalten, holte Naze sein Bügelbrett aus der Abstellkammer, das als Verlängerung seines Schreibtischs dienen musste und auf dem er die Berichte zunächst nach Ländern, Regionen und Orten sortiert ablegte. Die zweite

Schachtel enthielt ebenfalls eine große Anzahl an Zeitungsausschnitten, die in zwei braunen Kuverts verstaut waren. In einem zweiten Durchgang ordnete er die Ausschnitte ebenfalls Thematisch und nach Datum.

Was hatte Michael Koiner veranlasst diese Sammlung an Berichten über kriminelle Aktivitäten anzulegen? Welches Motiv, außer dem Selbstmord seines Vaters, der wegen Vorteilsnahme und Verdacht der Korruption zum Rücktritt gezwungen wurde, sollte Miko gehabt haben, um sich mit den Auswüchsen der Organisierten Kriminalität zu befassen? Die Sammlung der Berichte endete im Frühjahr 2000. Das war in etwa die Zeit, in der Miko beschloss, sich seiner Überschuldung zu stellen und in seinem Leben aufzuräumen. Diese Phase in Mikos Leben hatte Naze Keck ja selbst miterlebt und er musste schmunzeln, als er sich an die Gespräche erinnerte und ein verschmitzt lächelnder Miko in seiner Erinnerung erschien. Ein im Grunde genommen hellwacher Typ mit stahlblauen Augen, einem starken Willen und einer Menge Hoffnung darauf, sich aus eigener Kraft aus seinem Schlamassel befreien zu können. Die Erinnerung an diesen für alles zu begeisternden Menschen stimmte Naze Keck sogar versöhnlich, bis ihn das Grölen draußen auf der Straße aus dem Halbschlaf hochfahren ließ. Es war bereits kurz vor vier Uhr morgens. Wie immer am Ende einer Arbeitswoche, torkelten um diese Zeit die betrunkenen Barbesucher aus dem Friesenviertel und dem Klapperhof durch den Gereonsdrisch. Naze stand auf, ging ins Bad, löschte das Licht und ging zu Bett. Sein Schlaf war tief und fest.

Gegen 10 Uhr wachte er am Samstagmorgen auf und blinzelte in das helle Licht, das durch seine halboffenen

Aluminium-Jalousien reflektiert wurde. In seiner Küche stand noch das Bügelbrett mit den sortieren Zeitungsausschnitten, die entleerten Hemdenkartons und das DHL-Paket mit der heraushängenden Noppenfolie. Aus seinem Arbeitszimmer holte er einige Aktendeckel, packte die Zeitungsausschnitte zusammen und beschriftete die Aktendeckel mit seiner Grobsortierung Länder, Regionen und Orte. Das gesamte Konvolut legte er zusammen mit dem handschriftlichen Text auf den Schreibtisch neben seine Tastatur. Sein Focus galt diesem handgeschriebenen Zettel. Welcher Zusammenhang bestand zwischen dieser Sammlung an kriminellen Aktivitäten und der handschriftlichen Aufforderung? Der Verfasser des Zettels war auf keinen Fall sein Freund Miko, die Schrift war zu dilettantisch nachgemacht. Doch der Verfasser des Zettels sah offensichtlich einen Zusammenhang zwischen den Zeitungsausschnitten, die von Michael Koiner gesammelt wurden, und dieser Bella Vita GmbH in der Tunis Straße, die ebenfalls in einem der Zeitungsberichte namentlich genannt wurde.

Naze startete seinen Laptop und öffnete eine Exceltabelle. Den ganzen Nachmittag verbrachte er damit, die Zeitungsausschnitte nach Datum, Land, Ort, Thema und krimineller Straftat zu ordnen. Im Feld OK-Gruppe wurden dann die nachgewiesenen oder die von den Journalisten vermuteten Mafia-Familien festgehalten. Mit in die Liste kamen die Berichte und Todesanzeigen über Mikos Vater, der offenbar wegen erwiesener Vorteilsnahme als Leiter der Vienna Elementar Leistungsabteilung auch nach seiner Pensionierung von der Polizei vernommen und später als Nationalrat der FPÖ seinen Rücktritt erklärte. Eine Verhandlung und Anhörung im Untersuchungsausschuss fand nie statt, da sich Horst Koiner das Leben genommen hatte. Naze Keck kramte dazu aus einer seiner Schreibtischschublade die Visitenkarte von Georg Ortmayr hervor, der erst vor Wochen in seiner Wohnung gestanden und ihn mit Fragen zum Ableben von Michael Koiner genervt hatte. Er notierte in der Excelliste den Namen Michael Koiner und vermerkte dahinter das Stichwort Risikolebensversicherung, Vienna Elementar, Georg Ortmayr mit Rufnummer und die Bezugsberechtigte Charlotte Kalo mit dem Wort Anwalt und einem Fragezeichen. In seinen Terminkalender vermerkte er für nächsten Montag einen Anruf bei Ortmayr, um sich bei ihm nach dem Namen dieses Anwalts zu erkundigen, der Charlotte gegenüber der Vienna Elementar vertrat.

Das Ergebnis seiner zeitlichen und thematischen Sortierung las sich wie das Whow's how der Mafiagesellschaften, die in Mikos Sammlung des Schreckens Eingang gefunden hatten. Angefangen bei der Ndrangheta aus Kalabrien, der Camorra aus Neapel, der Cosa Nostra aus Sizilien, bis hin zur jüngsten Gruppierung dieser Gangstervereinigungen, der La Quarta aus Apulien. Neben diesen mehr oder weniger in der Bevölkerung bekannten Gruppierungen, die vereinfacht alle mit Mafia betitelt wurden, fanden vor allem osteuropäischen Gruppierungen Erwähnung, die aus Russland, der Ukraine, Albanien und Montenegro stammten. Ein Vergleich mit den Lageberichten des österreichischen BKA und des deutschen BKA spiegelte diese offensichtlich unvollständige Sammlung der Berichterstattung in der Tendenz aber wider. Genauer waren hier allerdings die Lageberichte der beiden Bundeskriminalämter. Allein das BKA Wiesbaden wies für Deutschland einen Schaden von rund 803 Mio. Euro im Zusammenhang mit Organisierter Kriminalität aus, von denen rund 644 Mio. Euro als kriminelle Erträge galten, davon aber lediglich 116 Mio. Euro von der Polizei sichergestellt werden konnten. Die Schwerpunkte der Tätigkeitsfelder in beiden Ländern waren der Rauschgifthandel und –schmuggel, Eigentumskriminalität einschließlich Versicherungsbetrug und

Delikte im Wirtschaftsleben, Schleuserkriminalität, Geldwäsche, Gewaltkriminalität, Steuer- und Zolldelikte, ein hoher Anteil im Bereich Fälscherdelikte von Personaldokumenten, Führerscheinen und Zahlungsbelegen, Angriffe auf das Onlinebanking und der Sammelbegriff Computerbetrug unter den auch Cyber Crime-Aktivitäten fielen. Das alles fand sich in den Zeitungsberichten wieder und den handgeschriebenen Zettel fasste Naze Keck als direkten Hinweis auf. „Kopien, die nie begraben werden, aber andere uns aus dem Leben geworfen haben", rief Naze laut in den Raum, „was zum Kuckuck!"

Naze Keck wurde es im Moment zu brisant, denn er brauchte bessere Recherchemöglichkeiten, um seine Vermutungen zu überprüfen. Selbst wenn Miko bei der Vienna Elementar eine Risiko-Lebensversicherung abgeschlossen hatte, gäbe es sicherlich plausible Gründe dafür, aber auch einige Fragen. Woher nahm der unter akuter Geldnot leidende Miko das Geld, um eine solche Police monatlich zu bedienen? Ganz zu schweigen von der offenen Frage, weshalb er Charlotte Kalo als Bezugsberechtigte in diese Police eintragen ließ? Er hatte an dieser Geschichte, die ihm Georg Ortmayr damals eröffnete, sofort seine Zweifel. Miko und Charlotte. Nein, das passte überhaupt nicht. Stand aber schwarz auf weiß im Versicherungsvertrag. Naze Keck wurde im selben Moment klar, dass er angesichts des Risikos, mit solchen Recherchen entdeckt zu werden, jetzt professionelle Unterstützung brauchte. Und diesen Profi kannte er. Das war ein Fall für LaLe, den er als ehemaligen Kommilitonen und Freund zumindest um diese professionelle Unterstützung bitten konnte.

Lars Lehmann, wegen seiner Vorliebe für Karaoke-Abende in Marburger Studentenkneipen, kurz LaLe genannt, war nach dem Studium von Marburg nach Wiesbaden zum BKA gewechselt. Erst vor Kurzen hatte sich LaLe mit einer E-Mail bei ihm gemeldet und seine neuen Kontaktdaten mitgeteilt. Lars Lehmann leitete aktuell die Fachabteilung Operative Fallanalyse und Risikobewertung (OFAR) beim BKA. Nach ihren letzten Gesprächen verstand LaLe darunter die Einsätze und Ermittlungsunterstützung, die das BKA den bundesweit im Einsatz tätigen Ermittlern zur Verfügung stellte. Also genau das, was er jetzt brauche.

Naze kramte die Visitenkarte von LaLe aus seiner Schreibtischschublade, auf deren Rückseite er sich auch die private Rufnummer vermerkt hatte. Jetzt noch beide Adressangaben endlich in sein Smartphone eingeben. Eine seiner Schwächen, denn die Sammlung unbearbeiteter Kontaktdaten war in seiner Schreibtischschublade bereits bedrohlich angewachsen. Die gescannten Artikel, die Liste der von Miko gesammelten Berichte und seine Rechercheergebnisse packte er gezippt auf seine Dropbox. Nachdem er den Zugangsschlüssel generiert hatte, schickte er diesen als Vorwarnung mit ein paar Zeilen an die Adresse von LaLe.

Naze Keck schob seine Notizen und Fragestellungen zu den Recherchen in den jeweiligen Aktendeckel mit den sortierten Zeitungsausschnitten. Den Ausdruck seiner chronologisch geordneten Excelliste packte er auf diesen Stapel und oben drauf kam der handgeschriebene Zettel. Gedankenversunken griff er nach seiner blauen Glaskugel, in die alle Kontinente dieser Welt eingeätzt waren und die als Briefbeschwerer auf seinem Schreibtisch stand. Die blaue Weltkugel war der Abschluss auf dem Stapel. Naze Keck stutzte. Durch die Lichtbrechung erschienen die Worte der handschriftlichen Notiz jeweils doppelt in der Glaskugel. Naze spürte, dass er den aufsteigenden Gedanken nicht zu Ende denken wollte, aber was wäre, wenn die

Toten zwei Leben gehabt hätten? Ein reales Leben und eine virtuelle Kopie! Die Gedanken überschlugen sich und vermischten sich mit den Begriffen der Zeitungsberichte, die er stundenlang gelesen und sortiert hatte. Einiges blieb hängen – Identitätsdiebstahl, Kreditkartenmissbrauch, Fälschungen... Naze erstarrte und wollte das Unglaubliche nicht weiterdenken. Der virtuelle Stellvertreter könnte der eingetragene Besitzer der Risiko-Lebensversicherung sein, der nie begraben wird. Dafür wird das lebendige Original aus dem Leben geworfen und auf dem Friedhof beerdigt.

Um von Bologna mit der Regionalbahn in die Küstenstadt Ravenna zu fahren, ist der Reisende etwa zwei Stunden in Richtung Osten unterwegs und steigt an einem langweiligen Provinzbahnhof in der Innenstadt Ravennas aus. Jeden Tag kommen hier fünf Züge aus Bologna an, die aber sofort zurückfahren, um vor dem trostlosen Anblick des Bahnhofs zu fliehen. Sechs Monate im Jahr sind die eintönigen Sandstrände der Adriaküste in Ravenna hoffnungslos überlaufen. Von Porto Corsini im Norden bis in das 10 Kilometer entfernte Lido Adriano im Süden erstreckt sich der Sandteppich und trennt die Bettenburgen vom abwasserverdreckten Mittelmeer. Jetzt, Ende Januar, war es ruhig in den Lidos.

Angelo Sovrano hatte sich nach dem missglückten Anschlag auf Donato Caluzza zurückgezogen, im Hotel Imperial ausgecheckt und den Scooter bei Noleggio abgegeben. Während der Fahrt mit dem Regionalzug nach Ravenna spielte er mehrere Varianten durch, wie diese Verwechslung korrigiert werden könnte. Es half nichts, ein Irrtum ist ein Irrtum und den sollte er unumwunden gegenüber dem Consiglere eingestehen. Nachdem er am Abend in Ravenna am Porto Corsini ein Zimmer über das örtliche Tourismusbüro gebucht und bezogen hatte, saß er in der kühlen Abendluft auf der Terrasse seiner Pension, blies konzentriert kleine Rauchringe in die Luft und wählte die Nummer des Consiglere in Bari.

„Pronto – Sie wünschen", schnarrte ihn eine tiefe Stimme am anderen Ende an und auf seine Frage, ob der Consiglere zu sprechen sei, erfuhr er, dass dieser für zwei Tage mit den Capos auf Geschäftsreise in Albanien sei.

„Soll ich Dottore Rufano etwas ausrichten?"

„Nein, das ist nicht notwendig. Ich melde mich Mitte der Woche nochmal!", rief Angelo Sovrano laut ins Smartphone, da die Verbindung immer schlechter wurde. Der Dauerton zeigte an, dass die Gegenseite die Verbindung unterbrochen hatte. Auch gut, dachte Angelo, dann bis Mittwoch und schaltete sein Gerät ab.

Angelo Sovrano fuhr mit dem Bus zum Bahnhof, um sich dort mit Lesestoff einzudecken. Hier am Bahnhof hatte man die größte Auswahl an Zeitschriften, insbesondere zum Thema klassische Automobile. Schräg gegenüber vom Bahnhof war ihm schon bei der Ankunft mit dem Linienbus eine kleine Osteria aufgefallen, die mit Spezialitäten der Region Romagna warb. Er überquerte die Straße und ging durch den Baumbestand des Kreisverkehrs, in dessen Mitte ein Denkmal für den wohl berühmtesten Sohn Ravennas thronte. Luigi Carlo Farini, so die Inschrift, wurde unweit von Ravenna in Russi geboren, war ausgebildeter Arzt und der Verfasser der „Proclama di Rimini", einer Streitschrift, die gegen Papst Gregor XVI gerichtet war und 1845 mehr Freiheiten für die Bürger der Romagna verlangte. Es sollte weitere 20 Jahre dauern, bis er zum italienischen Regierungspräsidenten gewählt wurde und drei Jahre danach geistig umnachtet starb. Sovrano lächelte, als er in das grimmige Gesicht dieses Politikers schaute, den der Bildhauer just in dem Moment abbildete, als seine rechte Hand etwas in die Mantelinnentasche steckte. Eine ungewöhnliche Haltung für eine Denkmalpose, aber durchaus normal für einen Politiker und offensichtlich eine witzige Anspielung des Bildhauers. Angelo liebte solche versteckten Neckereien, ging weiter zur Osteria und nahm im schattigen Vorgarten des Lokals Platz. Seine Wahl fiel auf die Vorspeise Spiedini di calamari e gamberi - Tintenfisch und Garnelenspieße. Das Hauptgericht ließ er aus und orderte stattdessen eine Degustazione di formaggi con fichi caramellati - Käseplatte mit karamellisierten Feigen. Dazu eine Glas Lucare und zum Abschluss einen Espresso. Die Wartezeit verkürzte er sich mit der Beobachtung von Passanten. Er liebte es, anhand der Mimik und Gestik der Menschen seine Interpretationen der Gespräche zu entwerfen und auf einen möglichen Inhalt zu schließen.

Das Essen war liebevoll zubereitet. Für seinen Geschmack etwas zu viel an Gemüseschnitzereien und Firlefanz auf viel zu großen Tellern. Eine Unsitte der gehobenen Gastronomie, die seiner Meinung nach die extrem kleinen Portionen kaschieren sollten. Er widmete sich den Fachzeitschriften, die ihm einen kleinen Vorgeschmack darüber gaben, was ihn auf den Messen erwarten würde. Offensichtlich war dieser Markt sehr lukrativ, denn eine aktuelle Studie über den europäischen Markt klassischer Automobile konstatierte diesem Wirtschaftszweig Milliardenumsätze und den Platz eins in der ewigen Hitliste der lohnenden Sachwerte – noch vor Gold und Kunstsammlungen. Jedenfalls im Moment. Der Bericht schloss mit dem Fazit, dass sich das Sammeln dieser Classic Cars als Wertanlage nur lohne, wenn die Fahrzeuge einen Wert von mehr als 100.000 Euro aufweisen würden. Da diese hochwertigen Automobile jedoch nur rund 5 Prozent des gesamten Marktes repräsentierten, 15 Prozent dem gehobenen Segment bis 100.000 Euro angehörten und rund 80 Prozent nicht einmal einen durchschnittlichen Wert von 20.000 Euro besaßen, war ganz klar das Luxussegment im Visier der professionellen Anleger. Diese Aussagen deckten sich mit den Angaben des Consiglere, der während des Treffens in Molfetta ähnliche Summen nannte, die für das legale Classic Car Geschäft der La Quarta von Interesse wären. Wenn diese Marktpreise auch in Bremen als Richtschnur für den Ankauf von Automobilen angesetzt würden, dann bräuchten die Aufkäufer bei durchschnittlich 150.000 Euro Marktwert für 10-12 Fahrzeuge rund 2 Millionen Euro in bar.

Sovrano krizelte schnell ein paar Zahlen an den Zeitungsrand und pfiff durch die Zähne. Seines Wissens konnte ein Bankautomat mit maximal 300 bis 400 Tausend Euro befüllt werden. In der Regel würden die Banken aber lediglich knappe 200.000 Euro pro Bankautomat bereitstellen. Im Idealfall wären das in einem Messeumfeld von drei Bankautomaten also rund 600.000 Euro am Tag. Die Bosse müssten den Einkäufern also rund 1.5 Millionen Euro zur Verfügung stellen, wenn 10-12 Fahrzeuge in diesen hochwertigen Preisklassen erworben werden sollten. Eins war auf jeden Fall klar. Seine Aufgabe in diesem Projekt war, das Ausräumen von Bankautomaten und die zusätzlichen Bargeld-Bestände zu bewachen. Die Versuchung war groß genug, um sich mit diesem Geld aus dem Staub zu machen oder von rivalisierenden Banden ausgeraubt zu werden. Das galt es zu verhindern. Gleichzeitig wurde ihm mit diesem Job auch signalisiert, welches Vertrauen er bei den Bossen und dem Consigiere genoss. Auch aus diesem Grunde war die saudumme Verwechslung in Bologna kein Ruhmesblatt in seiner ansonsten makellosen Vita eines loyalen Killers. Angelo gönnte sich noch einen Arancia Bitter, bezahlte und ging mit den zusammengerollten Oldtimerzeitschriften unterm Arm zur Bushaltestelle.

Die Nacht auf Montag verbrachte er im Bett liegend vor dem Fernseher, schlief aber gegen Mitternacht über das langweilige Sonntagsprogramm ein und wachte erst gegen 6 Uhr morgens auf. Munter und ausgeschlafen sprang Angelo Sovrano aus dem Bett und verschwand im Bad. Die eiskalte Dusche brachte seinen

Kreislauf so richtig in Schwung. Das Wetter hatte aufgeklart und die aufgehende Sonne schickte ihre Sonnenstrahlen übers Meer in Ravennas Bettenburgen. Das Frühstück konnte er im Freien auf der Terrasse einnehmen. Angelo schnappte sich die gerade eintreffende Repubblica, die täglich einem großen Regionalteil zum Geschehen in der Emilia Romagna anbot. Kaum hatte er den überregionalen Politikteil hinter sich gelassen und war im Lokalteil angekommen, glotzte ihn ein bekanntes Gesicht an. Die gute Morgenlaune war schlagartig verflogen. Donato Caluzzas Doppelgänger war unter den vermischten Meldungen abgebildet und der knappe Polizeibericht bat die Bevölkerung um Mithilfe.

Wer kennt diesen etwa 40 Jahre alten Mann, der am Samstagnachmittag tot in einem Wettbüro nahe des Ippodromo Bologna aufgefunden wurde. Sachdienliche Hinweise nimmt die Polizia di Stato in der Questura an der Piazza Galileo entgegen.

Es folgte eine Telefonnummer und der Hinweis, dass alle Hinweise vertraulich behandelt werden. Kein Wort über die Todesursache oder weitere sachdienliche Hinweise. Der Kerl hatte also außer dem Wettschein und etwas Bargeld nichts bei sich, keinen Ausweis oder andere Gegenstände, die Rückschlüsse auf seine Identität geben könnten. Sovrano blickte auch die Uhr und kramte sein Smartphone aus der Hosentasche. Angelo Sovrano wählte die Rufnummer der Bella Vita in Bologna.

„Was willst Du? Ich dachte, du wärst schon längst über alle Berge", schnauzte ein kurzangebundener Mario Pastone ins Telefon. Ohne einen Namen zu nennen informierte Sovrano diesen ungehobelten Mistkerl mit einer klaren Ansage.

„Reg dich ab, ich wollte dich nur auf einen Bericht in der heutigen Ausgabe der Repubblica hinweisen, die unseren Freund betreffen. Es wäre gut, wenn er diese Zeitung nicht zu Gesicht bekommen würde."

„Vielen Dank auch! Das haben wir hier bereits registriert. Hättest du deinen Job sauber erledigt, wäre die Aufregung gar nicht nötig. Salve e addio!" Die Verbindung wurde unterbrochen.

„Auch gut, dann habt ihr das eben auch schon bemerkt", meckerte Angelo noch in die tote Verbindung und schwor sich gleichzeitig, diesem arroganten Kerl bei Gelegenheit eine aufs Maul zu geben. Das besserte seine Stimmung zwar auch nicht, aber er hatte sich wenigstens etwas Luft verschafft.

„Möchten sie noch einen Kaffee", zirpte die junge Servicekraft der Pension mit hoher Stimme in sein Ohr. Angelo Sovrano nahm brummend das Angebot an. Während sie den Kaffee servierte, erkundigte sich Angelo Sovrano nach der nächstgelegenen Motorroller-Station. Sie konnte helfen und beschrieb ihm den Weg dorthin. Er musste raus aus dem Ort und brauchte einen Ausflug ins Hinterland. Der Roller war schnell angemietet und das Ziel ausgesucht. Nördlich von Ravenna erstreckt sich direkt an der Adriaküste der Parco Regionale del Delta dei Po – das Po Delta und größte Feuchtgebiet Italiens. Sovrano fuhr mit seinem Roller, soweit das Schutzgebiet dies erlaubte, und mietete sich in Mesola ein Boot, um in die weit verzweigten Wasserwege des Po Deltas aufzubrechen. Mitten drin und umgeben von quasselnden Flamingos, meldete sich lautstark sein Smartphone.

„Du wolltest mich sprechen", polterte der Consiglere in die Verbindung. Angelo war zwar überrascht, aber auch gleichzeitig erfreut darüber, dass sich der Consiglere meldete.

„Ich wollte mit dir über den vergeigten Job in Bologna sprechen und deine Meinung zur weiteren Vorgehensweise einholen. Mit dem Hausmeister dort kann man ja kein vernünftiges Gespräch führen. Der akzeptiert es einfach nicht, dass Caluzza einen Doppelgänger hatte der sogar am

Montagmorgen durch einen Polizeiaufruf an die Bevölkerung in der Zeitung abgebildet war", klagte Angelo dem Consiglere sein Leid. Aldo Rufano beschwichtigte aber gleich.

„Mach dir darüber mal keinen Kopf. Der Kerl ist unangenehm und nach deiner Verwechslung noch arroganter als sonst. Ich hatte eben eine Unterredung und du kannst dir vorstellen, welche Vorwürfe er mir gemacht hat, weil ich deiner Planänderung zugestimmt hatte. Das war Wasser auf seine Mühlen und ich werde das wohl noch eine Weile von ihm aufs Brot geschmiert bekommen. Aber egal, die Angelegenheit haben die in Bologna jetzt endgültig gelöst, Donato Calluzo beseitigt und den Doppelgänger bei der Polizei als vermisst gemeldet."

„Wie jetzt?", fragte Angelo Sovrano ungläubig.

„Die haben aufgrund des Polizeifotos eiskalt die Polizei verständigt und den Unbekannten zu unserem Hundefreund gemacht," erklärt Rufano und brachte Sovrano auf den aktuellen Stand der Angelegenheit.

„Nachdem klar war, dass der Doppelgänger keine Papiere bei sich hatte, war sich Pastone sicher, den Vorgang zum Abschluss bringen zu können. Er hat am Montagmorgen den echten Caluzza kurzerhand aus dem Weg räumen lassen, Caluzzas Roller vor das Ippodromo gestellt und sein Appartement mit den getürkten Dokumenten präpariert. Anschließend hat Pastone den Hundefreund bei der Polizei als vermissten Mieter gemeldet. Nachdem auch noch die Copisteria Ebraico aus der Via Zamboni sich bei der Polizei meldete und zu Protokoll gab, dass der Gesuchte auf dem Foto ihr Angestellter Caluzza sei, der am Montag nicht zur Arbeit erschienen ist, war für die Polizei der Fall klar."

„Das war ja auch zu einfach. Zwei Anrufer, die die Identität des Gesuchten gegenüber der Polizei bestätigten. Da macht sich die Questura keine unnötige Arbeit mehr", meinte Sovrano.

„Richtig, mein Bester. Die haben das Zimmer von Caluzza durchsucht und die Unterlagen des vermeintlichen Toten eingesammelt. Darunter auch die Versicherungspolice, Bankunterlagen und den Geschäftsbericht der Fondazione Rifugio animali, dessen Stiftungsvorsitzender Michele Girello ja als Bezugsberechtigter in der Versicherungspolice eingetragen ist," meinte der Consiglere lapidar und fuhr fort: „Pastone ist sich sicher, dass die Polizei nach Durchsicht und Prüfung der Unterlagen sowie nach erfolgloser Ermittlung der Angehörigen den Fall abschließen wird und die Stiftung die 250.000 Euro von der Assicura Sulla Vita in Rom ausbezahlt bekommt."

„Das gesamte Konstrukt ist in sich schlüssig, der Hundefreund vermacht sein Geld der Stiftung und die Polizei geht von einem plötzlichen Herzstillstand mit Todesfolge aus", bestärkte Angelo die Einschätzung des Dottore.

„Davon sollten wir mal ausgehen. Suizid oder Tot durch Fremdeinwirkung hat die Questura laut Mario Pastone bereits ausgeschlossen."

„Du solltest dich jetzt auf deine nächste Aufgabe in Bremen konzentrieren", leitete Aldo Rufano zum nächsten Thema über.

„Wir wollen die Projekte forcieren, in denen wir mit kombinierten Aktionen unsere legalen Geschäfte vorantreiben", meinte Rufano und im ärgerlichen Unterton fügte er hinzu, „wir brauchen jetzt ein paar Erfolgsmeldungen, denn die Meldungen der letzten Tage haben bei den Capos für ziemliche Missstimmung gesorgt."

„Doch nicht etwa wegen des Doppelgängers", fragte Angelo zögerlich nach. Der Consiglere verneinte und nannte andere Gründe.

„Wir haben im Kölner Standort einen guten Mann sitzen, der von unseren ukrainischen Freunden ausgebildet wurde und der sich insbesondere mit Computer Manipulationen und den Aktivitäten im Netz beschäftigt. Dieser Kerl hat doch tatsächlich ein Programm geschrieben, mit dem er systematisch alle Aktivitäten auf unseren Servern und Internetseiten über die Logfiles auswertet," meinte Aldo Rufano und war nicht verwundert, als ihm Angelo Sovrano eingestand, von diesen Dingen keinen blassen Schimmer zu haben.

„Ich auch nicht", meinte der Consiglere, „aber der Kerl ist dabei vor Tagen auf einen User gestoßen, der zwar anonym über das Darknet kam, aber immer die gleichen Suchanfragen stellte und sich vor allem für unsere Bella Vitas interessierte – und zwar europaweit."

„Aber die Daten sind doch alle öffentlich", meinte Angelo beruhigend. Doch der Consiglere beruhigte sich nicht, sondern wurde lauter.

„Unser Mann in Köln sieht das aber anders, denn der Unbekannte habe dabei Suchstrategien entwickelt, die auch die gesamten Beteiligungen und Firmen in den jeweiligen Standorten aufspüren.

„Ok, jetzt versteh ich", meinte Sovrano lakonisch und interpretierte die Vorkommnisse dahingehend, dass erhöhte Wachsamkeit geboten sei.

„Das siehst du richtig und ich wünsche, dass du mich über alle Ungereimtheiten und Besonderheiten sofort informierst, wenn du in der kommenden Woche in Bremen das Projekt überwachst. Ich hoffe, dass diese Aktion erfolgreich verläuft und die Stimmung etwas anhebt."

„Ich bin da ganz zuversichtlich", meinte Sovrano, schob aber noch eine Frage hinterher.

„Nur aus Neugier. Wie hat denn der Choleriker Pastone den Hundefreund Caluzza beseitigt und entsorgt? Wenn Caluzzas Leiche gefunden würde, kämen selbst die dümmsten Polizisten auf verrückte Ideen", gab Angelo zu bedenken.

„Mach dir darüber bloß keinen Kopf. Das willst du ganz bestimmt nicht wissen", antwortete der Dottore, „denn derjenige, der das erledigt hat, reagiert noch allergischer als du, wenn man über ihn spricht. Bis heute wurde noch nie einer wiedergefunden, der auf seiner Liste stand. Die Leute verschwinden spurlos."

„Gutes Stichwort", entgegnete Angelo Sovrano, „dann mach ich mich auch mal Unsichtbar. Du erreichst mich im Notfall ab nächster Woche in Bremen. Bis dahin herrscht Funkstille und das Smartphone bleibt aus. Ciao Aldo."

Der schrille Ton der Trillerpfeife, den der Zugbegleiter des ICE 827 direkt neben Charlottes Abteilfenster in die kühle Morgenluft schickte, hätte beinahe das falsche Lächeln in ihrem Gesicht entgleisen lassen. Doch Charlotte hatte sich im Griff und winkte zaghaft aber freundlich ihrem Aufpasser Jorge Biselsky zu. Ein Ruck ging durch die Wagons und der InterCity nach München verließ langsam den Bahnhof Köln-Deutz. Franco Rusina hatte ihr zum Abschied noch einen Umschlag überreicht, den sie bei ihrer Ankunft in Wien dem Geschäftsführer der Bella Vita in der Favoritenstraße übergeben sollte.

Die Wiener Bella Vita hatte sie in unguter Erinnerung. Früher war dieses Haus eine Pension für Monteure und Handwerker, bevor die La Quarta den heruntergekommenen Kasten übernahm. Geführt wurde das Etablissement von einem schmierigen Wiener Strizzi, der in seinem Viertel als Schnepfenheinzi bekannt war. Der Schnepfenheinzi, mit bürgerlichem Namen Heinz Lachmeier, suchte Anfang der 1990er Jahre bei der La Quarta Schutz vor der Russenmafia. Im Gegenzug musste Heinz Lachmeier aber seine Dirnen an die La Quarta abtreten, konnte dafür aber weiterhin mit den italienischen Geschäftspartnern im Rücken, im Margaretenviertel einen auf dicke Hose machen. Heinz Lachmeier hatte sich mit dieser kalten Übernahme und dem damit verbundenen Job als Manager der Wiener Bella Vita in Abhängigkeit begeben. Die La Quarta hatte den Schnepfenheinzi samt seinen Bordsteinschwalben im Sack. Irgendwann wurde ihm das klar und er begann in seiner Hilflosigkeit damit, die Bewohner der Pension Bella Vita zu drangsalieren. Charlotte hasste diesen armseligen und schmierigen Typ, der ihr schon früher das Leben zur Hölle gemacht hatte. Ein Grund mehr, um abzuhauen.

Charlotte Kalos Kölner Chef Franco Rusina und sein Wachhund Biselsky waren zwar keinen Deut besser als der Schnepfenheinzi, doch etwas zugänglicher, wenn die Hausbewohner sich unterwürfig zeigten. Rusina vertraute auf die starke Abhängigkeit und Hilflosigkeit, in der sich Charlotte seit Jahren befand. Er entschied deshalb, sie allein nach Wien reisen zu lassen. Zur Sicherheit bat er aber Jorge Biselsky, Charlotte zum Bahnhof zu bringen und pünktlich kurz vor 8 Uhr in den Zug nach Wien zu setzen. Endlich war es soweit. Die Entscheidung, sie erneut in Wien einzusetzen, wurde ihr von Rusina vor einer Woche mitgeteilt. Sie hatte aber nicht so schnell damit gerechnet. Entgegen ihrer Art, alles auf den letzten Drücker zu erledigen, hatte sie angesichts der damit verbundenen Chance sofort damit begonnen, alle notwendigen Vorkehrungen zu treffen, um auf dem Weg nach Wien diese ständige Angst und Abhängigkeit von der La Quarta für immer zu beenden. Die einzige Unbekannte war bis gestern Morgen der Zeitpunkt und der Ort der Weichenstellung ihres Absprungs. Dabei war die geplante Fahrtzeit des Zuges ihr Maßstab, um die notwendigen Schritte aufeinander abzustimmen. Heute Nachmittag gegen 16:30 Uhr würde der Zug planmäßig in Wien ankommen und sie war sich sicher, dass dort bereits ein Empfangskomitee am Gleis wartete. Ihre Planung sah vor, dass sie ihr neues Ziel bereits erreicht haben würde, bevor der Zug um 12:07 in München hielt, um die Reisenden nach Wien während des 15 Minuten Aufenthalts in den Anschlusszug nach Salzburg umsteigen zu lassen. Vertrauen ist zwar gut, dachte Charlotte, aber Rusina und Biselsky waren die Letzten, denen sie vertraute. Sie war sich ziemlich sicher, dass sie während ihrer Fahrt nach Wien einen Schatten am Rock kleben hatte, denn Köln und Wien waren durch einen florierenden Kurierdienst verbunden. Sie ging also davon aus, dass einer von Rusinas Kurieren hier im Zug sitzt. Doch der sollte sich noch wundern. Charlotte tätschelte lächelnd ihre Reisetasche, in der nur Dreckwäsche und alte Klamotten verstaut waren, stand auf und hängte ihre leichte Windjacke gut sichtbar an einen Hacken. In genau 40 Minuten wird dieser InterCity auf der Schnellstrecke am Frankfurter Flughafen-Bahnhof ankommen und genau dort wird sie verschwinden.

Die Durchsage des Zugführers war das Signal. Kurz bevor der ICE am Flughafen-Bahnhof Frankfurt einfuhr, stand Charlotte auf, ließ aber demonstrativ ihre Reisetasche samt Jacke gut sichtbar am Platz zurück. Sie ging zur Toilette. Die Automatiktür des Abteils gab den Weg zischend frei und Charlotte betrat den WC- und Gepäckvorraum. Sie öffnete die Toiletten-Tür und stellte das Schloss auf Besetzt. Charlotte liebte diesen Toilettentrick. Planmäßig sprang auch die rote Lampe mit dem Besetztzeichen für alle Fahrgäste gut sichtbar an. Damit das auch so bleibt drückte sie den ausgelutschten Kaugummi in den Kontakt. Weshalb sollte sich ein möglicher Beobachter denn jetzt noch Sorgen machen. Jacke und Reisetasche waren am Platz und das WC war besetzt. Auf die Minute genau hielt der Zug an und Charlotte verschwand eng an die Wagonwand gedrückt in Richtung Ausgang. Falls wirklich einer von Rusinas Leuten hier im Zug auf sie angesetzt war, sollte er ruhig das rote Besetztsignal im Auge behalten. Sechs Minuten später setzte der ICE seine Fahrt nach München fort, während Charlotte Kalo bereits in der Halle der Schließfächer angekommen war.

Sie hatte am Vortag einen Koffer und eine Reisetasche in einem Schließfach deponiert, die alle Unterlagen und Klamotten für einen Neustart enthielten. Während gestern die Aufpasser des Bella Vita annahmen, dass Charlotte im Snooker ihre

Abschiedsrunde absolviert, war sie mit einem Mietwagen zum Fraport in Frankfurt a.M. gerast, hatte dort ihr Gepäck verstaut und war gegen 21 Uhr wieder zurück im Snooker. Das One-Way-Ticket ihres Fluges hatte sie online gebucht und den Check-In direkt während der Zugfahrt nach Frankfurt a.M. über das Smartphone durchgeführt.

Ihr Flug ging in 45 Minuten. Zeit genug, um den Koffer aufzugeben und in der Toilettenanlage des Terminals 2 die Plastikkarten und den Ausweis der Charlotte Kalo offiziell zu beerdigen. Das alte Leben samt Rusinas Überweisungspapieren spülte sie zerkleinert den Orkus hinunter. Die Neue glättete ihre Kleider und durchschritt lächelnd als Aoife Doyle die Sicherheitskontrolle, um sich in das Boarding des Shamrock-Fluges einzureihen. Das grüne dreiblättrige Kleeblatt der Shamrock-Linie sollte ihr Glück bringen. Die Maschine mit dem Kleeblatt auf dem Leitwerk hob pünktlich ab und landete etwas unsanft um 11:30 Uhr Ortszeit in Galway.

Trotz einer Stunde Zeitverschiebung gegenüber dem Kontinent war Charlotte alias Aoife Doyle zeitgleich wie der ICE in München mit dem Flugzeug im irischen Galway eingetroffen. Aoife ging beschwingt die Gangway hinunter und dankte ihrem ehemaligen Wiener Fälscher für die falschen Papiere. Es sollte aber noch Jahre dauern, bis sich eine passende Gelegenheit bot, als Aoife Doyle unterzutauchen.

Ihre neue Heimat roch atemberaubend nach Kerosin, verbranntem Gummi und schmeckte leicht salzig. Der vorherrschende Süd-West Wind wehte hier ständig vom Atlantik her über die Hafenstadt. Aoife Doyle holte ihren Koffer in der Gepäckausgabe und nahm den nächsten CityLink-Bus in die Innenstadt zum Tourist Information Center in der Forster Street. Die Unterkunft, die das Büro vermittelte, war eine bescheidene Bed & Breakfast Pension in der Nähe des Eyre Square, der nur wenige Meter vom Touristenbüro entfernt lag. Kurz vor dem Ausgang fiel ihr Blick auf eine Aushangtafel, an der allerlei Angebote im Wind schaukelten. Darunter ein Zimmerangebot, möbliert mit Dusche und WC. Aoife riss den Kontaktstreifen ab, steckte den Zettel ein und machte sich auf den Weg zum Eyre Square.

Die Pension lag auf der Ecke zur St. Patricks Ave. Aoife buchte zunächst für zwei Tage, stellte ihr Gepäck auf das Zimmer und verschwand in Richtung Parkanlage des Eyre Square, die sie einmal umrundete und an einem Kiosk zwei lokale Zeitungen kaufte. Beide Zeitungen unter dem Arm besuchte sie ein kleines Restaurant mit Außenbewirtung, bestellte einen Kaffee und studierte die Speisekarte. Sie entschied sich für die traditionellen irischen Kartoffelpuffer, die hier Boyty genannt werden und dazu ein Irisch Red Ale. Frisch gestärkt durchforstete sie die beiden Zeitungen nach Jobangeboten, denn bevor sie das im Tourismusbüro mitgenommene Zimmerangebot inspizieren würde, wäre eine Jobzusage sicherlich von Vorteil. Sie notierte sich zwei vielversprechende Angebote und fragte den Kellner nach dem Weg zur Galway Seafood in den New Docks am Hafen, die eine Servicekraft in Festanstellung suchten.

Wie erwartet lag das Fischfachgeschäft mit angeschlossener Gastronomie am Eingang zum Hafen und machte einen soliden Eindruck. Das Galway Seafoods mit ausladenden Theken lag an einer Kreuzung und bot an der Seite eine weitere breite Fensterfront, die durch eine Gastronomiebestuhlung auf die Straße verlängert wurde. Idealerweise war dieses Fischspezialitätengeschäft mit Imbiss täglich von 9-17 Uhr geöffnet und Sonntag war Ruhetag. Die Inhaber der Galway Seafoods zeigten sich aufgeschlossen gegenüber der äußerst charmanten Irin, die in den USA geboren und jetzt in ihre Heimat zurückgekehrt sei, nachdem ihre Mutter vor zwei Monaten in

Boston verstorben war. Aoife Doyle hatte sie sich zur Rückkehr in die Heimat ihrer Eltern entschlossen. Das erklärte auch den starken amerikanischen Akzent der jungen Frau, der die Moloneys zu Beginn des Gesprächs irritierte. Nach gut 20 Minuten einigte sich Aoife Doyle mit den Moloneys darauf, zunächst eine Woche auf Probe zu arbeiten, um dann bei Eignung einen Arbeitsvertrag zu bekommen. Sie solle doch am nächsten Tag ihre Papiere mitbringen, um mit einer entsprechenden Bescheinigung der Galway Seafoods mehr Chancen bei der Wohnungssuche zu haben. Aoife musste sich einen Freudenschrei verkneifen, denn besser hätte es nicht laufen können. Die Freude war auf beiden Seiten, denn selten hatten die Moloneys ein Einstellungsgespräch geführt, indem die Bewerberin nicht nur intelligente Fragen zum Angebot des Fischfachgeschäftes und ihren Kunden stellte, sondern die Art ihrer Fragen deutlich darauf hinwiesen, dass sie auf diesem Gebiet auch Erfahrung mitbrachte.

Aoife „Charlotte" Doyle hatte ihr Etappenziel gemeistert und machte sich auf den Heimweg. Sie musste heute Abend noch die Unterlagen für die Moloneys zusammenstellen, die sie bereits vor Jahren als Rückversicherung in das Futter ihres Übergangsmantels eingenäht hatte, als ihr die Salvas in Wien eröffneten, dass sie nach Köln versetzt werde. Vom Regen in die Traufe. Aus der Überwachung Lachmeiers ging es mit Transportbegleitung nach Köln, übergeben in den Kanun von Franco Rusina, der das uralte Gesetzeswerk der Albaner kannte und Charlotte mit neuen Aufträgen kriminalisierte und sie in noch tiefere Abhängigkeiten presste.

Sie verfluchte den Tag, als ihre Eltern sie einfach zurückgelassen hatten und ihre Tante nicht müde wurde, jahrelang die Lüge zu wiederholen, dass ihre Eltern wie Hunderttausende anderer Albaner damals das Land verlassen und alle Brücken in die Heimat hinter sich abgerissen hätten. Sie war damals 16 Jahre alt und lebte mit ihren Eltern im Roma Ghetto in Shkodra. Ihr Vater, selbst ein Roma, hatte ihre Mutter, eine Serbin, in Tirana kennengelernt. Dort war sie geboren, aufgewachsen und anfangs zur Schule gegangen. Eine glückliche Kindheit in der Hauptstadt Albaniens, bis ihr Vater seinen Job verlor und in den Norden zu seinen Verwandten ins Roma-Ghetto von Shkodra zog. Hier baute er mit Hilfe seiner Freunde ein kleines Haus und arbeitete wie alle in dieser Region als Landarbeiter bei albanischen Grundbesitzern im Hanfanbau. Charlotte machte sich damals als behütetes Kind liebevoller Eltern keine Sorgen um die Zukunft, obwohl Shkodra das Armenhaus des Nordens war. Hier gab es keine Infrastruktur, dafür umso mehr Korruption und Kriminalität. Gewalt war an der Tagesordnung, Recht und Gesetz regelten die Einheimischen mit dem Kanun unter sich selbst.

Der Kanun, ein altes albanisches Gesetzeswerk, regelt nicht nur die Blutrache, sondern legt auch fest, dass die Frauen der Besitz des Mannes und damit weitgehend rechtlos sind. Das Regelwerk des Kanun bekam Charlotte mit aller Härte zu spüren, als ihre Eltern plötzlich über Nacht das Land verlassen hatten. Sie war ein Nichts, ein rechtloses Mädchen und eine junge Frau, die in einem Land enttäuschter, hässlicher, alternden und hoffnungsloser Jungfern überleben musste. Eine Leibeigene ihrer Tante, die auf Anordnung des Familienrates Charlotte in Obhut nehmen sollte. Die Tante machte sich dann auch sofort im elterlichen Haus breit und brachte ihren gewalttätigen und kriminellen Sohn mit. Nur mit Mühe konnte sich Charlotte anfangs den Schlägen und brutalen Misshandlungen der Tante entziehen, die auch keinen Finger rührte, als ihr krimineller Sohn Charlotte den Clanchefs zum Kauf anbot. Ihr Ausweis und die persönlichen Gegenstände verschwanden spurlos und Charlotte fand sich kurze Zeit später in einem Schleuserhaus wieder. Hier wurden den jungen Mädchen die Märchen von Arbeit und

Wohlstand aufgetischt und ihr Verkauf nach Italien vorbereitet. Charlottes Pass wanderte damals ebenso wie ihre persönliche Habe unter Androhung von Schlägen zu ihrem neuen Besitzer, der an einem Samstag in Shkodra auftauchte und mit seiner Auswahl der jungen Mädchen begann. Sie wurde an die Familie Salva in Bari verkauft und in einer Nacht- und Nebelaktion nach Italien geschleust. Ihre Tante und die anderen hässlichen Weiber, die nicht anderes kannten als die Gewalt der Männer, zuckten nur mit den Schultern, als die Gruppe der Mädchen abgeholt wurde. Eine Form der Ausbeutung, die keiner der Nutznießer ernsthaft bedauerte, denn die Ware Mensch wachse schließlich nach. Die Tante und ihr krimineller Sohn strichen das Geld ein und sie hatte seither Schulden, die sie bei den Salvas jahrelang abarbeiten musste. Mit der nächtlichen Überfahrt nach Italien wurden für diese jungen Frauen alle Brücken in ihre Heimat abgebrochen und soziale Kontakte gezielt unterbunden. Sie hatte dabei noch Glück im Unglück, denn der junge Francesco Salva war von ihrer Art und ihrem Wesen sofort sehr eingenommen. Francesco Salva hatte schnell erkannt, dass die schlaue Albanierin ihm in Wien nützlicher sein könnte.

Offenbar hatte der Wiener Statthalter der Salvas ein Auge auf sie geworfen und verhindert mit seinem Veto, dass Charlotte als Prostituierte in einem der Freudenhäuser verschwand. Tomini Goga, der Chef der albanischen Schleuserbande, akzeptierte die Entscheidung des Salva Sprosses, denn ihm war es egal, was der Italiener mit dem Kauf der dunkelhaarigen Schönheit vorhatte. Allerdings konnte er es sich nicht verkneifen, seinen Kommentar dazu laut zu äußern. Goga fand, dass es eine Verschwendung sei, diese Perle der albanischen Bergwelt mit der dunklen Stimme und den hochstehenden Wangenknochen den zahlungskräftigen Männern vorzuenthalten.

Charlotte hatte nach dem Besitzerwechsel mit ihrer Heimat Albanien abgeschlossen und nur noch Verachtung für dieses Land und ihre Einwohner übrig. Ihrer Meinung nach hatte dieses Land keine Zukunft und Chance angesichts der rückständigen archaischen Stammeskultur. Albanien war in zwei große Lager gespalten. Im Süden hatten die Tosken das Sagen und der Norden wurde durch die Gegen geprägt. Beide Volksgruppen hatten einen brutalen Aderlass an Menschen hinnehmen müssen, als Hunderttausende das Land verließen und Albanien einer korrupten Clique überließen. Diese Clique hatte die gesamte Palette krimineller Geschäfte unter sich aufgeteilt und Albaniens Aufstieg zum Hauptdrogenlieferant Europas befördert. Das Geschwür der organisierten Kriminalität hatte ganz Europa überzogen.

Sicherlich gab es auch in Irland kriminellen Banden und Strukturen, aber es gab auch die Chance, sich diesen Machenschaften zu entziehen oder ihr aus dem Weg zu gehen. Aoife konnte nur inständig hoffen, dass ihre Peiniger noch nicht auf die Insel vorgedrungen waren, und blickte zuversichtlich rüber in den angrenzenden Eyre Square Park. In ihrer Jackentasche fingerte sie nach dem Zettel mit der Adresse des Wohnungsangebotes. Die Straßenbezeichnung lautete „An Fhaice Mhor." Ein Blick auf den Stadtplan und die Koordinaten zeigten an, dass diese Adresse gleich hier um die Ecke am Ende des Eyre Square Parks lag.

Morgen wird sie sich das möblierte Zimmer anschauen. Den Job hatte sie ja so gut wie sicher und ihr Bargeldbestand dürfte bei sparsamer Haushaltsführung gut drei Monate ausreichen. Aoife Doyle erweiterte ihren Einkaufszettel um die Einträge „Bankkonto eröffnen" und „Prepaid-Handy" besorgen. Nichts und niemand wird ihr nochmals diese neu gewonnene Unabhängigkeit nehmen. Charlotte Kalo hat ihre Heimat zwar für immer verloren, aber als Aoife Doyle in ihrer neuen Heimat angekommen. Aoife – dieser Name gefiel ihr zunehmend immer besser, zumal ihr der Wiener Fälscher erzählt hatte, dass es der Name einer Kriegerkönigin sei, die der keltischen Mythologie Irlands entstamme. Ein Blick in den Spiegel genügte ihr, um festzustellen, dass die Kriegergöttin noch zu lieblich daherkam. Sie sollte schleunigst an ihrem Erscheinungsbild arbeiten. Die Haare etwas kürzer und kastanienrot und ...alles wird gut.

Charlotte zwinkerte Aoife Doyle im Spiegel zu.

1 7

„Nein, *Predictive Policing*, also vorausschauende Polizeiarbeit, hat mit der Science-Fiction-Vision des Kinofilms *Minority Report* eigentlich wenig Gemeinsamkeiten und ist in der Realität mit harter Arbeit verbunden. Kurzum: das Ganze funktioniert nur, wenn die Systeme kontinuierlich gefüttert werden", unterbrach Lars Lehmann seinen ehemaligen Studienkollegen Naze Keck. „Die einzige Gemeinsamkeit zwischen *Predictive Policing* und dem *Minority Report* ist die Analyse von Verbrechensmustern. Und dazu benötigst du Daten, Daten, Daten."

„Du hast übrigens richtig vermutet, was die Sammlung der Zeitungsartikel deines Freundes Miko und deinen Rechercheansatz zur Bella Vita angeht. Dank unseren Möglichkeiten der Datenrecherche, konnte sich dein Verdacht erhärten lassen. Es gibt eine Menge Leute, die unter Bella Vita Adressen leben und europaweit bei unterschiedlichen Versicherungsgesellschaften eine Risiko-Lebensversicherung abgeschlossen haben. Dein Freund Miko und seine Bezugsberechtigte Charlotte Kalo gehören auch dazu", ergänzte Lars seine Ausführungen, gab aber Naze Keck den gut gemeinten Rat, ab sofort die Finger von weiteren Recherchen zu lassen.

„Keine Sorge, dass war mir spätestens bei meiner Abfrage nach dem Zusammenhang der Bella Vita Standorte und den Beteiligungsverhältnissen dieser Gesellschaft klar geworden", rechtfertigte Naze Keck seine Rechercheaktion. Zudem habe er diese Recherchen anonym über das Darknet ausgeführt. „Falls die ihre Server und Logfiles analysieren und statistisch auswerten, wäre höchstens eine Häufung von Anfragen nach ihren Gesellschaften feststellbar, aber auf keinen Fall, wer diese Abfragen durchgeführt hat."

„Trotzdem könnten die nervös werden und aufhorchen, wenn sich einer so gezielt für ihre Unternehmen interessiert. Wenn sich unser Verdacht erhärtet, wäre das zu gefährlich für dich", warnte LaLe eindringlich und fuhr fort.

„Eines wissen wir bereits. Die Namen der Gesellschafter und Geschäftsführer werden bei uns schon seit geraumer Zeit im Crime Mapping geführt. Alle aufgeführten Personen konnten einer neuen Gruppierung namens *La Quarta* zugeordnet werden, die in Apulien beheimatet ist. Diese vierte kriminelle Gesellschaft hat sich neben Camorra, Cosa Nostra und Ndrangheta als Mafia Pugliese oder Sacra Corona Unita etabliert."

„Genau aus diesem Grund solltest du meinen Rechercheansatz mit professionellen Mitteln weiterverfolgen", meinte Naze und fügte fragend hinzu, „was bitteschön ist denn Crime Mapping?"

„Wie es der Name schon vermuten lässt, eine Landkarte des Verbrechens", gab LaLe trocken zur Antwort und trank seinen Kaffee aus.

Für Lars Lehmann stand aufgrund seiner Erfahrung schon jetzt fest, dass die Bella Vita Unternehmen und ihr weitverzweigtes Firmengeflecht sich gerne in den traditionellen Betätigungsfeldern der organisierten Kriminalität tummeln und nachfolgende Delikte auffallend oft mit Hilfe des Data Mining herausgefiltert werden konnten. Bislang hatte sein Projektteam vor allem eine Verlagerung traditioneller Straftaten in die digitale Welt feststellen können. Beim Glücksspiel geschah dies mit manipulierten Bauteilen und Prozessoren sowie Algorithmen und Programmen, die zu Ungunsten der Spielteilnehmer agieren. Das Drogengeschäft wurde immer stärker ins Internet, respektive ins Darknet verlagert und mit entsprechenden Logistikdienstleistungen gekoppelt. Der Dealer auf der Straße verschwand und hat den Online-Marktplätzen und Kurieren Platz gemacht. Schadprogramme und Bots besorgten zunehmend den organisierten Diebstahl von persönlichen Daten und Kreditkarten. Der Ladendiebstahl wäre den organisierten und digitalen Raubzügen mit gefälschten Identitäten gewichen. Selbst die Prostitution verlagert sich rasant ins Netz und das älteste Gewerbe wurde von der Straße verdrängt. Ganz zu schweigen von der klassischen Erpressung. Heute würde sich niemand mehr die Mühe machen, einen Menschen zu entführen. Viel zu umständlich, denn es wäre bequemer und lukrativer, sich mit Cyberangriffen zu bereichern und ganze Firmen lahmzulegen, wenn diese auf die Forderungen der Droh-E-Mails nicht eingingen.

„Dein Ansatz war übrigens vollkommen richtig", beschwichtigte Lars Lehmann seinen Freund. „Wir haben mit Hilfe von Data Mining Verfahren nach Mustern und Zusammenhängen in den vorhandenen Daten gesucht und – Bingo – sind fündig geworden."

„Mach es nicht so spannend", drängelte Naze, „was habt ihr rausgefunden?"

„Deine Hypothese, ausgehend von den Standorten und Adressen der Bella Vita, die dort gemeldeten Personen über die Melderegister zu erfassen, ergab rund 48 Standorte in ganz Europa. Ein anderes Team aus der Abteilung Wirtschaftskriminalität hat sich die Versicherungsgesellschaften vorgenommen und mit deren Hilfe alle Versicherungsnehmer filtern lassen, die unter den Bella Vita Adressen einen Vertrag abgeschlossen haben. Das waren durchschnittlich 2-3 Bewohner je Standort, also rund 120 Risiko-Lebensversicherungen bei 20 verschiedenen Gesellschaften, die diesen Zusammenhang aufwiesen", fasste Lars Lehmann die bisherigen Ergebnisse zusammen.

„Wir haben die interne Revision einiger Versicherungsgesellschaften in der Folge gebeten, alle Versicherungsverträge - einschließlich denen mit ausbezahlten Leistungsbezug in der Vergangenheit – auf die Bezugsberechtigten hin zu überprüfen," erläuterte Lars Lehmann die BKA-Strategie.

„Auffallend ist hier der Name einer Anwaltskanzlei, die immer dann auftrat, wenn eine Firma oder ein Mitarbeiter des Bella Vita Umfeldes bei den Versicherungen oder anderen Geschäftspartnern Ansprüche geltend gemacht hat. Aktuell beziehen wir die Rechtsanwaltskanzlei Kuhn in unsere Analysen mit ein."

Lars Lehmann ergänzte gegenüber Naze Keck, dass bei Anwendung solcher Datenbankabfragen in Deutschland immer eine Balance zwischen öffentlicher Sicherheit und den Persönlichkeitsrechten des Einzelnen gewahrt werden müsse. Ganz zu schweigen von den Datenschutzbestimmungen, denn die Nichteinhaltung dieser Regeln wäre Wasser auf die Mühlen eines Anwaltes. Kurzum: das gesamte Verfahren würde ihnen anschließend bei Gericht um die Ohren fliegen. Also blieben vorerst nur die sichergestellten Unterlagen der Polizei, die nach dem Tod von Michael Koiner in der Asservatenkammer landeten.

„Wir überprüfen im Moment das gesamte Material von Miko auf Echtheit. Gemeint sind damit seine beiden Konten und deren Geldbewegungen. Wurden beide Konten von ihm eingerichtet? Ist das Verfahren der Kontoeröffnung sauber und in sich schlüssig? Gibt es Ungereimtheiten in den Geldbewegungen? Auch die ärztlichen Atteste, die bei den Versicherungen eingereicht wurden, müssen allesamt überprüft werden. Letztendlich muss jedes Dokument in dieser Angelegenheit auf Plausibilität und Echtheit geprüft werden. Sollte das nicht der Fall sein und sich parallele Welten auftun, dann können wir den Sack zu machen. Sowohl der Rechtsanwalt als auch die Bezugsberechtigte und der Geschäftsführer der Bella Vita bekämen dann Besuch von den Ermittlern, die eine Beschlagnahmung der Unterlagen durchführen würden." Parallel dazu haben wir aber schon mal den Luftraum okkupiert", lachte LaLe schallend auf und winkte den Kellner an den Tisch.

„Was hat denn der Luftraum damit zu tun?", wollte Naze wissen und verstummte, als LaLe ihm erklärte, wie mit Hilfe der Mobilfunkmasten geklärt werden könne, wer zur Tatzeit im Funknetz eingeloggt und damit in der Nähe des Tatortes war. Wenn dieser noch unbekannte Jemand in den fraglichen Fällen und zum Tatzeitpunkt in der Nähe gewesen wäre, könnte sich dies über die Telefonprotokolle feststellen lassen. Diesen Ansatz hätten die Kollegen in Köln damals leider nicht verfolgt, aber zum Glück würden die Daten der Mobilfunkgeräte länger gespeichert als die Verbindungsdaten ihrer Besitzer.

„Bringen Sie uns bitte noch zwei Kaffee und für mich ein Tonic", orderte Lars Lehmann seine Bestellung. Der Kellner nickte und verschwand.

„Übrigens", fuhr LaLe fort, „für mich deutet diese handschriftliche Notiz darauf hin, dass es durchaus zwei Tote geben könnte. Deinen Freund Miko, der keine Ahnung über seinen virtuellen Doppelgänger hatte und letztendlich beerdigt wurde, während seine digitale Kopie als Karteileiche ohne Begräbnis in einem Aktenschrank schlummert. Sprich, die Gauner bedienen sich offenbar gerne dieser gescheiterten und abhängigen

Existenzen, um virtuelle Doppelgänger zu schaffen, schließen mit gefälschten Unterlagen hohen Risiko-Lebensversicherungen mit kleinen Monatsbeiträgen ab, die pünktlich über Online-Banking bezahlt werden und bringen den realen aber ahnungslosen Versicherungsnehmer nach einer gewissen Anwartschaftszeit um. Eine geringe Investition mit gewaltigen Gewinnmargen."

„Du meinst also, dass Charlotte Kalo bei diesen kriminellen Machenschaften beteiligt war," wollte Naze wissen.

„Wird dir nicht gefallen, aber denkbar ist das, zumal du selbst deine Zweifel an einer Beziehung der Beiden geäußert hast", kam die Antwort LaLes.

„Im Grunde ist auch sie eine abhängig Beschäftigte, wohnt in der Bella Vita und wegen ihrer Mitwirkung erpressbar", meinte Lars Lehmann trocken.

„Da ich in zwei Tagen ein Treffen mit den Kölner Kollegen habe, die von unserer Abteilung jetzt operative Einsatz- und Ermittlungsunterstützung bekommen, sollten wir uns nochmal treffen", merkte Lars Lehmann an. „Ich habe mich nach der ersten Sichtung deines Materials durch unser Team mit den Kollegen in Bologna und vor allem in Wien unterhalten. Die haben bereits seit geraumer Zeit die Aktivitäten der La Quarta im Visier und teilweise auch die Geschäfte der Bella Vita Unternehmen. Leider hielten es die Ermittler in beiden Ländern nicht für nötig, uns über ihre Erkenntnisse zu informieren. Insbesondere die Italiener sind da in einer komfortableren Lage, denn die Anti-Mafia-Einheiten können wesentlich energischer agieren als wir. Die werfen den deutschen Behörden sogar vor, Mafiaschutzgebiete aufgebaut zu haben", erklärte LaLe die Situation und meinte, dass die Italiener damit die rechtsstaatlichen Spielregeln in Deutschland meinen, mit denen man der Mafia keine Angst einjagen könne. Interessanter fand er jedoch die Informationen aus Wien.

Auch wenn der Fall schon Jahre zurücklag, hatte sich auf die Anfrage von Lars Lehmann ein ehemaliger Ermittler des österreichischen BKA gemeldet, der damals den Fall des Direktors Horst Koiner der Vienna Elementar Leistungsabteilung auf dem Tisch hatte.

Der Wiener Kollege vermutete, dass Koiners Sohn genau wie er die Selbstmordtheorie über seinen Vater Horst Koiner anzweifelte und aus diesem Motiv heraus anfing systematisch alles zu sammeln, was in Verbindung mit Aktivitäten des organisierten Verbrechens stand. Der österreichische BKA-Beamte hatte ebenso wie Michael Koiner den Selbstmord angezweifelt, musste den Akt aber auf Weisung von oben schließen. Die Österreicher waren damals aufgrund einer Anzeige eines Bezugsberechtigten aktiv geworden, der sich bei der Auszahlung einer Risiko-Lebensversicherung benachteiligt sah. Dieser Aussage zufolge, hatte der Direktor der Vienna Elementar seinen strittigen Leistungsfall durchgewunken. Die Vienna Elementar hatte den Fall aber diskret unter den Teppich gekehrt, Horst Koiners Pensionsbezüge streichen lassen und über ihre Lobbyarbeit den Rücktritt Koiners im Nationalrat angeregt. Sein Wiener Kollege gab zwar zu, damals mit seinem Mordverdacht auf wackeligen Beinen gestanden zu haben, doch als der besagte Zeuge und Bezugsberechtigte zwei Tage nach seiner belastenden Aussage spurlos verschwunden war, hatte er dies als deutliches Signal gewertet. Letztendlich hatte der Wiener BKA-Beamte dem Druck seiner Vorgesetzten nachgegeben, denn er eigne sich nicht zum Märtyrer. Wie zu erwarten, war zum Zeitpunkt des angeblichen Selbstmordes keiner dieser Ganoven auch nur in der Nähe von Wien. Er glaubt aber nicht an Zufälle, zumal vor einigen Tagen ein ähnlicher Fall in Wien Schlagzeilen machte.

Aktuell sei ein hochrangiger Ministerialrat, der kurz vor seiner Vernehmung vor dem Untersuchungsausschuss bei einem

Unfall ums Leben kam. Die Gerichtsmedizin konnte keine äußerliche Gewaltanwendung feststellen, war sich aber nicht sicher, ob der Tod durch Herzversagen vor dem Unfall oder infolge des Unfalls eintrat. Gehört und gesehen hatte niemand etwas an diesem Sonntagabend und der Ministerialrat wurde erst am nächsten Morgen tot aufgefunden. Beide Fälle lagen zwar rund 5 Jahre auseinander, aber heute komme ein neuer Aspekt in den Focus der Ermittlungen: die damals notierten Mobilfunkgerätekennungen.

Der Wiener Kollege habe ihm anvertraut, dass zum Tatzeitpunkt zwei Mobilfunkgeräte in der Nähe des Unfallortes eingeloggt waren. Das Mobilfunkgerät des Ministerialrates und ein Smartphone mit italienischer IMEI-Kennung, das mit einer PrePaid-Karte eines italienischen Telefonanbieters betrieben wurde."

„Was zum Henker ist denn eine IMEI-Kennung?", rief Naze Keck dazwischen.

„Sorry, aber einfach gesagt: Mobilfunkgeräte wählen sich immer mit zwei Kennungen ins Telefonnetz ein. Die eine ist die IMSI *International Mobile Subscriber Identity*, also deine Rufnummer samt Vertragsdaten, damit dir deine Telefongesellschaft eine Rechnung zusenden kann, die andere Nummer kommt von deinem Mobilfunkgerät, dass sich mit der IMEI *Internationale Mobile Equipment Identity* im Netz anmeldet", erklärte LaLe seinem Freund das Mobilfunk-Chinesisch.

„Immer wenn du dein Mobilfunkgerät einschaltest, werden diese Kennungen an den nächst gelegenen Mobilfunkmasten gesendet. Falls du nicht gerade gefälschte Karten verwendest, steht den Ermittlern immer noch die Gerätekennung zur Verfügung, um auf dich zu schließen. Im Grunde kannst du mit einer SIM-Karte auf unterschiedlichen Geräten problemlos telefonieren. Wenn dir dein Smartphone geklaut werden sollte und der Dieb eine andere SIM-Karte einsetzt, kann man dein Handy immer noch mit der IMEI Kennung im Netz aufspüren."

„Was haben die Kollegen denn im aktuellen Fall in Wien rausgefunden", schob Naze seine Frage dazwischen.

„Nicht viel. Das benutzte Gerät war ein neues Motorola RAZR Modell aus Italien, das mit einer PrePaid-Karte betrieben wurde. Anhand der Gerätekennung ließ sich nur die Region ermitteln, in der das Mobilfunkgerät gekauft wurde. Bar bezahlt selbstverständlich in einem Telefonshop in Foggia, also Apulien. Eine Registrierung des Gerätes fand nie statt und die benutzten PrePaid-Karten sind auch nirgends registriert. Ergo: ein Italiener oder was auch immer, mit einem in Italien gekauften Mobilfunkgerät, befand sich zum Zeitpunkt des Unfalls in der Nähe."

„Die italienischen Kollegen haben also bislang noch keinen Nutzer zu diesen Kennungen identifizieren können", wollte Naze wissen.

„Richtig, zumal dieses Gerät seit geraumer Zeit auch nicht aktiv im Netz eingewählt war. Die österreichische Sonderkommission hat dann wegen dieser dünnen Spurenlage und weiterer Ungereimtheit den Akt geschlossen und die natürliche Todesursache nicht in Zweifel gezogen", fasste Lars Lehmann den Stand der Ermittlungen zusammen.

Die Akte wurde genauso schnell geschlossen, wie seinerzeit die des Vaters von Michael Koiner. Ich denke, damit ist wohl geklärt, weshalb dein Freund Miko sich jahrelang mit dem Thema rumschlug und alle Informationen zum Thema Organisierte Kriminalität sammelte", meinte Lars trocken.

„Glaubst du wirklich, dass er einen Verdacht gegen die La Quarta hatte, sich hier in Köln bei der Bella Vita einmietete und heimlich weiter recherchierte", fragte Naze seinen Freund.

„Wenn dem so ist, dann hat er einen großen Fehler gemacht und sich mit einem Haufen gerissener Verbrecher angelegt, die eventuell Verdacht geschöpft haben und ihn mit einem satten Gewinn für ihre Organisation aus dem Leben katapultiert haben", beantwortete Lars Lehmann die Frage. „Ein gewichtiger Grund für dich, diesen Leuten aus dem Weg zu gehen und nicht weiter in diesem Fall rumzustochern. Ich bin nächsten Mittwoch wieder in Köln und dann sehen wir weiter. Mach dir schon mal Gedanken, wo wir am Abend essen gehen und reserviere einen Tisch für uns."

Angelo Sovrano beobachtete gelassen die Szene auf dem Bahnsteig im Bremer Hauptbahnhof. Nach kurzer Unterhaltung mit einem Fahrgast der 1. Klasse war klar, weshalb sie noch nicht aussteigen durften und auf dem Bahnsteig ein Spalier aus schwarzgekleideten Polizeikräften der Bereitschaftspolizei mit Helmen und Schlagstöcken wartete. Die Bundesliga hatte für diesen Freitag am Nachmittag das Spiel SV Werder Bremen gegen Bayer Leverkusen angesetzt und in den hinteren Wagons des IC1022, der gerade aus Köln kommend in Bremen einlief, waren die Fans des Werksclubs aus Leverkusen untergebracht. Die lärmende Bande der Hooligans bewegte sich wie eine wildgewordene Viehherde durch das Spalier der Polizei und wurde aus dem Bahnhof in Richtung Messegelände eskortiert, um mit den dort bereitgestellten Omnibussen ins Weserstadion gekarrt zu werden. Der Fanblock des Werksclubs marschierte grölend und mit martialischem Gehabe aus dem Bahnhof, während hinter ihnen die Polizei die Absperrgitter nachzog und den übrigen Fahrgästen zumindest den Ausgang in Richtung Innenstadt freigab. Angelo Sovranos Smartphone-Map hatte indes Informationen über die Lage des Messehotels aufgerufen und er fand sich an der Absperrung des Ausgangs wieder, der zur Bremer Messe führte. Er müsse zum Hotel Maritim, das direkt hinter der Messe und neben der ÖVB-Arena liege, schrie Sovrano die Polizisten in dieser lautstarken Umgebung an und tippte dabei auf die Navigationshilfe.

„Dieser Ausgang bleibt solange gesperrt, bis auch der letzte Hooligan mit dem Bus den Messeparkplatz verlassen hat", brüllten die Polizisten mit heruntergelassenem Visier und verschränkten Armen gegen die Presslufttröten des Rheinterrors an.

„Geh vorne raus. Dort stehen die Taxis, die dich am Hotel absetzen" gab ihm ungefragt ein Landsmann zu verstehen, der mit verkleckerter Schürze aus einer Bistroküche kam und Sovranos Verständigungsversuche mit dieser klaren Ansage auf Italienisch beendete.

„Grazie per il consiglio", bedankte sich Sovrano, tippte mit dem Finger an die Stirn und ging zum Ausgang Stadtmitte. Am Hotel angekommen, schenkte er der Szenerie des Hooligan-Auftriebs auf dem Messeparkplatz keine Beachtung, zumal die Polizeikette in sicherer Entfernung den Haufen der Randalierer in Schach hielt. Die Rezeption des Hotels war aufgrund des geballten Fanaufmarsches vor den Messehallen wie leergefegt. Sovrano stellte sein Gepäck ab und betätigte die Klingel am Tresen. Nach kurzer Zeit schlenderte ein junger Portier an den Tresen und begrüßte Angelo mit dem üblichen Süßholzgeraspel.

„Ich habe ein Zimmer auf den Namen Marchetti reserviert", unterbrach Angelo die Begrüßungsansprache des Portiers und legte einen Ausweis auf den Tresen, der ihn als Carlo Marchetti auswies.

„Einen Moment", konterte der Portier und überreichte Angelo Sovrano eine codierte Zimmerkarte mit den Worten, „sie haben das Zimmer 335. Die Fahrstühle sind hier links von mir. Auf ihrem Zimmer finden sie dann alle Informationen über unser Haus."

Noch bevor der Portier weitere Einweisungsformeln abspulen konnte, hatte Angelo Sovrano seinen Rucksack geschultert und schob den Koffer in Richtung Fahrstuhl. Das Zimmer war sehr geräumig und auf dem Bildschirm des Fernsehgerätes flimmerte sein Name. Willkommen Herr Marchetti. Wir wünschen Ihnen einen angenehmen Aufenthalt.

„Ihr mich auch", murmelte Angelo, drückte das Gesülze mit der Fernbedienung weg und ging zum Fenster. Die Aussicht bot einen Blick auf den angrenzenden Park und den dampfenden Holler See. Es war Anfang Februar und die letzten Schneefelder lagen noch an der Schattenseite der Mauern zur Holler Allee. Der künstliche See wurde offenbar durch eine Wasserleitung gespeist, die wohltemperiertes Frischwasser über die kalte Seeoberfläche spülte und aufgrund des Temperaturunterschieds leichte Nebelschwaden über den See schickte. Angelo Sovrano atmete tief durch, räumte seinen Koffer aus und überprüfte den im Schrank eingelassenen Tresor. Der Safe ließ sich problemlos einstellen und wieder öffnen. Angelo Sovrano verstaute seinen Rucksack in das geräumige Schließfach und ließ sich auf das Bett fallen. Endlich komplett die Glieder ausstrecken. So sehr er den anonymen Zugfahrten gegenüber dem überwachten Fliegen auch den Vorzug gab, die Betten in den Nachtzügen von Bologna nach Basel waren trotz 1. Klasse unbequem und die Fahrt von Basel nach Bremen eine einzige Tortour mit Verspätungen in Mannheim und erneutem Zugwechsel in Köln. Eigentlich spürte er die 15 Stunden Zugfahrt in seinen Gliedern, aber der Job musste gemacht werden. Angelo Sovrano nahm seine Waffe aus dem Rucksack und steckte die Glock ins Schulterholster. Die Pistole saß in diesem Schulterholster, dass er sich vor Jahren passgenau anfertigen ließ, direkt unter der Achselhöhle. Selbst bei geöffneter Jacke wurde der Blick auf die Waffe unter dem weiten Jacket verhindert. Angelo schloss den Safe und steckte sich die Messe-Instruktionen und die Händler-Eintrittskarte für die Bremen Classic Motorshow ein. Nach einem kurzen Imbiss im Hotelrestaurant gab ein Blick auf die Uhr das Startsignal für einen ersten Anruf bei seinem Kontaktmann, der sich auch umgehend meldete.

Pironi Dream Cars im Ruhrgebiet wurde offenbar nicht von Landleuten geführt, da am anderen Ende statt dem herrischen Pronto eine korrekte Businessansage auf Deutsch kam.

„Salve, hier spricht Carlo Marchetti. Ich habe gerade im Hotel eingecheckt und wollte mit euch den Zeitplan für morgen abstimmen. Sprichst du eigentlich italienisch?"

„Ich grüße dich Carlo. Na klar spreche ich auch Italienisch. Ich melde mich am Telefon aber immer mit der korrekten Businessansage, denn wir haben unsere Telefonanlage in Dortmund bereits umgestellt. Im Moment sondieren wir schon mal das Fahrzeugangebot der Privatanbieter in der Messetiefgarage. Falls du Ihor und Ahmet suchst, die sind bereits mit Toni auf Tour und checken die Bankautomaten", gab Pironi zur Antwort.

„Wir können uns ja morgen früh zum Frühstück im Hotel treffen und dann gemeinsam auf die Messe gehen", schlug der Geschäftsführer der Pironi Dream Cars vor.

„Keine gute Idee", meinte Angelo Sovrano, „ich bleibe im Hintergrund und sichere deine Aktionen ab. Für die Jungs mit dem Geldkoffer und die Truppe an den Bankautomaten bleibe ich unsichtbar. Es reicht vollständig, wenn die über meine Anwesenheit informiert sind aber nicht wissen, wo ich mich gerade aufhalte. Der Consiglere dürfte dir das auch so mitgeteilt haben. Ich trete nur im Notfall in Aktion."

„Kannst du der Geldautomaten-Truppe Bescheid geben, dass mich einer von denen in der nächsten Viertelstunde kontaktiert."

„Mach ich Carlo, ich rufe die kurz an", antwortete Michele Pironi und legte auf.

Angelo Sovrano war während des Telefonats in Richtung Messeeingang spaziert und hatte die Automatenplünderer bereits am Haupteingang der Messe entdeckt. Da es auf dem Bremer Messegelände lediglich zwei Bankautomaten gab, musste der Trupp wohl auch die Automaten des nahegelegenen Bahnhofs mit einbeziehen, um mit manipulierten Karten und gestohlenen PINs genügend Bargeld abschöpfen zu können. Im Moment jedoch waren die drei im Foyer der ÖVB-Arena in Aktion. Ordentlich in Reih und Glied wie eine zufällige Warteschlange blockierten sie den Automaten im Foyer. Offenbar funktionierte es, denn zwei weitere Messebesucher gingen auf den EC-Automaten zu, machten aber kehrt, als sie die bereits Wartenden wahrgenommen hatten. Während der Erste komplett abdrehte und in Richtung Halle 2 davoneilte, setzte sich der andere auf eine Besucherbank und wartete. Offensichtlich hatte Toni, als letzter in der Schlange, eine Schauspielschule besucht, denn seine Mimik und seine Gesten passten hervorragend zu einem genervten Menschen in der Warteschlange, während Ihor am Automaten stand und dem hinter ihm stehenden Ahmet ständig nach dem PIN-Code befragte und dabei seine Hand ans Ohr legte, als ob er die Nummernfolge nicht richtig verstanden hätte. Nur aufmerksame Beobachter konnten bemerken, dass diese Nachfragen nichts mit falschen Eingaben zu tun hatten, denn Ihor schob mit der rechten Hand ständig Geldbündel in die Hosentasche. Nach drei Aktionen wechselten die beiden die Position und holten sich weitere drei Auszahlungen. Toni schaffte indes nur eine Abhebung, denn der Wartende erhob sich von seiner Bank, um seinen Platz hinter Toni einzunehmen, als Ihor und Ahmet weiterzogen. Kurz darauf folgte auch Toni seinen beiden Kollegen, die in Richtung Halle 6 unterwegs waren. Dort war im Durchgang zur Halle 7 der zweite Bankautomat untergebracht. Im Foyer hatte das Trio nach Angelos Beobachtung rund 14.000 Euro aus dem Automaten geräumt.

Die drei schlenderten zu einer Kaffeebar. Während Toni und Ahmet die Bestellung aufgaben, wählte Ihor erneut eine Rufnummer. Angelo Sovranos Smartphone wimmerte in der Hosentasche.

„Pronto", rief Angelo in sein Telefon und drehte sich hinter einer Hallensäule aus der Blickrichtung der Drei.

„Hallo Carlo, wir sind es. Pironi bat uns dich anzurufen."

„Richtig. Ich wollte euch Bescheid geben, denn ich bin in Bremen eingetroffen. Falls ihr meine Hilfe braucht, solltet ihr diese Nummer anrufen," gab Angelo alias Carlo dem Anführer der Automatenplünderer zu verstehen und erkundigte sich nach dem aktuellen Standort der Drei.

Ihor schaute prüfend in die Runde und teilte Carlo den Standort der Truppe mit. Aktuell seien sie auf dem Weg in Halle 6, um einen weiteren Automaten zu erleichtern. Im Grunde genommen laufe alles nach Plan.

„Ok. Meldet euch, wenn ihr Hilfe braucht. Der Consiglere befürchtet, dass unsere Konkurrenten Wind von der Sache bekommen könnten und sich an das Geld ranmachen wollen."

„Keine Sorge Carlo, wir sind zu Dritt und lassen uns nicht die Butter aus dem Kühlschrank klauen. Michele Pironi bekommt morgen früh einen schönen Koffer voll Bares und wir erweitern dann unseren Aktionsradius ins Stadtgebiet von Bremen, damit das etwas entzerrt wird", prahlte Ihor ins Telefon und nickte seinen beiden Kumpels zu.

„Alles klar, klingt vielversprechend, aber eigentlich sagt man hier die Butter vom Brot klauen", erwiderte Angelo lachend.

Angelo Sovrano, alias Carlo Marchetti, erschien als einer der Ersten zum Frühstück, nahm sich zwei Croissants und tunkte diese genüsslich in seinen Kaffee. Sein Platz im Frühstücksraum war im vorderen Bereich, seitlich hinter einer Säule gewählt, um den Eingang zum Frühstücksraum zu kontrollieren. Kurz vor 8 Uhr kamen die ersten Mitarbeiter von Pironi zum Frühstück und besetzten einen Tisch. Während sich das Dream Cars Personal abwechselnd zum Buffet begab, spazierten die drei Automatenknacker in den Frühstückraum und nahmen unweit ihrer Kollegen ihre Plätze ein. Ahmet blieb kurz am Tisch von Pironi stehen, stellte seinen mitgebrachten Koffer ab und gesellte sich zu seinen Kumpanen. Das musste die Beute von gestern sein, dachte Angelo, aber das war nach Lage der Dinge nur ein Bruchteil des Geldes, das für die Messeeinkäufe heute eingeplant war. Angelo Sovrano trank seinen Kaffee aus und machte sich auf den Weg zur Messe-Tiefgarage.

Die privaten Anbieter hatten bereits die Abdeckungen von ihren Fahrzeugen gezogen, standen in kleinen Gruppen in den Reihen ihrer geparkten Fahrzeuge, fachsimpelten über Karosserieformen, Ersatzteilproblemen oder polierten ihre Fahrzeuge auf Hochglanz. Das erste Fahrzeug auf der Einkaufsliste, ein Maserati 3500 GTI Touring aus dem Jahre 1961, war ein sogenanntes Superleggera Coupe, für das der Verkäufer stolze 210.000 Euro aufrief. Während Angelo Sovrano das Fahrzeug musterte, flutete der Ansturm der Messebesucher die Tiefgarage und zwei ältere Herren näherten sich dem Maserati GTI. Angelo war verblüfft, wie lange sich Interessenten und Verkäufer über dieses Fahrzeug unterhielten. Nur über den Preis war sich die Gesprächsgruppe wohl nicht einig. Das Feilschen begann weit unter 160.000 Euro, aber der Verkäufer blieb zunächst hartnäckig. 180.000 Euro war seine Schmerzgrenze und die beiden Interessenten kamen ihm mit einer Erhöhung ihres Angebotes um 5.000 Euro entgegen. Bei 170.000 Euro begann Angelo Sovrano sich umzuschauen, wo denn die Dream Cars Truppe steckte, aber die waren schon längst auf dem Sprung. Michele Pironi trat kurzerhand auf den Verkäufer des Maseratis zu und eröffnete das Bietergefecht.

„Ich bezahle ihnen die 180.000 Euro. Wenn Sie wollen können wir das Geschäft gleich vertraglich abschließen und ich gebe ihnen eine Anzahlung von 20 Prozent bar auf die Hand", trumpfte Pironi auf.

„So geht das aber nicht", meckerte einer der älteren Herren dazwischen, „wir waren bereits mit dem Verkäufer im Gespräch."

„Was heißt hier geht nicht", schnauzte Michele eiskalt zurück und deutete auf das Angebotsschild hinter der Windschutzscheibe.

„Ich zahl Ihnen auch den ausgewiesenen Preis von 180.000 Euro und lege noch mal 5.000 Euro drauf, aber Sie müssen sich jetzt entscheiden", konterte Michele Pironi mitten in den Versuch der beiden älteren Herren, die versuchten das Recht des Erstinteressenten durchzusetzen. Der Verkäufer hatte verstanden. Während die beiden älteren Herren seit gut 20 Minuten rumfeilschten und am Fahrzeug permanent neue Mängel zu entdecken glaubten, stand da ein Anbieter, der ihm sofort die Summe von 185.000 Euro bot und gleich 20% in Bar anzahlen würde. Der Verkäufer überlegte nicht lange und schlug in Pironis ausgestreckte Hand ein. Der Kauf war perfekt.

„Kommen Sie doch kurz mit zu meinem Wagen, dann können wir gleich den Vertrag aufsetzen und ich gebe Ihnen die Anzahlung. Meine Leute werden dann heute Abend den Rest des Geldes an sie übergeben und den Wagen samt Papieren abholen", schlug Peroni vor, während die beiden älteren Bieter fluchend den Standplatz verließen. Der Besitzer des Maserati und Michele Pironi gingen direkt zum GMC-Truck. Wie vorgesehen nutzte

Pironi einen Standardkaufvertrag, der den Kauf wie besichtigt, ohne Gewährleistung und Mehrwertsteuer festhielt. Die ersten 37.000 Euro wechselten den Besitzer und für den Abend wurde ein Treffen zur Übergabe der Restzahlung im Hotel vereinbart. Das Fahrzeug sollte der Besitzer dann mitbringen und mit allen Papieren übergeben.

Angelo Sovrano hatte im Verlauf des Tages das Treiben aufmerksam beobachtet und sich für die kommende Messe in Stuttgart fleißig Notizen gemacht. Zeit, um sich einen Kaffee oben in Halle 6 zu gönnen, bevor die Messe um 18 Uhr offiziell schließt. Angelo Sovrano nahm die Treppe hinauf in die Messehalle, als sein Smartphone in der Tasche vibrierte. Kaum war er oben angekommen, nahm er den Anruf entgegen. Die Rufnummer wurde nicht angezeigt und eine Stimme forderte das vereinbarte Kennwort an. Angelo nannte das Kennwort und erhielt dafür eine Rufnummer in Köln, die er sofort kontaktieren sollte. Kaum hatte er die Nummer gewählt, nahm die Gegenseite ab und vermittelte sein Gespräch weiter. Die vertraute Stimme des Consiglere sprach in ruhigem Tonfall aber sehr bestimmt.

„Angelo, schalte sofort nach unserem Gespräch dein Smartphone aus. Zerstöre das Gerät einschließlich der in letzter Zeit verwendeten PrePaid-Karten und entsorge das alles. Beschaffe dir ein neues oder noch nicht benutztes Mobilfunkgerät. Am besten checkst du dich gleich im Hotel aus und wechselst deinen Standort. In der Tiefgarage des Hotels steht ein Audi auf Parkplatz 52, die Schlüssel liegen unter der Tankklappe. Wenn du außerhalb von Bremen bist, ruf mich nochmal unter der Rufnummer an. Du wirst dann erneut mit mir verbunden. Michele Pironi und seine Mannschaft wickelt noch die Fahrzeugkäufe ab und verschwindet dann auch aus Bremen. Ciao."

Ein Dauerton in der Leitung war das Zeichen, dass diese Leitung unterbrochen wurde. Das wars mit dem Kaffee. Angelo ging ohne Aufregung zum Hotel zurück, packte seine Sachen zusammen und checkte an der Rezeption aus.

„Ich muss geschäftlich dringend nach Hamburg", gab er dem nachfragenden Portier zu verstehen, der aber trotz der Stornierung auf den vollen Preis für zwei Tage bestand.

„Normalerweise müssen Sie bis 12 Uhr ausgecheckt haben, dann könnte ich da was machen", meinte der Angestellte achselzuckend und nahm die Zimmerkarte und den Betrag für die Buchung entgegen.

Der schwarze Audi stand wie angegeben auf dem Tiefgaragenplatz 52. Angelo holte die Schlüssel unter der Tankklappe hervor und verstaute sein Gepäck im Kofferraum. Eine entwertete Parkkarte lag gut sichtbar auf der Lenkradsäule. Der Wagen sprang sofort an. Angelo Sovrano fuhr aus der Tiefgarage, bog links ab und folgte auf der Holler Allee der Richtungsanzeige zur A27. Der Metallzaun der Messe war auf Höhe der Halle 5 geöffnet, im Hof stand ein Autotransporter, auf dem gerade die von Pironi gekauften Fahrzeuge verladen wurden. Pironi hatte also die Fahrzeuge ausgelöst und war dabei seine Beutestücke in Sicherheit zu bringen.

Angelo Sovrano orientierte sich in Richtung A27. Im großen Bogen umfuhr er Bremen in Richtung Osten, um auf dem Kreuz Bremen in Richtung Osnabrück auf die A1 zu wechseln. Nach gut 40 Kilometern in Richtung Süden wählte er den Rastplatz Delmental Nord und setzte den Blinker. Hier parkte er in einer dunklen Ecke außerhalb der Lichtkegel der spärlichen Beleuchtung und machte sich daran, seine bisher benutzten Mobilfunkgeräte und die alten PrePaid-Karten zu entsorgen. Die Einzelteile und unbrauchbar gemachten Karten entsorgte er in mehrere Müllcontainer auf dem Rastplatz. Der Parkplatz war mit einer großen Sicht- und Schallschutzwand zur Autobahn hin ausgestattet. Ein leises Brummen schwappte über die Schallschutzwand, hinter der die Trucker ihre Fahrzeuge aufgereiht hatten. Blau gefärbte Gesichter starten in den schummrig beleuchteten Fahrerkabinen in die Flimmerkisten oder waren in den roten Schein der Notbeleuchtung getaucht, während die Fahrer schliefen. Niemand nahm Notiz von Angelo Sovrano oder dem schwarzen Audi, der hinter der Toilettenanlage parkte.

Angelo ging zurück zum Wagen, holte den Rucksack aus dem Kofferraum und entpackte das nagelneue Ersatzgerät samt Ladekabel und Adapter für den USB-Anschluss im Auto. Er hatte den Blackberry auf Empfehlung der Ukrainer gekauft, die für diesen Typ eine Verschlüsselungssoftware entwickelt hatten. Sein Gerät war bereits präpariert, musste aber zunächst nachgeladen werden. Er holte dazu seine Powerbank aus dem Rucksack und schloss das Smartphone an. 20 Minuten sollten reichen, um das Gerät nutzen zu können. Er konnte das Smartphone ja an der Powerbank angeschlossen lassen, während er mit dem Consigliere sprach.

Angelo Sovrano kramte eine Zigarettenpackung aus seiner Jackentasche, stieg aus dem Wagen und beobachtete das Blinken der Powerbank. Der Ladevorgang lief und Angelo blies den Rauch der Zigarette in den Nachthimmel. Hin und wieder fuhr ein Pkw vor die Toilettenanlage und nach kurzer Zeit brauste das Fahrzeug wieder davon. Delmental Nord hatte nichts zu bieten, außer der Pinkelbude und die Kolonnen parkender Lastwagen. Angelo stieg fröstelnd in sein Auto und wählte erneut die Kölner Rufnummer. Nach drei Signaltönen meldete sich die Gegenstelle. Ohne Kommentar wurde er zu einem weiteren Anschluss durchgestellt. Nach mehreren Signaltönen nahm der Consigliere das Gespräch an.

„Alles erledigt Aldo. Ich bin jetzt rund 40 Kilometer von Bremen entfernt, benutze ein abhörsicheres Telefon mit einer jungfräulichen PrePaid-Karte und bin gespannt auf deine Informationen!"

„Keine guten Nachrichten mein Bester", antwortete der Consiglere und gab Angelo Sovrano zu verstehen, dass die Carabinieri nach seinem zuletzt benutzten Motorola Mobilfunkgerät fanden. Das habe ihm am späten Nachmittag ihr Informant mitgeteilt, den sie seit Jahren in der Questura Bari für seine Dienste entlohnen."

„Wie soll das denn gehen", meinte Angelo, „die kennen weder meine Rufnummer noch welches Gerät ich benutze. Wie können sie das dann meiner Person zuordnen?"

„Der Meinung war ich bislang auch", antwortete der Consiglere, „aber offenbar ist denen deine IMEI aufgefallen. Kurzum, die suchen jetzt nach einem Motorola RAZR, das in einem Mobilfunkladen in Foggia gekauft und bar bezahlt wurde. Die wissen also, wer damals an welchem Tag und zu welcher Uhrzeit in Foggia das Handy gekauft hat und haben eine grobe Beschreibung deiner Person vom Verkäufer erhalten. Zum Glück hatte der Laden keine Videoüberwachung."

„IMEI, ich verstehe nur Bahnhof, was soll das denn sein", rief Angelo ins Mikrofon.

„Das ist eine Gerätekennung, die beim Einwählen ins Netz hinterlassen wird. Das ist eigentlich nicht tragisch, da du ja aufgrund der Barzahlung keinen Namen oder Adresse hinterlassen hast und deine präparierten PrePaid-Karten auch keine Anhaltspunkte geben, aber anhand der Gerätekennung wissen die, um welches Gerät es sich handelt. Und dieses Gerät wurde vom Hersteller nach Foggia geliefert", erklärte der Consiglere den Sachverhalt.

„Das erklärt aber noch nicht, weshalb die nach mir fanden,"
fragte Angelo nach.

„Ganz einfach, der Verkäufer konnte sich vage an dich
erinnern und hat eine Beschreibung zu deiner Person abgegeben.
Und da dein Telefon, sprich die Gerätekennung deines Telefons,
in den letzten Wochen immer dann eingewählt gewesen ist, wenn
irgendwelche Leute ums Leben kamen, läuft eine Fahndung nach
dir, bzw. deinem Phantombild. Angefangen hat das in der Nähe
von Wien, als der Ministerialrat ums Leben kam. Da war dein
Handy das einzige weit und breit, dass zur angenommenen
Tatzeit eingeloggt war. Dann haben die deine Gerätekennung
auch in Köln entdeckt, als der Österreicher von dir beseitigt wurde
und am Flughafen Verona. Später in Manfredonia und auf dem
Weg nach Bologna. Dort haben sie deine Gerätekennung in der
Nähe des Ippodromo und im Stadtgebiet lokalisiert. Deine
Anwesenheit in Bari und bei uns in Molfetta kennen die zum
Glück nicht, da dein Gerät ja ausgeschaltet war. Du hast zwar
meist eine andere PrePaid-Karte verwendet, aber deine
Telefonkennung war immer dann vor Ort, wenn jemandem etwas
zugestoßen ist. Seither haben die dich auf dem Radar und zu guter
Letzt haben die dich in Bremen rausgefiltert. Aus diesem Grund
haben wir Bremen abgebrochen und dich gewarnt, auch wenn
dort Hunderte auf der Messe mit Mobilfunkgeräten rumturnen.
Die wissen zwar noch nicht wer du bist, aber die arbeiten dran,
meint unser Informant."

„Was schlägst du vor?", wollte Angelo wissen.

„Geh auf Tauchstation, die Carabinieri sind gerade dabei
insbesondere in der Region Foggia, Bari und Manfredonia
verstärkt mit der Phantomzeichnung des Motorola-Käufers die
Suche zu intensivieren. Da die gesuchte IMEI ja nicht mehr
auftauchen wird, ist die Spur mit der Messe in Bremen beendet.
Einen weiteren Treffer können die jetzt nicht mehr landen und

nach ein paar Wochen wird hoffentlich die Luft raus sein. Es sei denn, die können anhand des Phantombilds deine Person ausfindig machen", schloss Aldo Rufano seine Hiobsbotschaften ab. Die La Quarte müsse sich jetzt insbesondere um Köln kümmern, denn da wird offenbar die undichte Stelle vermutet.

„Ich wäre dir dankbar, wenn du mich auf dem Laufenden hältst oder wenn dein Informant bei der Questura etwas in Erfahrung bringt. Noch eines – wo soll ich den Audi abgeben?"

„Du hast die Adresse von Pironis Dream Car in Dortmund. Der Wagen gehört Toni. Stell ihn einfach heute Nacht auf dem Gelände ab. Ich wünsche dir alles Gute und wir bleiben in Kontakt", antwortete der Consiglere und legte auf.

Angelo verstaute sein Equipment im Rucksack, zündete sich eine Zigarette an und beobachtete die Trucker auf der anderen Seite des Rastplatzes. Am besten wäre es wohl, wenn er nach Hause ins Gargano fahre und den alten Mazarella über die ungeplante längere Abwesenheit informiere. Angelo Sovrano musste abtauchen und von der Bildfläche verschwinden. Was wäre besser geeignet, als in der Sassi von Matera zu verschwinden? Angelo trat die Zigarette aus und stellte im Navigationsgerät die Adresse der Pironi Dream Cars in Dortmund ein. Die Fahrtstrecke wurde mit 208 km angegeben und nach Lage der Dinge sollte er dort um 1:35 Uhr eintreffen. Angelo startete den Motor, überprüfte die Tankanzeige und schob die Automatik auf Stellung D. Während er seinem Ziel entgegensteuerte, fasste er einen weiteren Entschluss. Er wollte die bevorstehende Auszeit nutzen und sich intensiver mit den Tücken seines digitalen Equipments befassen. Kurz hinter Münster war die Idee zwar noch da, aber er hatte noch keinen Plan, wie er da vorgehen wollte, als das Navigationsgerät dazwischen plapperte und ihm einen Fahrspurwechsel auf die A2 ankündigte. Angelo lachte laut auf, als das Navi wiederholt den Fahrspurwechsel anmahnte.

„Wie oft willst du mir denn das noch mitteilen, blöde Kuh" äffte Angelo die Stimme des Navis nach und musste im gleichen Moment an Mazarella denken. Der hat weder einen Internetanschluss noch einen Fernseher und weiß trotzdem über Gott und die Welt Bescheid. Scheiß Technik, dachte Angelo, verraten und verkauft durch IMSI und IMEI.

1 9

„Hier ist der WDR. Die aktuelle Stunde. Live mit Claudia Koch und Stefan Ilg", begrüßte die Stimme aus dem Off die Fernsehzuschauer des Regionalsenders. „Wir sagen Guten Abend. Willkommen an diesem Dienstag und zu unseren Nachrichten über die dramatischen Entwicklungen anlässlich der landesweiten Razzien gegen die organisierte Kriminalität", leitete Stefan Ilg die Sendung ein. Kollegin Claudia Koch präsentierte daraufhin die ersten Erfolgsmeldungen einer gemeinsamen Pressekonferenz der Kripo Köln und Wien und dem BKA Wiesbaden, die am Nachmittag im Polizeipräsidium am Walter-Pauli-Ring in Köln-Deutz stattgefunden hatte. „Unser Reporter Jens Schuller hat die Einzelheiten für Sie," lächelte Claudia Koch in die Kamera und Jens Schuller wurde eingeblendet.

Schullers Bericht startete, begleitet von einer Kamerafahrt über das Podium der Pressekonferenz, mit einem im dramatischen Tonfall gehaltenen Frontbericht.

„Unter Leitung des Bundeskriminalamtes Wiesbaden ist den Polizeikräften in mehreren Städten NRWs am Wochenende ein Schlag gegen die Organisierte Kriminalität im Rheinland gelungen", triumphierte Jens Schuller in die Kamera.

Zeitgleich wurden in mehreren Städten Österreichs mit dem Schwerpunkt Wien, Dutzende von Spielhallen und Einrichtungen dieser kriminellen Vereinigung durchsucht. In über 50 durchsuchten Spielhallen wurden hunderte Spielautomaten beschlagnahmt und Spielhallenpersonal verhaftet. Der Schaden, der hier durch manipulierte Abrechnungen dem Finanzamt und den Besuchern dieser Spielhallen zufügt worden sein, beläuft sich nach ersten Schätzungen auf rund 8 Millionen Euro hinterzogene Steuern. Hinzu kommen nicht ausbezahlte Gewinne in ebenfalls zweistelliger Millionenhöhe. Die Kamera schwenkte von Schuller auf das Podium der Pressekonferenz, das mit dem Kölner Kriminalhauptkommissar KHK Dominik Zarenga, seinem österreichischen Kollegen, Hauptmann Franz Schober und dem Leiter der BKA-Fachabteilung Operative Fallanalyse und Risikobewertung (OFAR) Dr. Lars Lehmann besetzt war. KHK Zarenga eröffnete die Pressekonferenz und hielt demonstrativ eine Pressezusammenfassung in die Kamera, die nach der Konferenz an die anwesenden Journalisten ausgegeben werde.

„Unsere Ausgangslage waren zwei ungeklärte Todesfälle in Köln und Wien. Wir fanden Hinweise auf gezielten Versicherungsbetrug zum Nachteil von zwei Versicherungsgesellschaften", begann Zarenga und präsentierte im Wechsel mit Hauptmann Schober die weiteren Ermittlungsergebnisse. Sowohl in Köln, als auch in Wien, habe diese kriminelle Vereinigung mit gestohlenen Identitäten Risiko-Lebensversicherungen auf ahnungslose Mitarbeiter ihrer Unternehmen abgeschlossen und dann die versicherten Personen durch fingierte Unfälle ermorden lassen, um sich an den Versicherungssummen zu bereichern. In beiden Fällen führten die Spuren zu den Mitarbeiterunterkünften dieser kriminellen Organisation, in denen die Opfer und Bezugsberechtigten unter einem Dach lebten.

Bei den Durchsuchungen beider Häuser in Wien und Köln konnten die Unterlagen dieser Betrugsserie leider nicht sichergestellt werden, da die Geschäftsführer beider Häuser die Akten bereits vernichtet hatten. Allerdings fanden die Ermittler zahlreiche Unterlagen und Beweise weiterer krimineller Aktivitäten. Darunter illegale elektronische Bauteile, mit denen Spielautomaten manipuliert werden können sowie gefälschte Kreditkarten und Ausweispapiere. Die am Wochenende sofort durchgeführten Razzien in beiden Ländern hatten deshalb den Schwerpunkt der Sicherstellung manipulierter Spielgeräte. Dank der hervorragenden Fallanalyse und operativen Unterstützung durch das BKA konnte der Täterkreis eingegrenzt und ermittelt werden.

Dr. Lars Lehmann vom BKA Wiesbaden übernahm das Wort und berichtete über die Hintergründe und Hinweise, die zur Beschlagnahme und Sicherstellung der Bauteile und zur Festnahme einiger Bandenmitglieder führten. Unter den europaweit agierenden Köpfen der Bande konnten unter anderem bestens ausgebildete Computerspezialisten und Fälscher verhaftet werden. Aufgrund der Vernehmungen, Hinweisen und Geständnissen, konnte die Polizei mit Sicherheit festhalten, dass die sogenannten Unfälle in Köln und Wien keine Straftaten mit Unfallflucht oder natürliche Todesursachen waren, sondern gezielte Mordanschläge, um sich an den Versicherungssummen zu bereichern. Derzeit wurde durch das BKA gezielt in allen europäischen Versicherungsgesellschaften nach weiteren Versicherungsverträgen recherchiert, bei denen Versicherungsnehmer unter den Adressen dieser kriminellen Vereinigung gemeldet waren oder als Mitarbeiter dieser Mafia-Unternehmen identifiziert werden konnten. In den bereits ermittelten Fällen von Wien und Köln hatten die Versicherten keine Ahnung von diesen Geschäften, da die Verbrecher mit gestohlenen Identitäten und gefälschten Dokumenten operierten.

Leider wurden bei den Durchsuchungen der Appartementhäuser in Köln und Wien nur noch geschredderte Unterlagen sichergestellt. Auch die Beschlagnahmung der Akten in den Kanzleien der betreuenden Rechtsanwälte in Köln und Wien waren durch Brandstiftung vorsätzlich verhindert worden. Der Polizei Köln lag jedoch das Geständnis eines Rechtsanwalts vor, der sich nach dem Brandanschlag auf seine Kanzlei der Polizei stellte, da er um sein Leben fürchtete. Der Anwalt wurde als Kronzeuge in das Zeugenschutzprogramm der neu gebildeten Sonderkommission ORSUL aufgenommen. Unter dieser Bezeichnung wurden nach Aussagen des Anwaltes alle illegalen Versicherungsgeschäfte und Auftragsmorde abgewickelt. Dank den Aussagen des geständigen Anwaltes lagen den Polizeipräsidien in Köln und Wien gesicherte Informationen über den Täterkreis vor, zu denen sie heute gezielte Fahndungsaufrufe erlassen konnten.

Hauptmann Schober begann mit dem Fall eines 38-jährigen Angestellten einer Wiener Sportbar, der im Jänner letzten Jahres anscheinend eines natürlichen Todes verstarb. Nach Lage der Ermittlungen war dies jedoch eine gezielte Tötung, die durch den Geschäftsführer des Wiener Appartementhauses veranlasst worden war. Hauptmann Schober zeigte mit einem Pointer zur Leinwandprojektion, auf der das Fahndungsfoto des 45-jährigen Heinz Lachmeier, genannt Schnepfenheinzi, erschien. Lachmeier, ein ehemaliger Zuhälter und vorbestrafter Krimineller, hatte mit Hilfe der ebenfalls in der Pension wohnenden Österreicherin Luana Gruber, die als Versicherungsberechtigte auf der Police geführt wurde, die Versicherungssumme von rund 250.000 Euro ergaunert. Beide, Lachmeier und Gruber, waren mit Haftbefehl über Europol Den Haag zur Fahndung ausgeschrieben.

KHK Zarenga übernahm das Wort und ging auf den schweren Unfall im November letzten Jahres in der Venloer Straße ein, bei dem ein 47-jähriger Hilfsarbeiter aus Österreich von einem schweren Pickup überfahren wurde und seinen Verletzungen noch am Unfallort erlag. Nach Lage der Dinge wurde dieser Unfall zunächst als Tötungsdelikt mit Fahrerflucht eingestuft, konnte aber aufgrund der Aussagen des Kölner Anwalts jetzt als gezielter Mordanschlag eingestuft werden. Als Auftraggeber des Mordes war ein 28-jährige Geschäftsführer des Mitarbeiterwohnheimes dringend tatverdächtig. Zarenga präsentierte das Fahndungsfoto von Franco Rusina und erweiterte die Fahndung um die Bezugsberechtigte der Versicherungssumme, die ebenfalls im Wohnheim gemeldete 30-jährige Charlotte Kalo. Im Zusammenhang mit diesen Morden sei unter der Leitung von Europol eine Sonderkommission gebildet, der die Ermittler der Kölner und Wiener Kriminalpolizei angehörten und die in den nächsten Tagen durch italienische Kollegen verstärkt wird.

Die italienische Anti-Mafia-Einheit der Carabinieri untersuche derzeit ähnlich gelagerte Fälle in Bologna und Mailand. Der Leiter der BKA-Abteilung Operative-Fall-Analyse Dr. Lehmann gab sich zuversichtlich, dass die neu gebildete Sonderkommission ORSUL europaweit das kriminelle Netzwerk der Versicherungsbetrüger aufrollen werde. Die Aktuelle Stunde endete mit den Fahndungsfotos der vier Verdächtigen und der Einblendung der Rufnummern, unter denen die Polizei in Köln und in Wien sachdienliche Hinweise entgegennehme. Es folgte der Hinweis, dass in den nachfolgenden Sendungen der WDR-Lokalzeit über weitere Erkenntnisse aus den Redaktionen Köln, Essen, Duisburg und Düsseldorf berichtet werde.

Aldo Rufano nahm die Fernbedienung zur Hand und schaltete den Fernseher in seinem Hotelzimmer aus.

„Deine Abteilung hat ja bisher gute Arbeit geleistet", prostete der Consiglere Lars Lehmann beim Betreten des Hotelzimmers zu.

„Das war der Sinn der Vorgehensweise. Eure Organisation sollte möglichst rausgehalten und den Geschäftsführern der Bella Vita Pensionen die Verantwortung zugeschoben werden", antwortete Lehmann.

„Die Polizei hat im Moment zwei Geschäftsführer und zwei Gehilfinnen, die als fingierte Bezugsberechtigte mitwirkten auf dem Zettel. Alle vier sind auf der Flucht und werden erst zur Gefahr, wenn die Polizei sie dingfest gemacht hat", meinte Lehmann.

„Das ist so nicht richtig. Nur die Albanerin ist noch auf der Flucht. Der Wiener Anwalt liegt schon bei den Fischen und dank dir werden wir auch noch den Aufenthalt dieses Verräters Kuhn ausfindig machen. Luana Gruber ist schon seit letzten April Teil eines Wiener Bauvorhabens und die beiden Geschäftsführer wird die Polizei nach Lage der Dinge auch nicht zu fassen kriegen. Die wurden bereits entsorgt. Bleibt noch der Rechtsanwalt und die Albanerin, die unsere Strategie über den Haufen werfen könnten", stichelte der Consiglere.

„Spätestens Morgen", konterte Lehmann, „wenn die Sonderkommission der Europol ihre Arbeit aufnimmt, wissen wir wo die Staatsanwaltschaft Köln und dieser ehrgeizige KHK Zarenga euren Rechtsanwalt Kuhn versteckt hält", meinte Lars Lehmann und lenkte die Aufmerksamkeit des Consiglere auf eine schwarze Kladde, die er auf dem Tisch legte.

„Hier hast du übrigens das Motiv, weshalb der Sohn des Nationalrates und Leiter der Leistungsabteilung der Vienna Elementar angefangen hat, euch systematisch auszuspionieren. Euer Nationalrat in Wien war zwar Korrupt und hat für euch so einige kritische Fälle in der Leistungsabteilung der Versicherung durchgewunken, aber er hat auch penibel darüber Buch geführt, bevor ihr ihn aufgehängt habt", merkte Lehmann an und wedelte mit der schwarzen Kladde.

„Wo habt ihr denn die gefunden?", wollte der Consiglere wissen. Er habe Rusina nicht nur einmal gefragt, ob das Zimmer von diesem Michael Koiner gründlich nach belastendem Material durchsucht worden sei.

„Die Buchführung seines Vaters hat der Sohn wohl in Wien nach der Beerdigung an sich genommen oder der Vater hat das seinem Sohn in seiner Verzweiflung zukommen lassen", sagte Lars Lehmann, „Rusina hat auf jeden Fall schlampig gearbeitet, denn irgendjemand hat ja schließlich die Sammlung der Zeitungsartikel und Dokumente gefunden, die seinem Bekannten hier in Köln mehrere Tage nach der Beerdigung zugeschickt wurden. Michael Koiner kann es nicht gewesen sein, der lag da schon unter der Erde. Ein Glück, dass mich mein Bekannter eingeschaltet hat. Meiner Meinung nach, hat er die Unterlagen von der Albanerin zugeschickt bekommen, die das Zimmer des Österreichers entrümpeln sollte und mit dieser Aktion eine verzweifelte Aktion in Gang setzte, um sich als Mitwisserin eine Rückversicherung aufzubauen. Kaum war das Paket verschickt, ist sie ja auch spurlos auf dem Weg nach Wien verschwunden."

„Das Weib ist gerissen und hat Ideen. Allein die Aktion mit der Dreckwäsche und der Windjacke war ein Bravourstück, um sich aus dem Zug zu schleichen. Weiß der Teufel, wohin die ab Frankfurt Airport verschwunden ist?", sinnierte Lehmann.

„War die Kladde denn auch im Paket, das dein Bekannter bekommen hat", wollte Aldo Rufano wissen.

„Nein. Der kennt nur die unzähligen Presseberichte und Protokolle des Nationalrates, die er fein säuberlich sortiert und in eine vernünftige Abfolge gebracht hat. Also nichts, was nicht jeder Leser in Wien oder Köln den Zeitungen entnehmen konnte. Und du willst ja wohl nicht alle Zeitungsleser in Köln und Wien ausrotten", provozierte Lehmann den Consiglere.

„Die Kladde kenne nur ich und Rusina. Als ich die Unfallakte des Österreichers gelesen und die Kiste mit den Asservaten bei der Kölner Polizei nochmals inspiziert hatte, fand ich einen Schlüsselbund mit drei Schlüsseln, die aber nicht vollständig zugeordnet wurden. Ich habe dann Rusina nach dem Dritten kleinen Schlüssel mit der Aufschrift *EUROLOOKS 92206* befragt. Der hatte dazu auch keine Erklärung. Erst als ich ihm erklärte, dass solche Schlüssel meist zu Stahlschränken oder Spinden passen, kam ihm das Logistikunternehmen in den Sinn, bei dem Michael Koiner beschäftigt war. Wir fanden dann tatsächlich einen Schrank im Bildarchiv des Wochenblattes, das von diesem Österreicher betreut wurde. Rusina hat den Spind ausgeräumt und die Kiste in sein Büro geschleppt. Wir haben anschließend gemeinsam den Plunder durchsucht und die Kladde rausgefischt. Den Rest haben wir entsorgt", meinte Lars Lehmann und übergab dem Consiglere die Kladde mit den Aufzeichnungen des Horst Koiner.

Aldo Rufano blätterte in den Aufzeichnungen und schüttelte genervt den Kopf. Der Junge wusste also all die Jahre über unsere Geschäfte Bescheid, nur hat ihm das ja nichts genützt. Kommt einfach zur Bella Vita, jobbt da als Zeitungsausträger und schnüffelt jahrelang rum. Besonders intelligent war der wohl nicht, im Gegensatz zu seinem Bekannten", lachte Rufano und wollte wissen, ob denn dieser Archivar zur Bedrohung werden könne?"

„Meiner Einschätzung nach, hat ehemaliger Studienkollege trotz der Bekanntschaft mit Michael Koiner keine Ahnung, denn Koiner hat über die Arbeit seines Vaters so gut wie nie gesprochen. Die haben sich jahrelang über Billard und Weiber unterhalten und erst als dieses Paket bei ihm ankam, wurde seine

Neugier geweckt. Ist bei einem Archivar und Recherchespezialisten auch nicht verwunderlich. Ich habe ihm eindringlich geraten die Finger von der Sache zu lassen und daran wird er sich mit Sicherheit halten" beschwichtigte Lars Lehmann. Außerdem habe er seinen Bekannten im Blickfeld und kann ihn steuern. Also niemand, um den sich die La Quarta kümmern müsste.

„Na gut, wenn du dir da sicher bist", entgegnete der Consiglere. „Wir müssen uns vorerst um wichtigere Dinge kümmern und die Umstrukturierung der Gesellschaft weiter vorantreiben. Salva und Zizzo wollen spätestens zum Ende des Quartals die illegalen Geschäfte an die Albaner übergeben haben und mit der Ablösesumme das legale Business weiter vorantreiben", informierte Aldo Rufano Lars Lehmann über das weitere Vorgehen, ging zum Schrank und öffnete den Zimmersafe.

„Ich soll dir das hier übergeben. Salva und Zizzo sind dir zu Dank verpflichtet und wollen damit ihre Anerkennung zeigen. Betrachte es als Bonus auf unsere weitere Zusammenarbeit", lachte Aldo Rufano und drückte Lars Lehmann die braune Tüte in beide Hände.

„Ich bin jetzt noch bis morgen Abend hier in Köln und treffe weitere Vorbereitungen für die Übergabe der Bella Vitas im Rheinland an unsere albanischen Freunde. Heute Abend treffe ich einige von ihnen, die den Rest der Aufräumarbeiten übernehmen. Vielleicht haben die ja eine Idee wo sich die flüchtige Albanerin aufhalten könnte", meinte der Consiglere abschließend.

„Überlass Charlotte Kalo doch Europol. Die haben mehr Kapazitäten und Mittel, um die Frau international zu suchen. Sollte die Kalo denen ins Netz gehen, wird sie sowieso nach Köln überstellt. Ihr könnt euch dann immer noch den Kopf zerbrechen, wie diese Zeugin zum Schweigen gebracht werden kann. Kümmert Euch lieber um euren *Engel*, den ihr ausgeschickt habt. Der hat meiner Meinung nach seine Jobs nicht nur professionell erledigt, sondern kennt auch die wahren Auftraggeber, also dich und deine Capos. Die Sonderkommission und vor allem die Carabinieri sind diesem *Engel* bereits auf den Fersen. Wenn sie es schaffen, den Dingfest zu machen, dann könnte es für Euch wesentlich brenzliger werden, wenn euer *Engel* die *„Gehe-nicht-ins-Gefängnis-Karte* zieht", beendete Lehmann seine Überlegungen und verabschiedete sich mit dieser Monopoli-Weisheit vom Consiglere.

„Danke für deinen Ratschlag, aber das ist bereits in Arbeit und wird von den Albanern übernommen, die noch eine Rechnung mit dem *Engel* offen haben. Nochmals vielen Dank für deine Hilfe", rief ihm der Consiglere zu, „wir bleiben in Kontakt."

Lars Lehmann nahm den Treppenabgang hinunter zum Dienstbotenausgang und verließ das Black Hotel am Rheinufer. Sein Mobilfunkgerät und den GPS-Tracker seines Audi A8 hatte er sicherheitshalber nach der Pressekonferenz ausgeschaltet und das Fahrzeug ordnungsgemäß am Rheinufer unweit des Hotels abgestellt. Lehmann setzte sich in den Wagen und schaute auf die Uhr. In einer Stunde war er mit Naze Keck verabredet, hatte aber im Grunde keine Lust, sich heute mit dem Naseweis und Streber zu treffen. Lehmann schaltete den GPS-Tracker und sein Smartphone ein, startete den Wagen und rollte entlang der Rheinuferpromenade in Richtung Zoobrücke. Das Multimediaterminal zeigte keine offenen Anrufe an. Nach dem Rheinufertunnel bog er zunächst links ab, wendete und fuhr zurück in Richtung Südstadt. In zwei Stunden könnte er in Trier sein und morgen früh auf der Fahrt nach Wiesbaden mit einem kleinen Umweg in Luxemburg vorbeischauen. Irgendwann musste er das Geld in dem braunen Umschlag ja in seinem Schließfach deponieren. Am Südkreisel folgte er dem Militärring und bog an der Brühler Straße nach Rondorf ab, um über die Eifel nach Trier zu fahren.

Nach gut einer Stunde Fahrt, etwa auf Höhe Blankenheim, klingelte sein Smartphone. Das Multimedia-Display im Fahrzeug zeigte die Nummer von Naze Keck an. Es war 20:30 Uhr. Lars Lehmann drückte die Taste für die Auswahl der Ablehnungsnachrichten und wählte seine Lieblingslüge.

„Sorry, ich bin noch im Meeting und kann leider den Anruf nicht entgegennehmen. Ich melde mich.

Der Regen im Gargano hatte merklich nachgelassen, doch der Feldweg hinauf zum Ortsrand glich immer noch einem kleinen Sturzbach, der in den tiefen Fahrrinnen links und rechts der mittleren Grasnarbe ins Tal flutete. Angelo Sovrano war auf dem Weg zu seinem Elternhaus. Gleich hinter der nächsten Kurve begann die Zufahrt hinauf an den Waldrand, vorbei an Mazarellas Haus. Sovrano trat erschrocken auf die Bremse und steuerte den Mietwagen sofort nach rechts in eine Ausweichbucht des Feldweges. Diesmal kam ihm aber kein Landwirtschaftsfahrzeug oder einer dieser gigantischen Traktoren entgegen. Der Grund war gewichtiger. Mazarella hatte das vereinbarte Warnzeichen aktiviert und das bedeutete in der Regel nichts Gutes.

Sovrano stieg aus dem Auto aus, überquerte in zwei Sprüngen die Fahrbahn hinüber zur linken Seite und drückte sich ins Gebüsch. Von hier aus hatte er zwar freie Sicht auf Mazarellas Haus, konnte aber von diesem Standort nicht die Zufahrt zu seinem Haus einsehen. Mazarellas Haus lag ruhig und unbeleuchtet direkt an der Weggabelung. Während die Fahrbahn in der Kurve nach rechts hinauf zum Waldrand lief, führte die Gerade links an Mazarellas Haus vorbei hinunter ins Dorf. Die blau gestrichenen Fensterläden von Mazarellas Haus waren alle geöffnet, bis auf das äußerst linke Fenster am Haus. Hier war eine Hälfte des blauen Fensterladens zugeklappt und auf der Rückseite gelb angestrichen. Für Unbeteiligte wirkte das auf den ersten Blick wie eine Spielerei des Hausbesitzers, aber für Sovrano bedeutete es erhöhte Wachsamkeit und signalisierte *Bis-hier-her-und-nicht-weiter*. Sovrano richtet die Fernbedienung auf den Mietwagen und verriegelte das Fahrzeug. Er ging in das Unterholz hinein, um verdeckt durch die Bäume langsam auf das Haus von Mazarella zuzugehen. Auf Höhe der Hausfront sondierte er nochmals die Lage und sprang mit zwei Sätzen hinüber zum Hintereingang. Das rhythmische Klopfen wurde jeweils für mehrere Sekunden unterbrochen und zweimal fortgesetzt, doch der letzte Schlag ging ins Leere und Mazarella strahlte Angelo mit freudigem Gesichtsausdruck an.

„Heilige Madonna, du lebst und bist putzmunter. Ich hatte schon befürchtet dich nicht mehr wiederzusehen nach all dem Trubel hier im Ort. Bloß gut, dass ich unser Warnsignal gesetzt habe", begrüßte Mazarella seinen Freund.

„Was um Himmels Willen – salve e buon giorno erst mal - ist hier eigentlich los?", begrüßte Angelo den Alten und bevor er weitere Fragen stellen konnte, setzte Mazarella seine Begrüßung mit Fragen fort.

„Wo ist dein Auto, oder bist du zu Fuß nach Hause gelaufen?", fragte der Alte, wartete aber nicht die Antwort ab, sondern deutete auf den Schuppen neben seinem Haus.

„Stell deine Karre da drin ab, mach das Tor wieder zu und komm durch den inneren Durchgang rein. Ich klapp schon mal den Fensterladen zurück und setze einen Kaffee auf", drehte sich um und schloss die Türe.

Angelo Sovrano schob das Tor zum Schuppen zur Seite. Der Schuppen bot für gut und gerne zwei Limousinen ausreichend Platz. Auf der linken Seite stand nur ein alter Fiat Panda und davor eine Vespa Rallye. Er ging wie er gekommen war verdeckt am Waldrand zurück zum Fahrzeug, startete den Wagen und fuhr an der Gabelung Richtung Dorf weiter. Einmal leicht nach links ausholen und mit einem Anlauf rein in den Schuppen, aussteigen und das Tor des Schuppens zuziehen. Durch ein verstaubtes kleines Fenster in der Ecke konnte er ins Dorf hinunterblicken. Tomaiolo dämmerte still und reglos im wiedereinsetzenden Regen dahin. Hier hatte sich nichts verändert und das war auch gut so. Angelo Sovrano nahm seinen Rucksack und eine kleine Tüte aus dem Wagen, ging durch die Verbindungstür dem Duft des frischen Kaffees nach und stellte in der Küche sein Mitbringsel auf den Tisch.

„Ich habe dir etwas Wein und Tabak mitgebracht", eröffnete Angelo das Gespräch, während Mazarella scheppernd die Espressotassen und den Espressokocher auf den Tisch stellte. Die sechseckige Aluminiumkanne war für sechs Tassen ausgelegt, denn darunter lohnte sich das Kaffeekochen nach Meinung Mazarellas nicht.

„Danke, du verwöhnst mich mal wieder, aber ich habe noch den ganzen Keller voll mit deinen Weinflaschen. Den Tabak hingegen kann ich gut gebrauchen", neckte Mazarella den Nachbarn, um dessen Haus er sich seit dem Tod von Angelos Mutter kümmerte. Der Alte riss die Tabaksdose auf, entnahm ein Zigarettenpapier aus dem Spender und drehte sich genussvoll einen Glimmstängel. Kaum brannte die Glut, goss er zwei Espresso ein und lehnte sich zurück. Die beiden zuckerten die Cafés und schlürften das heiße Getränk genüsslich und schweigend hinunter.

„Was meintest du vorhin mit deiner Ansage, dass ich zum Glück lebe und putzmunter bin", nahm Angelo das Gespräch wieder auf.

„Ich habe noch nicht vor abzudanken und wollte vor meiner nächsten längeren Abwesenheit einen Besuch bei dir abstatten und oben im Haus ein paar Sachen einpacken."

„Das wirst du schön bleiben lassen", fuhr Mazarella dazwischen. „Du gehst nicht in dein Haus, denn da warten die nur drauf."

„Wer wartet da drauf", hakte Angelo nach und Mazarella begann in kurzen und klaren Sätzen die Situation zu schildern.

Vor etwa einer Woche wäre hier eine ganze Armada Carabiniere mit ihren weiß-blauen Flitzern aufgetaucht. Sie hatten mehrere Zivilbeamten im Schlepptau und das Haus von Angelo Sovrano von unten nach oben durchkämmt. Anschließend hätten sie angefangen, die umliegenden Nachbarn nach einem Bruno Scalpi zu befragen. Die hätten auch bei ihm angeklopft, berichtete Mazarella, der bei dieser Gelegenheit das alte Hörrohr seines Großvaters nutzte, um den Schwerhörigen zu geben. Den blutjungen Polizisten habe er erst einmal erklären müssen, was er da im Ohr stecken hatte. Einer von denen habe dann tatsächlich in das Hörrohr gebrüllt, was bei Mazarella beinahe zu einem richtigen Hörschaden geführt habe.

„Die suchen nach dir mein Freund und hatten sogar eine Phantomzeichnung dabei. Aber da wir hier im Dorf alle keinen Bruno kennen, war die Fragerei schnell vorbei", beendete Mazarella den ersten Teil seines Berichtes und schenkte sich einen weiteren Espresso ein.

„Ich habe mich danach mal unten in Manfredonia mit einigen deiner alten Freunde im Hafen unterhalten, um der Sache auf den Grund zu gehen. Aber die hatten in etwa genauso viele Variationen und Geschichten auf Lager wie die Gesamtausgabe von Tausend und einer Nacht", grinste Mazarella und drückte seine Kippe aus.

Während einige seiner früheren Arbeitskollegen Bruno Scalpi alias Angelo schon für tot erklärt hätten, da er ihnen vor Jahren das letzte Mal im Hafen begegnet sei, tischten andere der

Polizei das Märchen von Bruno Scalpi auf, der jahrelang als Fischer zu See fuhr und offenbar von den Albanern umgebracht worden sei, da er damals eines ihrer Boote im Mittelmeer versenkt habe. Im Prinzip hätten Angelos frühere Mitstreiter die Polizei nach Strich und Faden verarscht, bis auf einen Denunzianten aus dem Clementi-Clan. Der habe von Bruno Scalpi eine Beschreibung gegeben und den Namen Angelo, der eiskalte Engel, ins Gespräch gebracht. Anhand des Phantombildes hätten die Polizisten auch bei den Beamten der Küstenwache und der Guardia di Finanza erfolgreich nach diesem Bruno Scalpi gefahndet. Die hätten sich an jenen Bruno erinnert, der vor Jahren seine Spielchen mit ihnen getrieben habe. Ein Schmuggler und übler Bursche. Der entscheidende Hinweis, so Mazarella weiter, betraf aber die Erinnerung an Bruno Scalpis Dockermütze mit bretonischer Flagge, seine auffallende Windjacke und die schwedische Geländemaschine, mit der dieser Bruno umherfuhr.

„Was musst du auch mit so einer schwedischen Bergziege hier in Süditalien rumfahren? Wäre da ein Vespa Roller nicht unauffälliger gewesen", meckerte Mazarella.

„Tolle Idee, bist du schon mal mit einer Vespa hier durch den Wald zur Abtei da oben gefahren?", rechtfertigte sich Angelo Sovrano.

„Auf jeden Fall haben die da oben euer Haus durchsucht und sind dann selbstverständlich auch auf die Husaberg 500 im Schuppen gestoßen. Wahrscheinlich haben die Carabinieri auch gleich eine Halterabfrage gestartet und besitzen seither ein Bild aus deinem Führerschein. Jedenfalls haben die mir so ein Milchgesicht von dir in jungen Jahren vor die Nase gehalten", lachte Mazarella.

„Dann suchen die jetzt nach einem Bruno Scalpi, denn die Husaberg war auf Bruno zugelassen. Meinen richtigen Namen habe ich schon seit Jahren nicht mehr für offizielle Anlässe genutzt."

„Zum Glück haben die bei der Hausdurchsuchung nichts über einen Angelo Sovrano entdeckt und deshalb fürs Erste die Geschichte von Bruno Scalpi geschluckt, der bei den Sovranos zur Miete wohnte", lachte Mazarella und erzählte die Geschichte, die sich an seiner Haustüre abspielte.

„Den Schwerhörigen haben die mir sofort abgekauft und damit auch meine Antwort auf die Frage, wann dieser Bruno das letzte Mal mit seiner Husaberg 500 hier vorbeigekommen sei. Der Polizei habe ich geantwortet, dass ich ja nichts hören kann, wenn ich das Rohr nicht am Ohr habe. Ich benutze das nur, wenn mir ein Mensch gegenübersteht. Also kann ich ein vorbeifahrendes Motorrad nicht hören."

„Dein Haus wurde dann noch ein paar Tage beobachtet und nach einer Woche wurde die Aktion abgebrochen. Dafür hängen jetzt jede Menge Bewegungskameras in den Bäumen rund ums Haus, das seither Tag und Nacht observiert wird. Die Dinger sind gut, habe ich mir sagen lassen. Die machen auch nachts sehr gute Aufnahmen."

Mazarella zog ein Blatt Papier aus der Küchentischschublade und skizzierte kurz die Lage des Hauses von Angelo, den Waldrand dahinter und den Zufahrtsweg nach oben, der hier unten an Mazarellas Haus begann.

„Die Kameras haben jeden im Visier, der auf dem Weg zu deinem Haus nach oben kommt. Selbst hinten vom Waldrand her gibt es einen Bereich, in dem jeder erfasst wird, der auf das Haus von hinten zugeht", kommentierte Mazarella seinen provisorisch gezeichneten Lageplan.

„Die schicken alle drei Tage einen Wagen mit Besatzung hier rauf, um die Akkus auszutauschen und Speicherkarten zu wechseln. Ich gehe mal davon aus, dass auf diesen Fotos mittlerweile alle Tiere des Gargano abgelichtet sind, die hier nachts rumtollen", meinte Mazarella und drehte sich schmunzelnd eine Zigarette.

„Du meinst also, es gibt keinen Weg, um unbemerkt in mein Haus zu kommen", fragte Angelo und kritzelte versuchsweise auf Mazarellas Lageplan rum.

„Es sei denn von oben durch den Schornstein, aber fliegen kannst du ja noch nicht, oder?", war die lapidare Antwort.

„Ich denke mal, die haben noch kein aktuelles Foto von dir. Das Foto aus deinem Führerschein ist uralt und die Phantomzeichnung des Ladenbesitzers aus Foggia trifft auf fast jeden zu, der hier im Gargano rumstromert", meinte Mazarella und warf sein Gesicht in Sorgenfalten.

„Viel schlimmer aber finde ich die Stimmung in Manfredonia unter deinen ehemaligen Kumpels", fuhr Mazarella fort. „Offenbar traut da keiner mehr dem anderen, seit sich die Salvas und Zizzos aus dem Schmugglergeschäft zurückgezogen haben. Deinen ehemaligen Mitstreitern wurde von den Capos mitgeteilt, dass sie nicht mehr gebraucht werden. Das entstandene Vakuum wollte zwar der Clementi-Clan ausfüllen, aber da waren schon die Albaner als Nachfolger an Land gegangen. Die Folge war ein wochenlanges Tauziehen zwischen den Italienern in Manfredonia und den Albanern, bei denen so mancher ins Gras gebissen hat. Auch auf Vermittlung einiger besonnener Familien konnte der Status Quo von früher – Italiener und Albaner treffen sich im Mittelmeer – nicht festgeschrieben werden. Die Albaner sind entlang der Apulischen Küste an Land gegangen und wer sich nicht fügt, landet bei den Fischen", schloss Mazarella seinen Bericht.

„Das ist mir bekannt, mein Bester", antwortete Angelo Sovrano in ruhigem Ton und berichtete von den Unterredungen mit dem Consiglere und den Bossen in Molfetta.

„Die wollen sich schnellstmöglich von all ihren kriminellen Geschäften trennen und ihr angehäuftes schmutziges Geld nutzen, um legale Unternehmungen aufzubauen. Ich selbst war letzte Woche noch bei einer dieser neuen Unternehmungen dabei und habe die Geldbewegungen beaufsichtigt" erklärte Angelo dem verdutzten Mazarella.

„Was bitteschön ist denn legal an Aktionen, wenn einer wie du daran beteiligt bist", frotzelte der Alte den genervten La Quarta Killer, lenkte aber sofort wieder ein und holte zur großen Gesellschaftskritik über den Mezzogiorno aus. Dem Süden Italiens bleib doch gar keine andere Wahl, außer sich mit Brigantentum und Gewalt eine Ecke zum Überleben zu sichern, war Mazarellas Credo über die Zustände in seiner Heimat.

„Außer Landwirtschaft, Fischfang, Tourismus, Gastronomie und vier Mafiagesellschaften hat der Süden Italiens doch nichts zu bieten. Und jetzt kommen die Salvas und Zizzos einfach daher, schicken hunderte von Gefolgsleuten in die Arbeitslosigkeit, um mit der zusammengerafften Kohle aus ihren kriminellen Geschäften auszusteigen und in legale Geschäfte zu investieren. Eher wird aus einer Blindschleiche ein bunter Schmetterling, als aus einem Salva oder Zizzo ein Saubermann", ereiferte sich Mazarella.

„Und was wird aus dir", bohrte der Alte weiter. „Wirst du jetzt Manager oder Abteilungsleiter in diesen legalen Unternehmungen?"

„Glaub mir Mazarella, darüber habe ich mir auch schon Gedanken gemacht. Eigentlich wollte ich die jetzt verordnete Auszeit nutzen, um in Ruhe über meine Möglichkeiten nachzudenken. Sorgen muss ich mir nicht machen. Ich habe genug Geld auf der hohen Kante, um ein paar Jahre zu überleben", meinte Angelo Sovrano trotzig.

„Na klar doch, träum weiter", polterte Mazarella los. „Dein Haus steht unter Bewachung, die Carabinieri sind hinter dir her und Dutzende von hinterhältigen Mafiosi liefern dich für ein paar Silberlinge gerne ans Messer. Aber der Herr Angelo kann das ja in irgendeinem Versteck aussitzen, hat ja genug Geld auf der hohen Kante", spottete Mazarella.

Die beiden saßen sich eine ganze Weile schweigend gegenüber, schlürften ihren Espresso und schauten aus dem Fenster.

„Hast du eigentlich Hunger", wollte der Alte von Angelo wissen. Aber Angelo war nicht nach Essen, eher nach Aktion, denn in ihm rumorte es.

„Kann ich den Mietwagen hier im Schuppen lassen und mir deine Vespa Rally für zwei Tage ausleihen", fragte Angelo Sovrano seinen Freund, der ihn mit traurigen Augen anschaute.

„Selbstverständlich kannst du meine Vespa haben. Der Fiat Panda steht dir ebenfalls zur Verfügung. Dein Mietwagen ist hier sicher und mein Haus steht jederzeit offen für dich", antwortete der Alte. „Wann willst du aufbrechen?"

„Ich denke, ich räume erst mal mein Gepäck aus und sortiere ein wenig um, denn ich brauche Freizeitklamotten, einen Helm und meinen Notfallrucksack. Mehr kann ich auf der Vespa nicht mitnehmen, aber die ist mir lieber als der Panda. Mit Helm werde ich nicht erkannt und falle nicht auf. Zudem wollte ich nur einen

Abstecher zu ein paar alten Freunden machen, um mehr Informationen über die Polizeiaktivitäten gegen mich zu erhalten", antwortete Sovrano, stand auf und ging in den Schuppen. Derweilen räumte Mazarella den Tisch ab und verzog sich in den Nebenraum.

Die Vespa Rallye war überraschend schnell und hatte einen guten sprintstarken Motor. Angelo Sovrano erinnerte sich an diesen Roller, der mit seinem 180 ccm Motor als letztes Modell der schnellen GS-Reihe von Piaggio 1968 auf den Markt kam. Mazarella hatte Recht, eine Vespa wäre unauffälliger gewesen als die Husaberg Geländemaschine. Angelo war damals jung, noch in Ausbildung und eine Geländemaschine aus Schweden machte bei den Mädels eben mehr her. Ok, gestand er sich kleinlaut ein, auch die Vespa Rallye fegte ohne große Mühe mit 110 km/h über die Straßen. Sovrano war in schwarzgrauer Montur gekleidet und hatte sich von Mazarella einen dunkelgrünen Jet Helm mit Visier ausgeliehen. Unter der Jacke hing seine Glock Automatik und unter der Vespa Sitzbank eine abgesägte Flinte. Falls das nicht ausreichen sollte, hatte er in seinem Rucksack noch ein paar Überraschungen.

Angelo wollte nach Manfredonia, um dort im Vorort Siponto die Brüder Pescatore zu besuchen. Luca und Mauro Pescatore betrieben dort gemeinsam mit ihrer Schwester Lydia einen Campingplatz im Lido. Der war jetzt Anfang Februar zwar geschlossen, aber im angrenzenden Pinienwald hatten die Geschwister Pescatore ein kleines Wohnhaus, vor dem im Halbrund ein Gebäude mit Waschgelegenheiten, ein kleiner Laden und eine Bar für die Campinggäste gruppiert waren. Der Campingplatz lag im Süden von Siponto an einem langen Sandstrand, der durch einen Pinienwald vom Ort abgeschirmt war.

Früher war er gerne nach Feierabend mit den beiden Brüdern in das Lido gefahren, um den Tag mit frisch gegrilltem Fisch und einem guten Wein ausklingen zu lassen. Luca und Mauro Pescatore gehörten zur Stammbesatzung seiner Gruppe, die damals mit dem Fischerboot rausfuhren, um im Mittelmeer die Schmuggelware der Albaner umzuladen. Kurz vor der italienischen Küste wurden die Waffen und Drogen auf kleinere Boote umgeladen, da diese Boote so gut wie nie angehalten wurden. Diesen Nussschalen wurde nicht zugetraut, auf hoher See die Albaner zu treffen. Während Luca, Mauro und er die kleinen Boote in die Häfen schleusten, tuckerte der große hochseefähige Fischkutter mit den eisbedeckten Fischkisten der Albaner regelmäßig in die Kontrollen der Guardia de Finanza. Aber außer den frischen Fisch der Albaner, der quasi als Beifang zum Rauschgift in eisgefüllten Kisten lagerte, hatten die italienischen Hochseekutter nichts geladen.

Angelo Sovrano war gespannt, wie sich seine ehemaligen Kollegen Luca und Mauro Pescatore auf die Veränderungen und neuen Machtverhältnisse an der Küste Manfredonias eingestellt haben. Sovrano hatte den Vorort Siponto erreicht und fuhr die Küstenstraße entlang zur Abzweigung auf den Campingplatz. Angelo Sovrano drosselte das Tempo, setzte den Blinker und bog nach links in die Zufahrt zum Lido Salpi ein. Nach wenigen Metern hielt er an, schaltete das Licht und den Motor aus. Der Lido Salpi lag etwa einen Kilometer vor ihm. Nur das Rauschen des Mittelmeeres und der Wellenschlag am Strand waren aus der Ferne zu hören. Der Campingplatz der Geschwister Pescatore lag verlassen und unbeleuchtet links vor dem dunklen Pinienwald. Nur die Bäume knarzten im Wind und ab und an war ein Knacken zu hören.

21

Lars Lehmann blinzelte durch die halb zugezogenen Vorhänge seines Hotelzimmers auf die flackernde Straßenbeleuchtung vor dem B&B Hotel in Trier. Er hatte sich gestern kurz nach Mitternacht am Zugangsautomaten des Hotels eingecheckt. Lehmann liebte die Anonymität dieser lindgrünen Hotels, die sich jeglichen Schnickschnack sparten und einen gediegenen, jedoch sparsamen Komfort anboten. Lehmann ging ins Bad, duschte kurz und packte seine Unterlagen zusammen. Der Frühstückraum war zwar noch leer, aber aus dem Kaffeeautomaten strömte der verlockende Duft frischgebrühter Kaffeebohnen. Er nahm ein Tablett und gönnte sich ein Croissant, etwas Konfitüre, Butter und ein gekochtes Ei. Am Automaten angekommen, füllte er den Becher mit dampfend heißem Kaffee und stellte die Tasse mit zwei Milchportionen auf das Tablett. Lehmann steuerte auf einen Tisch an der Fensterfront zu, die mit Eisblumen übersät die Kälte sichtbar machte. In der Nacht waren die Temperaturen in der Eifel stark gefallen und die Landschaft mit Raureif überzogen. Es war also glatt und der Wagen musste vor der Abfahrt vom Eis befreit werden. Der letzte Schluck Kaffee war getrunken und die lästigen Krümmel von der Kleidung gewischt. Ein Blick auf die Uhr gab das Signal zum Aufbruch. Lehmann checkte aus, bezahlte mit Kreditkarte und ging zum Wagen.

Das Freikratzen der Scheiben beschränkte sich auf das Wesentliche. Nach dem Start des Motors schaltete Lehmann Front- und Heckscheibenheizungen samt Klimaanlage auf die höchste Stufe. Die Ventilatoren surrten lautstark und beseitigten den Rest des Raureifs auf den Scheiben, während der Wagen in Richtung A64 die Trierer Innenstadt verließ. Wenn er sich ranhielt, dann war er kurz nach 9 Uhr in Luxemburg auf dem Parkplatz der Privatbank Diekirch & Sohn. Dort hatte Lehmann ein Girokonto und ein Schließfach im Tresorraum der Bank. Das Geldbündel, das ihm der Consiglere gestern Abend zugesteckt hatte, mussten im Schließfach verschwinden, denn die Summe war in Deutschland auf seinem Girokonto ohne plausiblen Nachweis nicht einzahlbar. Selbst auf sein Referenzkonto in Deutschland würde er nur unverdächtige 500 Euro einzahlen. So der Plan. Vorher wollte er aber direkt nach dem Grenzübertritt an der Sauertalbrücke auf Luxemburger Seite in der Raststätte Wasserbillig den Wagen nochmal volltanken und sich mit Zigaretten eindecken. Nach dem Stopp an der Bank wäre er binnen zwei Stunden an seinem Dienstort in Wiesbaden. Die Konferenz der Sonderkommission war auf 12 Uhr angesetzt. Diesmal sollten die Ermittler der Carabinieri Anti-Mafia-Einheit aus Italien und Europol aus Den Haag zugeschaltet werden.

Die A64 von Trier nach Luxemburg war normal befahren. Das Tempo der Pendler war wegen der gefrorenen Fahrbahn zurückhaltend. Lehmann fuhr im angemessenen Tempo gerade auf die Sauertalbrücke zu, als die Tempoanzeigen vor der Brücke wegen der Straßenglätte auf Tempo 80 umschalteten. Er reduzierte das Tempo und ärgerte sich über einen Mercedes-Benz Vito Transporter, der ihm viel zu dicht am Heck klebte. Die Fahrbahn vor ihm war frei und er fuhr gleichmäßig mit 80 Stundenkilometer in Richtung Luxemburg. Etwa in der Mitte der rund 1200 Meter langen Brücke, die Deutschland mit Luxemburg verband, fiel der Transporter etwas zurück und schaltete die

Warnblinkanlage ein. Die Reaktion der nachfolgenden Fahrzeuge war eingeplant. Sie drosselten alle ihr Tempo und fielen zurück. Kurz darauf scherte der Transporter nach links aus und leitete ein Überholmanöver ein. Kaum war die Front des Mercedes-Benz Vito auf Höhe von Lehmanns Seitenfenster, zog der fensterlose Transporter stark nach rechts und drückte Lehmanns Audi mit Wucht auf das Brückengeländer. Die Leitplanke zerbarst und die herumfliegenden Teile vermischten sich mit dem Funkenregen der Audi A8 Karosserie, die trotz des starken Bremsvorgangs unerbittlich vom Transporter durch das Brückengeländer gedrückt wurde. Lehmanns Audi durchbrach die äußerste Absperrung und rauschte im hohen Bogen etwa 100 Meter in die Tiefe. Der Audi zerschellte auf Luxemburger Staatsgebiet direkt auf der Landstraße, die neben dem Flüsschen Sauer verläuft. Bei dieser Höhe und der Wucht des Aufschlags bestand keine Chance auf Überleben. Lehmann wurde in seinem Wagen zerquetscht.

Oben auf der Brücke tänzelte der Mercedes-Benz Transporter wieder in die rechte Fahrspur und fuhr in Richtung Luxemburg weiter. Einige Fahrzeuge, die hinter dieser Rammaktion rechtzeitig mit eingeschalteter Warnblickanlage angehalten hatten, setzten sich wieder langsam Bewegung, aber keiner machte Anstalten, die Unfallstelle zu sichern. Offenbar dachten viele an einen ganz normalen Unfallhergang, bei dem der Seitenwind den Transporter auf der glatten Brückenfahrbahn in den Audi gedrückt hatte. Bis die ersten Verkehrsteilnehmer dieses Unfallgeschehen richtig einschätzen konnten, hatte der Transporter mit dem deutschen Kennzeichen das Ende der Sauertalbrücke bereits erreicht und bog abrupt und ohne Vorwarnung nach rechts in die Raststätte Wasserbillig ein. Auf der weiträumigen Rastanlage fuhr der Transporter bis in den hinteren Teil der Raststätte, machte kurz hinter einem Schwertransporter halt und wechselte seine Nummernschilder aus. Nach wenigen Sekunden nahm der Transporter mit neuer holländischer Zulassung und aufgeklebten Firmenlogos einer Landschaftsgärtnerei die Fahrt wieder auf, durchquerte am Ende der Raststätte einen Kreisverkehr und bog auf die Landstraße 10 nach Echternach ab. Unbehelligt setzte der Mercedes-Benz Transporter seine Fahrt nach Bitburg und über die Eifel nach Köln fort. Die Abwracker der Autoverwertung Schmitz erwarteten das Fahrzeug bereits.

Naze Keck ärgerte sich. Bei allem Verständnis für Lars und seinen sicherlich sehr engen Zeitkorridor als Mitglied der Sonderkommission ORSUL hätte er doch wenigsten eine kurze SMS absetzen können, um die erneute Verzögerung seines versprochenen Rückrufs zu begründen. Trotz der Verärgerung war Naze im Grunde genommen aber zufrieden mit der Entwicklung, denn die gestern stattgefundene Pressekonferenz hatte den Unfalltod von Michael Koiner endlich als einen heimtückischen Mord der Öffentlichkeit präsentiert. So langsam lichteten sich die zahlreichen Fragen zur Rolle Michael Koiners und seiner Sammlung der Zeitungsberichte über das organisierte Verbrechen in Wien, Köln und dem Rheinland.

Trotzdem blieben bei Naze Keck noch eine Reihe offener Fragen, die sich aufgrund des beigelegten handschriftlichen Zettels in seiner Paketlieferung ergaben. Anwalt Boris Kuhn hatte sich freiwillig gestellt, nachdem man seine Kanzlei abgefackelt hatte, und der Hausmeister der Bella Vita in der Tunis Straße war auf der Flucht. Franco Rusina und Charlotte Kalo wurden steckbrieflich gesucht. Doch wer hatte die Bella-Vita-Häuser in Wien und Köln gewarnt? Alle Unterlagen waren geschreddert oder verschwunden wie der Hausmeister und seine Gehilfen. Das galt auch für den Brand in der Rechtsanwaltskanzlei Kuhn. Geblieben sind ein paar Unterlagen zum Thema Spielautomatenmanipulation und eine Menge manipulierter

Spielautomaten, die man in der Pension an der Tunis Straße fand. Blieben also nur Boris Kuhn und Charlotte Kalo als Zeugen für diesen schrecklichen Mord an Miko. Seiner Meinung nach war es Charlotte, die das Paket in sein Büro geschickt und sich anschließend aus dem Staub gemacht hatte. Wer sonst hätte Zugang zu Mikos Appartement und ein Interesse an der Aufklärung gehabt? Rusina und seine kriminellen Freunde bestimmt nicht.

Naze Keck war sich sicher, es muss einen Informanten geben, der die bevorstehende Beschlagnahmung der Unterlagen in Köln und Wien an die Mafia verraten hat. Lars Lehmann schien hier mit seiner Einschätzung vollkommen richtig zu liegen, dass Naze Keck keine weiteren Recherchen mehr durchführen sollte. Es sei zu gefährlich für ihn und er gerate dadurch nur ins Visier dieser Ganoven.

Es war bereits 11.30 Uhr, als Naze Keck an seinem Arbeitsplatz erneut zum Telefonhörer griff und die Rufnummer von LaLe anwählte. Nach zwei Ruftönen ein Knacken in der Leitung. „Der Teilnehmer antwortet nicht. Sie können jedoch eine SMS mit der Bitte um einen Rückruf anfordern. Drücken Sie dazu die Taste 1."

Wo steckt der Kerl bloß? Jetzt geht er nicht mal mehr ans Telefon. Naze Keck schob den Telefonschwenkarm am Schreibtisch nach hinten, um Platz für ein voluminöses Findbuch des Wirtschaftsarchivs zu machen. Die Anfragen an das Archiv duldeten keinen weiteren Aufschub. Naze Keck war bereits in Verzug, da die Entwicklungen und Enthüllungen rund um den Tod von Miko seine Aufmerksamkeit erforderten und ihn von den normalen Rechercheaufgaben an seinem Arbeitsplatz ablenkten. Die aktuelle Aufgabenstellung erwies sich zudem nach ersten Suchanfragen als keinesfalls trivial. Vor ihm lag die Anfrage eines Verlages, der um Informationen und Auskünfte zu einer

Automobilmarke bat, die in Remscheid sowohl Automobile als auch an einem weiteren Standort in Aachen Lastkraftwagen und Busse herstellte. Die Marke war in Deutschland allgemein nur noch als Röhrenlieferant bekannt und um die Jahrtausendwende wurde dieses Unternehmen von einem englischen Mobilfunkunternehmen übernommen, das die einstigen Stahl- und Röhrenlieferanten ausgliederte und das Mobilfunkgeschäft in ihr Unternehmen eingliederte. Aber Automobile? Das war auch für ihn neu.

Naze Keck wollte gerade einen letzten Versuch zur Historie der Mannesmann-MULAG in Aachen starten, als die Suchergebnislisten seine Aufmerksamkeit fesselten. „Kronzeugen im Mafiaprozess grausam in der Eifel ermordet", meldete der Newsticker des Aachener Boten.

Das kommt davon, lachte Naze zuerst über seine Schusseligkeit, da er die Ausschlusskriterien seiner Suche vergessen und falsch gesetzt hatte. Die Suchmaschine lieferte also brav seitenweise Einträge zum Suchwort Aachen und schüttete den Bildschirm zu. Auf den zweiten Blick schoss ihm das Adrenalin in die Adern, denn die Meldung war brandneu. Der Newsticker der Zeitung berichtete, dass in der vergangenen Nacht nahe der belgischen Grenze im Eifelort Röttgen bei Aachen ein sogenanntes Save House des BKA von bewaffneten Kriminellen überfallen und ein dort untergebrachter Kronzeuge samt seinen beiden Bewachern des Zeugenschutzes ermordet worden seien. Es handele sich bei dem Kronzeugen um einen 35-jährigen Rechtsanwalt aus Köln, der sich nach Aussagen der Polizei als Zeuge im Rahmen der derzeit laufenden Ermittlungen gegen das organisierte Verbrechen freiwillig gestellt habe. Die gestern in einer gemeinsamen Pressekonferenz des BKA und der Kriminalpolizei Köln und Wien erhobenen Vorwürfe gegen diese kriminelle Vereinigung sollten durch diesen Zeugen bestätigt werden. Der Mord an dem Rechtsanwalt und seinen Bewachern, so das BKA in Wiesbaden, bedeute einen herben Rückschlag für die ebenfalls gestern ins Leben gerufene Sonderkommission ORSUL.

Naze zog instinktiv den Telefonschwenkarm an sich heran, drückte auf die Wahlwiederholung und hoffte, endlich LaLe zu erreichen. Nach drei Signaltönen wieder die Ansage der momentanen Nichterreichbarkeit. Naze legte auf und spürte, wie seine Sorgen um Lars Lehmann allmählich in Angst umschlugen. Bei wem könnte er sich jetzt nach Lars erkundigen, ohne Gefahr zu laufen, vom Radar der Mafia erfasst zu werden. Wenn die sogar binnen kürzester Zeit den Aufenthaltsort eines Kronzeugen herausbekommen und diesen mitsamt seinen Bewachern eliminieren, kann davon ausgegangen werden, dass es bei der Polizei mit Sicherheit eine undichte Stelle gibt.

Also schön die Füße stillhalten, dachte Naze und auf keinen Fall in der Sache weiterbohren, zumal LaLe selbst vor weiteren Recherchen abgeraten und er es ihm versprochen hatte. Zudem konnte sich Naze Keck nicht über Aufträge und Anfragen beklagen, denn er hatte genug auf dem Schreibtisch liegen. Er schob den Telefonschwenkarm wieder zurück und schaltete das Radio ein. Wie vermutet überschlugen sich die Regionalnachrichten mit weiteren Spekulationen zum Überfall auf das Save-Hause des BKA, aber nichts Neues zur Sonderkommission ORSUL, der sein Freund LaLe angehörte. Wo um alles in der Welt steckt dieser Lars Lehmann? Naze Keck war sauer auf seinen ehemaligen Kommilitonen und ärgerte sich über dessen Unzuverlässigkeit.

22

Angelo Sovrano rollte mit der Vespa im Leerlauf und mit ausgeschalteter Beleuchtung langsam zum Lido herunter. Das diffuse Abendlicht war bereits der stockdunklen mondlosen Nacht gewichen und der Campingplatz lag verlassen vor ihm. Angelo stellte die Vespa zwischen zwei stämmigen Bäumen ab und ging langsam an der Grenze des Campingplatzes entlang in Richtung des dahinterliegenden Wohnhauses. Der kleine Laden und die Bar, die sich im Halbrund vor dem Gebäude befanden, waren um diese Jahreszeit geschlossen und mit Holzverschlägen versehen. Durch zwei Fenster des Wohnhauses fiel ein spärlicher Lichtschein auf den Vorplatz. Angelo ging langsam nach rechts auf die Stirnseite des Hauses zu. Leise Musik drang an sein Ohr, während er das Gebäude aufmerksam musterte.

„Schön die Hände auseinander und keine hektischen Bewegungen", drohte eine Stimme aus dem Hintergrund und der Lauf eines Gewehres bohrte sich in seinen Rücken.

„Wer bist du und was willst du hier", zischte ihn die Stimme herrisch an und erhöhte den Druck des Gewehrlaufes in seinem Rücken.

„Entweder bist du Luca oder Mauro", gab Sovrano kleinlaut zur Antwort. „Ich bin jedenfalls Bruno mein Freund und ich drehe mich jetzt ganz langsam um."

„Bruno, was schleichst du hier im Dunkeln um unser Haus wie ein gemeiner Dieb!", rief ihm Luca zu und senkte das Gewehr.

Kaum hatte Angelo sich zu Mauro umgedreht, packte ihn im selben Moment erneut von hinten ein zweiter Mann und schüttelte ihn mit brüllemdem Gelächter durcheinander. Das war Mauro, der sich ebenso elegant und schnell wie sein Bruder durch die Dunkelheit bewegte.

„Komm rein in die gute Stube. Lydia wird sich freuen", rief Mauro dem überraschten Angelo zu.

Die drei gingen gemächlich auf das Haus zu und boxten sich dabei gegenseitig vor Freude in die Seite.

„Könnten wir uns bitte in das Terrassenzimmer setzen oder die Vorhänge zuziehen, ich sollte im Moment nicht unbedingt in einem erleuchteten Zimmer auf dem Präsentierteller sitzen!", rief Angelo und umarmte die freudestrahlende Lydia, die ihn wie früher erst einmal wegen seiner Klamotten aufzog, wenngleich ihre Brüder keinen Deut besser gekleidet waren. Lydia hingegen sah wie immer blendend aus und wie aus dem Ei gepellt. Im Prinzip war dieser feurig schwarze Teufel immer ausgehfertig und trug selbst bei der Küchenarbeit ein modisches Outfit.

„Ihr habt aber auch nichts verlernt", begann Angelo die Unterhaltung und meinte damit die stilsichere Begrüßung mit Gewehrlauf im Kreuz und Klammergriff. „Euch möchte ich nicht zu Feind haben", schäkerte Angelo weiter und wollte wissen, was um alles in der Welt die beiden Brüder derzeit so treiben. Seinen Informationen nach sei in Manfredonia im Moment ja eine Ära abgeschlossen, nachdem Salva und Zizzo ihre Geschäfte an die Albaner abgetreten hätten.

„Hör bloß auf", wetterte Luca dazwischen und sein Bruder haute wie zur Bekräftigung auf Angelos Rücken. „Diese Mistkerle haben nicht nur die Albaner hier an Land gehen lassen, sondern diesen Gaunern vom anderen Ende des Mittelmeeres unseren Küstenstrich zum Fraß vorgeworfen", ereiferte sich Luca und Mauro ergänzte die Ausführungen seines Bruders mit Beispielen der neuen Sitten, die jetzt entlang der Küstenlinie zwischen Manfredonia und Bari gelten würden.

„Nicht genug, dass die ehrenwerten Herren Salva und Zizzo ein paar Hundert Leute brotlos gemacht und in die Wüste geschickt haben, damit die Albaner jetzt unsere Geschäfte unter sich aufteilen können. Nein, die Albaner werden immer dreister und setzen die wenigen verbliebenen italienischen Familienbetriebe unter Druck. Hier waren die auch schon und wollten einen Anteil an den Umsätzen unseres Campingplatzes", erzählte Mauro und tätschelte dabei sein Gewehr.

„Die beiden Albaner liegen jetzt bei den Fischen und so werden wir das mit jedem machen, der sich erdreistet, hier eine Scheibe von der Wurst abschneiden zu wollen."

„Kommen hier rotzfrech anmarschiert und bedrohen unsere Schwester", nahm Luca den Faden wieder auf und schwor jeden umzublasen, der es wagen sollte, den Geschwistern Pescatore den nötigen Respekt zu verweigern.

„Wie gesagt, ich habe nicht vor, euch Ärger zu machen. Im Gegenteil. Ich bin hier, weil ich selbst Ärger am Hals habe und mir von euch brauchbare Informationen erhoffe. Die Carabinieri waren bereits im Gargano und lassen mein Haus überwachen, weil irgendeiner von unseren früheren Kumpanen gesungen hat. Die rennen mit Phantomzeichnungen und Jugendbildern meines Führerscheins rum und suchen einen Bruno Scalpi", erklärte Angelo den Grund seines Besuches.

„Das wissen wir mein Lieber, denn schließlich haben wir dir damals die Papiere besorgt", lachte Luca und ergänzte den Stand der aktuellen Entwicklungen.

„Das mit dem Bruno hat sich bereits erledigt, die kennen jetzt –
woher auch immer – deinen richtigen Namen, Angelo Sovrano
alias Bruno Scalpi. Die Steckbriefe kannst du dir ja bei Gelegenheit
anschauen. Die hängen in Manfredonia in jeder Kneipe. Aber
keine Sorge, nicht mal wir hätten dich auf den Fotos erkannt. Im
Moment überbieten sich unsere früheren Kameraden darin, die
unglaublichsten Horrormärchen über dich als den eiskalten Engel
zu erzählen. Kurzum: wenn die Carabinieri dich zu fassen kriegen
und du nur einen Bruchteil dieser Horrormärchen gestehst, dann
müssten sich auch die Salvas und Zizzos warm anziehen, da du
für die ja eine ganze Reihe von Leuten aus dem Weg geräumt hast.
Auf deine früheren Auftraggeber sind hier an der Küste ein paar
Leute sehr schlecht zu sprechen."

„Weshalb sagst du frühere Auftraggeber, noch habe ich keine
Kündigung erhalten", meinte Angelo, aber Mauro schüttelte den
Kopf.

„Meinen Informationen nach haben die dich bereits
verleugnet und streiten es vehement ab, dich zu kennen.
Insbesondere der Consiglere hat den Carabinieri und dieser Anti-
Mafia-Einheit die durchweg legalen Unternehmen der Familien
Salva und Zizzo wie an einem Tag der offenen Tür präsentiert und
ihnen einen Einblick in die Bücher gegeben. Nach Dottore Rufano
sei das mit dem eiskalten Engel nichts weiter als üble Nachrede,
um seinen Mandanten zu schaden. Weder ein Bruno Scalpi noch
ein Angelo Sovrano sei ihnen bekannt. Also Willkommen in der
Leidensgemeinschaft der Salva- und Zizzo-Geschädigten. Aber
scheiß drauf, wer braucht diese Emporkömmlinge denn noch",
lachte Mauro.

„Irgendwie dachte ich mir das schon", beschwichtigte
Angelo und machte gute Miene zum bösen Spiel. Obwohl er sich
insgeheim eingestehen musste, die volle Tragweite seiner
Situation nicht so drastisch gesehen zu haben. Mazarella war da

also wesentlich weiter in seiner Beurteilung der Lage und zum Glück hatte er noch solche Freunde wie Mazarella und die Geschwister Pescatore. Besonders wurmte es Angelo Sovrano, dass selbst der Consigliere ihn quasi öffentlich verleugnet und zum Abschuss freigegeben hat.

„Selbst die Hähne krähen hier nicht mehr morgens, denn mittlerweile ist bereits jeder von diesen ehrenwerten Herren verraten worden", kicherte Lydia in die Runde und erhob das Glas.

„Kann ich morgen von hier aus ein paar Angelegenheiten erledigen?", fragte Angelo unvermittelt. Drei Köpfe nickten ohne zu zögern und die nächste Flasche Wein wurde geköpft.

„Ich hole nur eben mal schnell deine Vespa hier auf das Gelände, damit da morgen früh nicht zwei zwischen den Bäumen stehen", verabschiedete sich Luca lachend aus der Runde und verließ das Haus.

„Der geht jetzt seine Runde drehen, denn seit dem Zwischenfall mit den Albanern schleichen hier die seltsamsten Gestalten ums Grundstück", erklärte Mauro dem etwas verdutzten Angelo die Situation. In zwei Stunden sei er dran und erst im Morgengrauen verließen sie sich auf die beiden Kameras, mit denen die Zufahrt zum Lido Salpi und der Campingplatz überwacht wird. Mauro zeigte mit der Hand in Richtung Fernseher. Darüber flimmerten zwei kleine Monitore.

„Es wäre mir eine Freude, wenn ich euch dabei unterstützen könnte", meinte Angelo, doch Mauro lehnte dankend ab. Angelo kenne das Gelände nicht und die Brüder hätten das ganz gut im Griff.

„Angelo, Cin Cin, es ist schön dich mal wieder zu sehen", erhob Lydia ihr Glas und die drei stießen auf ihre Zukunft und unverbrüchliche Freundschaft an.

„Apropos Zukunft", nahm Mauro das Stichwort seiner Schwester auf. „Was hast du eigentlich in nächster Zeit vor, nachdem die Capos leugnen dich zu kennen. Wahrscheinlich werden Salva und Zizzo das so beenden, wie unter diesen Ehrenmännern üblich – die schicken dir ein paar Kugeln zum Abschied."

„Da musst du dir keinen Kopf machen", meinte Angelo trocken. „Ich habe in den vergangenen Jahren ein paar Immobilien unten am Ionischen Meer erworben und genügend Geld beiseitegelegt, um eine gewisse Dürre ohne Blessuren zu überstehen. Sorgen machen mir eher die vielen Kameraden hier in Manfredonia, die sowieso seit Jahren von der Hand im Mund leben."

„Das siehst du vollkommen richtig und gleichzeitig ist das auch unsere Sorge", antwortete Mauro. „Wir haben hier mit dem Campingplatz zumindest einen Saisonbetrieb, der uns drei trägt und seit kurzem auch der Fischfang, der immer besser läuft. Letztendlich werden wir es schaffen, aber um uns herum nehmen der Neid und die Aggressionen zu. Die Leute sind nach wenigen Wochen schon am Ende und würden dich für ein paar Euro an die Polizei ausliefern, wenn sie könnten. Vom einstigen Stolz ist nicht mehr viel übrig."

„Wenn ich das richtig sehe, haben Salva und Zizzo sich aus allen illegalen Geschäften zurückgezogen und überlassen sowohl den Waffen- und Drogenhandel, die gesamte Logistik und Verteilung den Albanern", fragte Angelo nach.

„Schlimmer noch", entgegnete Mauro, „die hatten genügend Zeit, das Vakuum zu füllen und rigoros jeden Versuch unserer

Landsleute abzuwürgen, die es wagen sollten, das Salva- und Zizzo-Vakuum auszufüllen. Die gesamte Kette der Geschäfte, von der Herstellung über den Handel bis zur Logistik wird jetzt von Albanien aus gesteuert und ausschließlich von Albanern betrieben."

„Das Schlimme daran ist ja das Ammenmärchen, dass sich die Familien Salva und Zizzo aus den illegalen Geschäften zurückgezogen hätten. Wer das glaubt, glaubt auch an den Weihnachtsmann", meinte Mauro und Lydia brachte es auf den Punkt.

„Die Albaner haben nicht nur die illegalen Geschäfte übernommen, sondern spannen Zizzo weiterhin mit seiner Spedition vor ihren Karren. An dem Beipack der Drogen und Waffen in Zizzos Spezialitätenlastern hat sich nichts geändert, außer dass Zizzo weiterhin das Risiko trägt und Salva mit seinen sogenannten legalen Unternehmen das Geld der Albaner waschen muss. Die haben sich mit Haut und Haaren an die Albaner verkauft und sind damit erpressbar geworden. Am schlimmsten ist, dass Salva und Zizzo ihre eigenen Landsleute schutzlos den Albanern ausliefern, die von jedem noch so kleinen Unternehmen hier an der Küste Apuliens Schutzgeld erpressen. Einige sind schon so weit, die 'Ndrangheta aus Kalabrien oder die Camorra aus Kampanien zu Hilfe zu rufen, um wenigstens wieder italienische Spielregeln zu haben."

„Wenn dem so ist", erwiderte Angelo, „dann könnt ihr auf Dauer ja auch nicht jeden Albaner hier im Meer versenken, der an euren Geschäft mitverdienen will."

„Richtig, Angelo, das befürchten wir ehrlich gesagt auch, aber es gibt da Überlegungen, die Salvas und Zizzos komplett auszuschalten, denn ohne die Logistik und das Netzwerk hätten die Albaner ein ziemliches Problem", gab Mauro zu verstehen und stand auf, um Luca abzulösen.

„Ich bin jetzt an der Reihe und Luca wird sich gleich aufs Ohr legen", gab Mauro zu verstehen. „Du solltest dich jetzt auch hinlegen, denn morgen geht es früh raus."

Lydia gähnte herzhaft und gab zu verstehen, dass sie auch die nötige Bettschwere erreicht habe.

„Ich habe dir drüben im Anbau ein Bett vorbereitet. Mauro kann dich ja auf dem Weg zu Luca dort hinbringen. Ich bin dann mal weg", gab Lydia zu verstehen, umarmte Angelo und wünschte eine gute Nacht.

Mauro griff nach seinem Gewehr und Angelo folgte ihm hinüber zum Anbau. Sein Bruder kam bereits von den Waschräumen auf das Haus zu. Sie wünschten sich eine gute Nacht und gingen ihrer Wege. Den Rucksack griffbereit neben dem Bett schloss Angelo Sovrano seine Augen, während die Brüder Pescatore im Zwei-Stunden-Rhythmus ihr Anwesen bewachten. Angelo spürte, wie der Groll gegen seine einstigen Capos und vor allem gegenüber dem Consiglere immer mehr zunahm.

Der nachfolgende Tag verging wie im Flug. Angelo fuhr mit der Vespa seines Freundes Mazarella in den Hafen von Manfredonia, um sich mit Helm und heruntergeklapptem Visier ein Bild von der aktuellen Situation zu machen. Mauro hatte recht, die Steckbriefe der Carabinieri waren nicht geeignet, den Angelo Sovrano und Bruno Scalpi von heute zu identifizieren. Angelo schmunzelte, als er sein Jugendbild auf den Plakaten sah und grüßte das Milchgesicht. Er hatte genug gesehen und fuhr zurück zum Campingplatz. Am Nachmittag lieh er sich den Lancia von

Luca, um in Altamura im Ufficio Postale Poste Italiane seine Schließfächer zu überprüfen. Die Schließfächer waren leer und enthielten keinerlei Nachrichten, also auf zum letzten Akt – die Kündigung und Rückgabe der Schließfachschlüssel war in wenigen Minuten erledigt. Etwas außerhalb von Altamura fuhr Angelo kurz von der Hauptstraße ab und rollte in das zerklüfteten Pula di Altamura hinter einen der vielen Felsen. Hier entzündete er ein kleines Feuer und trug die Herren Bruno Scalpi und Carlo Marchetti zu Grabe. Die Pässe und Dokumente, die er in seinem Rucksack verstaut hatte, gingen in Flammen auf und die Geister seiner Phantome kräuselten sich als dünne Rauchfahne in den Himmel. Jetzt blieb ihm nur noch Guiseppe Ricci, ein italienischer Allerweltsname, mit dessen Pass und Identitätsnachweisen er vor Jahren die Immobilien in Matera und im Lido Metaponto gekauft hatte. Ausweise und Vita von Giuseppe Ricci samt Dokumenten und Kaufverträge der Immobilien lagen allerdings noch in seinem Versteck im Gargano. Am Abend wollte er nach Hause fahren, Mazarella seine Vespa zurückbringen und Giuseppe Ricci zum Leben erwecken. Er hatte auch schon einen Plan, wie er die Bewegungskameras auf seinem Grundstück austricksen könnte.

Der Abschied von Lydia Pescatore und ihren Brüdern war ebenso herzlich wie der Empfang in dieser bemerkenswerten Familie. Angelo umarmte alle drei und versprach trotz der angespannten Situation wieder von sich hören zu lassen. Er habe gestern Nacht noch lange über die Situation nachgedacht und eine Entscheidung getroffen.

„Ich werde jetzt einige Zeit Italien den Rücken kehren und mich im Ausland aufhalten. Ich würde mich sehr freuen, wenn ihr drei euch um meine Immobilien in der Basilikata kümmern könntet. Ich besitze ein Haus mit Bootsanleger an der Küste in Metaponto und ein Appartement in Matera oberhalb der Sassi. Falls sich die Situation hier in Manfredonia zuspitzt, könnt ihr hier alles verkaufen und in diese ruhige Gegend der Basilikata umsiedeln. Fische fangen könnten sie auch in Metaponto. Die Unterlagen, notariellen Dokumente und Kaufverträge werde ich euch noch zukommen lassen."

„Abgemacht, wir passen auf deine Immobilien auf, aber hier bringen uns keine zehn Pferde weg", entgegnete Mauro, aber Lydia fand die Idee gar nicht schlecht.

„Prima, endlich mal Urlaub am Mittelmeer oder in Matera. Ich komme ja sonst hier nicht raus", witzelte sie und umarmte Angelo.

„Keine Widerrede und passt auf euch auf. Wir sehen uns wieder. Ich hoffe in Metaponto." Lachend bestieg er die Vespa und brauste den Weg hinauf zur Verbindungsstraße. Als er oben ankam winkten die Freunde noch immer.

Der Weg hinauf ins Gargano ging über die serpentinenreiche Strada Provinciale 57 bis zur Abzweigung nach Tomaiolo. Hier nahm Angelo aber nicht die offizielle Zufahrt zum Ort, sondern bog etwas früher ab. Parallel zur offiziellen Straße verlief ein weiterer Zubringer zu einigen Gehöften am Ende des Tales, die durch eine Querverbindung im Wald mit Tomaiolo verbunden waren. Diese Schleichwege waren den Carabinieri unbekannt. Wenn die Polizei also etwas überwachen würde, dann war es die offizielle Straße nach Tomaiolo, auch wenn das nur eine Schotterpiste war.

Sovrano kam am Ortsrand an und fuhr auf einem Fußweg hinüber zu Mazarellas Haus. Kurz vorher hielt Angelo an und sondierte das Gelände bis hinauf zu seinem Haus. Ruhig und konzentriert beobachtete Angelo von Bäumen verdeckt das Gelände. Niemand zu sehen. Angelo sprang auf und eilte hinüber zum Schuppen. Mit wenigen Handgriffen öffnete er das Tor, Sprang mit wenigen Sätzen zurück zur Vespa und schob sie in den

Schuppen. Angelo nahm den Helm ab, zog das Tor zu und lauschte. Im Haus war es still, von Mazarella nichts zu hören. Vielleicht war er ja im Dorf, um ein paar Besorgungen im Alimentari an der Bushaltestelle zu machen. Angelo packte seinen Rucksack in den Mietwagen und bockte die Vespa auf. Den Helm legte er auf die Sitzbank der Vespa und drehte den Benzinhahn zu. Vorsichtig öffnete er die Verbindungstür zum Haus. Keine Geräusche, nur das Ticken der Uhr in der Küche. Angelo ging leise durch die Verbindungstür zum Flur und blickte rechts in Mazarellas gute Stube. Der Alte saß in seinem Sessel und schlief tief und fest, den Kopf nach hinten auf die breite Rücklehne geneigt. Angelo schlich weiter zur Küche, um einen Schluck Wasser zu trinken. Das Wasserglas noch in der Hand schob er die halb geöffnete Zimmertür auf und musterte den Schlafenden nun von vorne. Die Augen weit geöffnet und den Mund aufgerissen starrte ihn Mazarella mit schmerzverzerrtem Gesicht an. Angelo rutschte vor Schreck das Wasserglas aus der Hand, das auf dem Steinboden der Küche zerbarst. Mazarella war tot. Mit geübtem Blick musterte Angelo die Blutergüsse im Gesicht. Mazarellas Finger waren blutverschmiert und zerquetscht. Die hatten den Alten zu Tode gequält. Angelo schloss sanft die Augen seines Freundes und schluchzte. Tränen liefen ihm die Wange hinunter und Wut brach aus ihm hervor. Die hatten seinen Freund gefoltert und unmenschlichen Qualen ausgesetzt. Hier waren keine Polizisten am Werk gewesen, sondern die Sorte von Schlägern, die Spaß daran hatten, andere zu quälen und die offensichtlich auf der Suche nach ihm waren, die ihn aufspüren und liquidieren sollten.

Wutentbrannt stürmte Angelo aus dem Haus und riss als erstes alle Bewegungskameras aus den Halterungen. Die mit Tarnfarben ausgestatteten Geräte verschwanden in einer Umhängetasche. Wenige Minuten später war er in seinem Elternhaus, eilte in das obere Stockwerk in sein ehemaliges Zimmer und trat mit Wucht eine Wand ein. Die dünnen Rigips-

Tafeln zerbarsten bereits nach den ersten heftigen Tritten und Angelo riss die verbliebenen Fetzen von den Verschalungslatten. Zwei Aluminiumkoffer standen direkt hinter der Verschalung, die er jetzt vollständig einriss. Angelo ging mit den Koffern nach unten, dachte kurz über die nächsten Schritte nach, während er hinter der Eingangstür stehend die Zufahrt hinunter zu Mazarellas Haus beobachtete. Still und ruhig lag der Ort vor ihm. Angelo schulterte die Tasche mit den Fotoapparaten, griff die beiden Koffer und stellte alles draußen vor einem Baum ab. Sollen die doch mit dem Haus machen, was sie wollen, er brauchte es jetzt nicht mehr.

Angelo Sovrano betrat den Schuppen, riss den Benzinschlauch aus dem Vergaser seiner Husaberg und füllte das restliche Benzin in einen Ersatzkanister. Im hinteren Teil des Schuppens riss er den aufgeschichteten Holzstapel ein und holte seine selbstgefertigten Phosphorzünder aus den mit Holzscheiten verdeckten Regalen. Drei davon brachte er ins oberste Stockwerk, legte die luftdicht abgepackten Phosphorstangen in ein mit Lösungsmittel gefülltes kleines Becken, öffnete den Hahn und stellte den Durchfluss auf einen geringen Tropfinterval ein. Das Lösungsmittel würde in gut einer Stunde durchgelaufen sein und spätestens nach weiteren 30 Minuten wäre der Phosphor trocken. Den Rest erledigte der Sauerstoff und der Phosphor würde sich explosionsartig entzünden. Jetzt noch etwas Benzin als Brandbeschleuniger verteilt auf den Boden und die Feuerwehr hätte ihren Heidenspaß mit diesem Brand. Drei weitere Phosporzünder legte er in den unteren Stockwerken und auch der Schuppen bekam noch zwei von diesen bei den Griechen genannten Lichtbringern spendiert. Alles fertig. In knapp anderthalb Stunden wird das Haus in Flammen aufgehen.

Angelo warf sich die Tasche mit den Bewegungskameras über die Schulter, schnappte sich die beiden Koffer und ging hinunter zum Haus von Mazarella. Hier disponierte er kurzerhand um und verstaute alle Habseligkeiten in Mazarellas Fiat Panda. Der Mietwagen war leer und wurde nach oben in den Schuppen seines Hauses gefahren. An eine Rückgabe war ja nicht zu denken, denn sicherlich warteten die Carabinieri an der im Vertrag vereinbarten Rückgabestation in Bari bereits auf Bruno Scalpi alias Angelo Sovrano.

Nach wenigen Minuten war seine Arbeit in Mazarellas Haus erledigt. Er hatte die Augenlider seines Freundes abgewischt und ihm die Augen geschlossen, die Türklinken gesäubert und das zerborstene Glas entsorgt. Die Armaturen des Wasserhahns waren blitzblank – Türbalken und Türklinken des Durchgangs komplett gereinigt und sonst? – die Vespa und der Helm wurden ebenfalls einer gründlichen Reinigung unterzogen, aber seinen Freund Mazarella ließ er mit all den Spuren der Folterung im Sessel zurück. Nachdem Angelo nochmals seine Koffer, Kameras und Habseligkeiten im Panda überprüft hatte, schob er vorsichtig das Tor auf. Niemand zu sehen. Also los, Motor an und Rückwärtsgang rein. Raus aus dem Schuppen ohne Licht. Angelo verschloss das Tor und wischte den Riegel ab. Jetzt waren nur noch die Spuren der Mörder von Mazarella im Haus. Angelo Sovrano stieg ins Auto und rollte langsam in Richtung Dorfmitte. Nach wenigen Metern schaltete er das Licht ein und fuhr die Strada Provinciale 57 hinunter nach Manfredonia. In knapp 40 Minuten würde sein Haus in Flammen aufgehen und die Phosphorzünder ein gewaltiges alles verschlingendes und sehr schwer zu löschendes Feuer entfachen.

Angelo Sovrano bedauerte, dass er dieses Inferno nicht miterleben konnte. Er hatte nur einen Wunsch und die Hoffnung, dass die Polizei nach dem ersten Schrecken auch einen Besuch bei Mazarella machen würde. Allerdings hatte er wenig Vertrauen in die Arbeit der Polizei, was die Suche nach den Mördern von

Mazarella betraf. Wahrscheinlich wird die Polizei in ihrer unnachahmlichen Logik sogar ihn, Angelo Sovrano alias Bruno Scalpi als Verdächtigen auf die Liste setzen. Aber egal, der Job war eh schon an ihn vergeben. Er würde dieses Killerkommando, das offensichtlich auf ihn angesetzt war, selbst zur Strecke bringen. Seinem Eindruck nach gingen die nicht nur ziemlich unprofessionell vor, sondern waren mit brachialer Gewalt in sein Haus eingedrungen, hatten dabei alle Polizeisiegel aufgebrochen und eine unübersehbare Spur bis in Mazarellas Haus hinterlassen. Die Kameras der Polizei hatten sie jedoch nicht gefunden. Wenn er also Glück hatte, dann ist diese Mörderbande von den Wildkameras erfasst worden. Was er jetzt brauchte war ein ruhiger Ort, um die Bilder der Kameras auszuwerten.

„Guten Morgen Herr Keck, der Chef möchte Sie sprechen."
Hilde Anderson konnte sich ihren süffisanten Unterton nicht
verkneifen, wenn sie schlechte Nachrichten zu überbringen hatte.
Die Direktionsassistentin thronte hinter ihrem Schreibtisch und
fügte in selbstgefälliger und überheblicher Tonart hinzu, dass Dr.
Ulmenhorst ihn sofort zu sehen wünsche, wenn er eintreffe.

„Geht klar Hilde, bin schon auf dem Weg zu ihm,"
entgegnete Naze Keck und klopfte an den Glaskasten, von dem
aus Hilde Anderson ihr Refugium im Wirtschaftsarchiv Köln
überwachte. Eigentlich war die Anderson eine gute Seele, aber
wenn es um Anweisungen des Chefs ging, dann wurde sie zum
Hausdrachen und kehrte die Direktionsassistentin raus. Das Gute
an den Nachrichten von Hilde Andersons war, dass man
aufgrund der jeweiligen Stimmlage schon erraten konnte, was
diese Einladung von Dr. Ulmenhorst zu bedeuten hatte. Eine
Einladung zum Plaudern war mit dieser von Hilde gewählten
Tonlage auf jeden Fall nicht gemeint. Naze Keck klopfte an der
Tür zum Direktionsbüro und ein unwirsches Herein kam als
Antwort.

„Sie wollten mich sprechen, Herr Ulmenhorst."

„Nehmen sie Platz, ich hoffe Sie sind heute etwas besser
drauf als in den vergangenen Tagen", eröffnete Ulmenhorst
anstatt einer Begrüßung das Gespräch. Noch bevor Naze Keck
darauf antworten konnte, lehnte sich Ulmenhorst zurück, drehte

seinen Bleistift zwischen den Fingern und begann mit seiner Ansprache.

„Ich habe hier einige unfreundliche Nachrichten von unseren Kunden, die sich über ihre spärlichen Rechercheergebnisse und die nicht eingehaltenen Termine beschweren, Herr Keck. Was ist los? Sie haben nachgelassen in letzter Zeit, kommen oft zu spät zur Arbeit und brauchen im Vergleich zu Ihren früheren Arbeitsergebnissen immer länger, um einen Auftrag zu erledigen. Aktuell hängen Sie mit rund fünf Anfragen und den damit vereinbarten Terminwünschen hinterher. Zudem wirken Sie nervös und fahrig bei der Arbeit. Kurzum: nach Aussagen Ihrer Kollegen haben Sie derzeit eine sehr kurze Zündschnur und explodieren bei jeder Kleinigkeit. Wie gedenken Sie das zu ändern?"

Naze Keck sah den Direktor eindringlich an, griff sich einen Bleistift und fing an, den Stift ebenfalls durch die Finger zu drehen. Das zeigte Wirkung. Noch bevor Naze auf Ulmenhorsts Fragenkatalog antworten konnte, polterte dieser los.

„Unterlassen Sie das. Wollen Sie mich provozieren mit dem Bleistiftgedrehe, ich hatte Sie um eine Antwort auf meine Fragen gebeten."

„So viel zur kurzen Zündschnur, Herr Direktor", entgegnete Naze Keck frech. „Ja, ich bin in letzter Zeit etwas fahrig und nervös." Naze legte den Bleistift zurück und fuhr fort: „Vor vier Wochen wurde ein Freund von mir unter sehr merkwürdigen Umständen bei einem Verkehrsunfall umgebracht. Nach seiner Beerdigung erhielt ich ein Paket mit Unterlagen von eben diesem Freund, dass laut Poststempel gut eine Woche nach seiner Beerdigung in Dortmund aufgegeben wurde. Ich habe wegen der Brisanz des Inhalts sofort einen ehemaligen Kommilitonen kontaktiert, der seit geraumer Zeit beim BKA ist. Genau dieser

Bekannte ist seit unserem letzten Treffen verschwunden und nicht mehr erreichbar. Ich mache mir deshalb Sorgen und die Angelegenheit lässt mir keine Ruhe."

„Das erklärt einiges. Brauchen sie Urlaub oder eine Auszeit, Herr Keck", wollte Arne Ulmenhorst wissen und veränderte seine strenge Direktorenmimik in einen mitfühlenden Gesichtsausdruck.

„Bloß keinen Urlaub. Dann habe ich ja gar keine Ablenkung mehr", entgegnete Naze Keck. „Ich brauche die Arbeit, um wenigstens ein paar Stunden am Tag auf andere Gedanken zu kommen."

„Nichts da, Sie räumen heute ihren Schreibtisch auf und übergeben die noch ausstehenden Aufträge an die Kollegin Balder. Nehmen Sie sich mindestens eine Woche frei, denn im Moment kann ich Sie hier nicht gebrauchen. Ich werde Frau Anderson informieren, damit die Aufträge während Ihrer Abwesenheit umdisponiert werden. Und gehen sie bitte zur Polizei!", der gutgemeinte Rat von Ulmenhorst, der über diesen Vorschlag selbst ins Grübeln kam.

„Weshalb haben Sie sich denn nicht an die Polizei gewandt? Ihr Bekannter arbeitet doch beim BKA? Wenn einer weiß wo ihr Bekannter abgeblieben ist, dann doch wohl die Polizei", fügte Ulmenhorst hinzu.

„Das ist ja das Problem", antwortete Naze Keck. „Mein Bekannter selbst hat mir geraten, mit niemanden über den Fall meines verunglückten Freundes zu sprechen und mich im Hintergrund zu halten. Auch gegenüber der örtlichen Polizei."

„In was sind sie denn da hineingeraten, Herr Keck? Ich an Ihrer Stelle würde mich trotzdem an die Kriminalpolizei wenden, damit sie möglichst schnell eine Antwort auf ihre Fragen bekommen", beendete Dr. Ulmenhorst das Gespräch und bat über die interne Telefonschaltung Frau Anderson zu sich.

„Ich wünsche Ihnen, dass sich die Sache schnell aufklärt und sehe Sie dann in einer Woche wieder hier an Ihrem Platz."

Ulmenhorst stand auf, winkte Frau Anderson herein, die bereits in der Tür stand und verabschiedete Naze Keck.

Bis zum eigentlichen Dienstschluss wollte Naze Keck noch die aktuelle Auftragsrecherche für die Autostadt Wolfsburg abschließen, die alle greifbaren Unterlagen und Patente von Ettore Bugatti aus dem Werksarchiv der Gasmotoren-Fabrik Deutz AG angefordert hatten. Dem Archiv zufolge war der Gründer der Bugatti-Werke ab 1907 als Produktionsleiter für Personenwagen hier in Köln-Deutz beschäftigt und hatte dort sein erstes eigenes Automobil entwickelt. Die Unterlagen dazu waren zwar auf mehrere Archive verteilt, doch sein Kollege aus der Außenstelle in Deutz sicherte ihm schnell Ergebnisse und entsprechende Kopien zu. Eine Notiz an seine Kollegin Yvonne Balder kam obenauf in die Übergabemappe. Dazu noch drei nicht begonnene Arbeiten und der Abschlussbericht an einen Kunden, dessen Anliegen ohne Ergebnis abgebrochen werden musste. Naze arbeitete effektiv und konzentriert. Gegen 15 Uhr vereinbarte er einen Übergabetermin mit seiner Kollegin Balder, packte kurz vor Feierabend seine Tasche und hinterließ einen aufgeräumten Schreibtisch.

„Bis nächste Woche Hilde", rief Naze Keck im Vorbeigehen in den Glaskasten, erntete aber nur mitleidige Blicke der Direktionsassistentin und ein schwaches „Tschüss." Naze fragte sich, was der Direktor der Anderson wohl für eine Geschichte aufgetischt hatte, da sie eine Miene wie auf einer Beerdigung zog. Egal, er hatte jetzt erst mal eine Woche für sich und drückte die Schwingtür zum Ausgang auf.

Vor dem Wirtschaftsarchiv Köln staute sich wie immer um diese Zeit der Verkehr auf „Unter Sachsenhausen". Naze ging nach links wo sich die enge Straßenschlucht auf Höhe der IHK öffnete und den Blick auf den davorliegenden Börsenplatz mit dem potthässlichen Brunnen freigab. Irgendwann musste er mal recherchieren, wer diesen scheußlichen Wasserspeier entworfen hatte und was er eigentlich darstellen sollte. Vorbei am Kattenbug und der Cardinalstraße bog Naze Keck an der Mohrenstraße in den Gereonsdrisch ein und hielt kurz inne. Etwa 200 Meter vor ihm auf der linken Häuserreihe, stand ein dunkelblauer Audi direkt vor seiner Haustüre. Im Wagen saßen zwei Männer, die offenbar die Straße beobachteten. Naze Keck ging mit abgewandtem Blick geradeaus auf der Gereons Straße in Richtung Christophstraße weiter, um am Ende der Parkanlage in die Parallelstraße des Gereonsdrisch einzubiegen. Von hier aus hatte er die beiden Typen besser im Blick und war durch die Parkanlage und den Baumbestand verdeckt. Der Audi parkte direkt vor der Ausfahrt der Arztpraxis von Dr. Mahler, die im Nebengebäude des Wohnhauses untergebracht war. Naze wählte die Nummer des Ordnungsamtes.

„Guten Tag, hier spricht Dr. Mahler", und weiter mit Kölner Dialektfärbung, „hörens, isch muß dringend met mingem Auto ze enem Patienten. Schleppen Se dat Fahrzeug bitte af, zumal he jroß un deutlich dodrop hingewiesen weed, dat de Ausfahrt Dach un Naach quick ze halde es. Danke."

Es dauerte auch keine fünf Minuten und zwei Berufspetzen steuerten mit ihren elektronischen Knöllchenapparaten auf die verdutzten Typen im Audi zu. Die Beiden zückten nach einem kurzen Wortwechsel ihre Ausweise, starteten das Fahrzeug und machten sich auf die Suche nach einem geeigneten Parkplatz. Die Ordnungshüterinnen schulterten unverrichteter Dinge ihre Knöllchenautomaten und informierten ihre Einsatzzentrale.

Wahrscheinlich hatten sie den Abschleppdienst abbestellt und tippelten jetzt hinüber in den Klapperhof. Naze Keck nutzte die Gunst des Augenblicks und ging zügig durch die kleine Parkanlage zu seiner Haustür, bevor die beiden erneut vor seiner Wohnung aufkreuzten. Offenbar waren das Zivilbeamte der Polizei, denn die beiden Ordnungshüterinnen legten noch, während ihnen die Ausweise entgegengehalten wurden, in devoter Haltung den Rückwärtsgang ein und beendeten ihren Einsatz. Was um alles in der Welt macht die Polizei vor seinem Wohnhaus, dachte Naze, als er oben in seiner Wohnung angekommen war. Die Frage musste warten, denn das Telefon klingelte nervig im Wohnungsflur. Naze stand vor dem Apparat und überlegte, ob er überhaupt abnehmen soll, doch seine Hand lag schon auf dem Hörer.

„Keck am Apparat. Wer spricht da?"

„Guten Tag Herr Keck, mein Kollege und ich sind von der Kriminalpolizei Köln und würden Sie gerne sprechen. Leider haben wir Sie nicht angetroffen und auf unser Klingeln haben Sie nicht geöffnet."

„Ich bin auch gerade erst von der Arbeit nach Hause gekommen. Was gibt es denn so Dringendes?"

„Das würden wir gerne mit Ihnen in Ruhe besprechen. Können wir bei ihnen vorbeischauen, denn wir sind ganz in Ihrer Nähe?"

„Klingeln Sie bitte dreimal kurz hintereinander, dann weiß ich, dass Sie es sind. Ich wohne im zweiten Stockwerk. Bis gleich." Naze Keck legte auf und schaute sich kurz im Wohnzimmer um. Nichts Verdächtiges, alles aufgeräumt und das Arbeitszimmer war zu. Die beiden konnten kommen.

Nach zehn Minuten klingelten die Kripobeamten wie vereinbart und kamen gemächlich die Treppen herauf. Naze stand zur Begrüßung an der Wohnungstür und gab den Unschuldigen.

„Guten Tag. Ich bin Kriminalhauptkommissar Dominik Zarenga von der Kripo in Köln und der Kollege neben mir ist Bas Emmen, ein Verbindungsoffizier der Europol. Wir wollten Sie im Nachgang zu ihren Aussagen in der Angelegenheit Michael Koiner sprechen, denn es gibt neue Entwicklungen in diesem Fall, denen wir nachgehen müssen", meinte Zarenga und schlug vor, die Unterredung in der Wohnung weiterzuführen.

„Angelegenheit ist gut", meinte Naze schnippisch, „das war doch eiskalter Mord, wie die meinen Bekannten auf der Straße überrollt haben. Jedenfalls haben Sie das doch selbst in ihrer Pressekonferenz vor gut drei Tagen eingeräumt."

„Das ist richtig. Wir haben die Ermittlungen neu aufgenommen. Leider waren die Ergebnisse nach diesem Tötungsdelikt recht dünn. Sie selbst und eine Menge anderer Personen konnten uns damals ja keine Angaben zum Unfallhergang machen und nach Lage der Dinge handelte es sich um einen Unfall mit Todesfolge und Fahrerflucht."

„Wir wissen zum jetzigen Zeitpunkt aber", schaltete sich Bas Emmen von Europol ein, „dass es sich um einen Auftragsmord handelte, der in der Absicht geschah, die auf das Opfer abgeschlossene Versicherungssumme zu kassieren. Die Bezugsberechtigte war Ihnen ja auch bekannt, denn die junge Frau arbeitete damals im Snooker und war offenbar eine Freundin des Herrn Koiner."

„Das glaube ich nach wie vor nicht", gab Naze zur Antwort und das habe er auch dem internen Ermittler, einem Herrn Ortmayr von der Vienna Elementar, gesagt."

„Da lagen Sie mit ihrer Vermutung richtig. Das wissen wir heute und wir kennen jetzt auch einige weitere Einzelheiten über ihren Bekannten Michael Koiner."

„Ja. Und was bitteschön wissen Sie heute?", gab Naze trotzig zurück und wollte wissen, weshalb die Kripo ihn wirklich nochmal in dieser Angelegenheit vernimmt."

„Betrachten Sie das bitte nicht als Vernehmung, sondern eher als Zeugenbefragung. Sie kannten Herrn Koiner und wir wollen wissen, was von unseren heutigen Erkenntnissen war ihnen bekannt. Wir wollen uns ein abschließendes Bild von Michael Koiner machen."

„Und welche Erkenntnisse haben Sie heute?" wiederholte Naze Keck seine Frage.

„Auf einen Nenner gebracht, gibt es dazu eine Vorgeschichte, denn Michael Koiner war der Sohn des Direktors der Leistungsabteilung in der Vienna Elementar, der zudem als Nationalrat des österreichischen Parlaments hohen Einfluss besaß. Unseren Erkenntnissen nach war der Vater von Michael Koiner bestechlich, wurde suspendiert und musste als Nationalrat zurücktreten. Wir vermuten, dass sein Sohn den Selbstmord seines Vaters nicht akzeptierte und auf eigene Faust nach den wahren Tätern forschte. Wir wissen heute, dass es sich hier um eine Gruppe krimineller Personen handelte, die dem organisierten Verbrechen zugeordnet werden und denen Michael Koiner mit seinen Recherchen gefährlich nahekam. Unsere Frage also an Sie: wussten Sie von den Recherchen ihres Freundes, bzw. waren ihnen die Umstände über den Selbstmord seines Vaters bekannt?

„Gegenfrage, woher wissen Sie, dass Michael Koiner den Selbstmord seines Vaters als Anlass nahm, um auf eigene Faust zu recherchieren. Mir selbst hat er sich in dieser Angelegenheit nicht anvertraut, also waren mir diese Hintergründe nicht bekannt."

„Sehen Sie, genau das glauben wir Ihnen nicht und es ist schade, dass Sie nicht mit offenen Karten spielen", schaltete sich Bas Emmen wieder ein. „Wir wissen, dass Sie das wussten, denn wir haben bei ihrem Bekannten Lars Lehmann einen ganzen Karton mit Zeitungsausschnitten gefunden, die von Ihnen stammen, beziehungsweise Ihnen von ihrem Freund Michael Koiner zugestellt worden sind."

„Ok, erwischt, aber wenn Sie sich mal den Poststempel genauer angesehen hätten, dann wäre Ihnen aufgefallen, dass dieses Paket von einem Toten nach seiner Beerdigung an mich geschickt wurde. Und außerdem würde mich interessieren, was sie damit meinen, dass Sie bei meinem Bekannten diesen Karton gefunden haben. Ich versuche Lars Lehmann seit Tagen zu erreichen, aber er meldet sich nicht. Wo steckt Lars denn?"

„Ich mache Ihnen einen Vorschlag", schaltete sich jetzt KHK Zarenga ein. „Sie sagen uns, in welcher Beziehung sie zu Lars Lehmann standen und wie er in den Besitz dieses an Sie adressierten Päckchens gekommen ist und wir sagen Ihnen dann, weshalb sich Ihr Bekannter nicht bei Ihnen meldet und für Sie nicht erreichbar ist."

„Abgemacht. Ich habe dieses Paket also gut eine Woche nach Michael Koiners Tod bekommen und das getan, was ich sehr gut kann. Die ganze Sammlung an Zeitungsausschnitten, Dokumenten und Unterlagen chronologisch geordnet und angefangen zu recherchieren. Nach Lage der Dinge war der Schlüssel zu allem in der Pension Bella Vita zu suchen, in der Michael Koiner und auch diese Charlotte Kalo wohnten. Bei meinen Recherchen habe ich dann die Verbindung zwischen dem Tod von Mikos Vater und den Leuten hinter der Bella Vita gefunden und mich an meinen Bekannten und ehemaligen Kommilitonen Lars Lehmann gewandt."

„Weshalb haben Sie sich nicht an uns gewandt, wir haben hier in Köln eine Sondereinheit Organisierte Kriminalität und wären für ihre Recherchen und Erkenntnisse dankbar gewesen", unterbrach Zarenga die Ausführungen von Naze Keck.

„Ganz einfach Herr Kommissar. Wenn Sie die Unterlagen meines Freundes Miko aufmerksam gelesen haben, dürfte ihnen aufgefallen sein, dass es allein in Österreich mehrere Fälle von Korruption gab, in denen Beamte einer österreichischen Sondereinheit zur Bekämpfung der Organisierten Kriminalität aufgelöst und der sogenannte Selbstmord von Mikos Vater sehr schnell unter den Teppich gekehrt wurde. Ich hatte den Verdacht, dass es bei der Polizei undichte Stellen gab und wollte mich deshalb an jemanden wenden, dem ich vertrauen konnte. Lars und ich haben zusammen studiert, aber leider haben sich unsere Wege dann getrennt. Doch wir haben auf Grund unserer Ausbildung ähnliche Herangehensweisen an Probleme. Lars Lehmann hat meine Recherchen und meine Bedenken übrigens voll bestätigt und mich auf die Gefährlichkeit dieser Gauner hingewiesen. Seinen Aussagen nach wurden diese Kriminellen durch meine Recherchen aufgescheucht, da die ihre Server durch Spezialisten überwachen lassen. Die wussten aufgrund meiner Recherchen bereits, dass sich jemand für sie interessiert. Lars hat dann eindringlich davor gewarnt, in der Sache weiter zu bohren. Das würde jetzt sein Team beim BKA übernehmen. Das wird Ihnen Lars Lehmann mit Sicherheit alles bestätigen."

Die beiden Polizisten schauten sich an und warfen sich fragende Blicke zu. Der Verbindungsoffizier von Europol schüttelte leicht den Kopf, aber KHK Patrick Zarenga gab sich einen Ruck und wandte sich Naze Keck zu.

„Ihr ehemaliger Kommilitone und Leiter der Operativen Fallanalyse und Risikobewertung beim BKA hat uns leider nicht informiert und auch kein Team auf die Sache angesetzt. Offenbar hat er Ihre Recherchen aber benutzt, um unsere Aktivitäten in seinem Sinne zu steuern. Auch ein Grund, weshalb in letzter Zeit nicht alles rund lief bei unseren Ermittlungen. Wir haben Ihre Unterlagen erst bei einer Durchsuchung seiner Wohnung gefunden und die Verbindung zu Ihnen durch die Kriminaltechnik bestätigt bekommen. Auf Lehmanns Handy waren Ihre Kontaktdaten und Telefonnummern gespeichert. Sie haben mindestens sechs Mal versucht ihn in letzter Zeit zu erreichen."

„Das trifft zu, aber Sie haben mir noch nicht meine Frage beantwortet, wo sich Lars Lehmann aufhält und wie ich ihn erreichen kann", gab Naze den beiden zu verstehen.

Erneut tauschten Zarenga und Emmen Blicke aus, bevor Zarenga fortfuhr.

„Lars Lehmann lebt nicht mehr und ist bei einem Unfall genau einen Tag nach unserer Pressekonferenz mit seinem Wagen verunglückt." Zarenga lehnte sich leicht zurück und beobachtete die Reaktion von Naze Keck. Sein Kollege schüttelte immer noch leicht mit dem Kopf und war offenbar nicht damit einverstanden zum jetzigen Zeitpunkt Naze Keck in die Karten schauen zu lassen, aber Zarenga wischte mit einer Handbewegung die Bedenken von Bas Emmen beiseite und wandte sich wieder an Naze Keck.

„Wir befürchten sogar, dass die andere Seite von Ihrer Existenz weiß, denn auf Lehmanns Mobilfunkgerät war auch die Nummer eines Mannes, den unsere italienischen Kollegen von der Anti-Mafia-Einheit der Carabinieri seit Wochen beobachten", gab Zarenga zu verstehen und Bas Emmen übernahm die Unterredung.

„Den Informationen der italienischen Polizei zufolge war dieser Mann genau am Tag unserer Pressekonferenz in Köln und es ist nicht auszuschließen, dass sich Lars Lehmann und dieser Mafiosi getroffen haben. Die Absage von Lehmann, die Sie am Abend von ihm erhalten haben, ist absoluter Quatsch. Wir hatten keine Sitzung, aber Lehmann war zu diesem Zeitpunkt auf dem Weg nach Luxemburg", platzte es aus Emmen heraus.

„Wir wollten uns einen Eindruck von Ihnen machen, um sicher zu gehen, dass Sie nur aufgrund ziemlich dummer Zufälle in diese Sache hineingeraten sind. Irgendjemand aus dem Umfeld von Michael Koiner, der Zugang zu seinen persönlichen Sachen besaß, hatte ihnen dieses Paket zugeschickt. Weshalb und warum, ist uns noch nicht klar. Vermutlich sollte diese Aktion dazu dienen, den Mord an ihrem Freund Michael Koiner aufzuklären. Das ist aber dank ihres Bekannten Lehmann ziemlich danebengegangen, denn sowohl der Hauptzeuge als auch alle Unterlagen sind rechtzeitig beseitigt worden. Wir vermuten, dass Lars Lehmann ein Informant der La Quarta war."

Naze Keck kauerte in seinem Sessel und war fassungslos. Da kommen zwei Polizisten in seine Wohnung, um ihm mitzuteilen, dass der BKA-Mann Lehmann ein Informant der Mafia sei und diese Gangster jetzt vermutlich auch seinen Namen kennen. Naze richtete sich auf und schaute beide fragend an.

„Schön, schön. Jetzt haben sie sich einen Eindruck von mir gemacht, haben aber keinen Plan, wie sie an die Hintermänner dieser Mordserien mit organisiertem Versicherungsbetrug rankommen sollen, und erzählen mir, dass mein ehemaliger Kommilitone Lars Lehmann wahrscheinlich ein Informant der Mafia ist und die meinen Namen kennen."

„Ich denke nicht, dass Sie in Gefahr sind", unterbrach Bas Emmen Naze Keck, „denn Sie wissen ja eigentlich nur das, was Ihnen aus dem Nachlass von Michael Koiner zugeschickt wurde. Das sind aber nur Informationen, die sowieso öffentlich sind.

Gefährlich wird es erst, wenn Sie weitersuchen, wenn Sie auf dem Radar dieser kriminellen Vereinigung erscheinen, weil Sie mit Ihren Recherchen etwas Licht ins Dunkel bringen könnten.

„Unserer Meinung nach läuft bei der La Quarta im Moment eine Aufräumaktion", ergänzte Dominik Zarenga seinen Kollegen. „Die Drahtzieher dieser kriminellen Vereinigung schalten im Moment alle Zeugen und Mitwisser aus, die den Bossen gefährlich werden könnten. Und dazu gehören Sie nicht. Unsere Analysten sind sich sicher, dass das Material von Michael Koiner niemanden gefährlich werden kann. Erst wenn man wie sie, die richtigen Schlüsse zieht und drin rumstochert, könnte das zum Anlass genommen werden Ihnen auf die Finger zu klopfen. Also unterlassen Sie alles, was die Gegenseite reizen könnte. Die haben im Moment ganz andere Probleme", schloss Zarenga seine Einschätzung.

Beide legten ihre Visitenkarten auf den Tisch und verabschiedeten sich von Naze Keck, der immer noch überrascht von den Ereignissen apathisch und abwesend in seinem Sessel hing. Naze Keck reagierte erst als Bas Emmen in ansprach und meinte, dass sie alleine rausfinden.

„Wir würden uns freuen, wenn Sie zu uns Kontakt aufnehmen falls ihnen noch etwas einfällt", meinte Zarenga zum Abschied und drehte sich in der Tür unvermutet um.

„Ach ja, die Aktion mit den Ordnungshüterinnen war witzig. Aber Sie hätten uns auch anders mitteilen können, dass Sie jetzt zu Hause sind."

Angelo Sovrano rekapitulierte anhand der Daten seines Flugtickets, dass er mit der ungarischen Wizzair von Dortmund aus, am vergangenen Sonntagnachmittag gegen 13:30 Uhr auf dem Flughafen in Bari gelandet war. Er selbst hatte in den vergangenen Tagen jegliches Zeitgefühl für Wochentage verloren. Seit seiner überstürzten Abreise aus Bremen, der anschließenden nächtlichen Fahrt nach Dortmund und der Mütze voll Schlaf in einem Auto auf dem Firmenparkplatz der Pironi Dream Cars waren fünf Tage vergangen, in denen sich die Ereignisse überschlugen. Gestern, also am Dienstagabend, hatte er sein Elternhaus in Schutt und Asche gelegt und Tomaiolo im Gargano für immer verlassen. Mazarella war ermordet worden. Angelos Freunde, die Geschwister Pescatore, waren gezwungen angesichts der geänderten Machtverhältnisse ihre Existenzgrundlage neu zu ordnen und sich gegen die albanische Mafia zu wehren. Lydia, Luca und Mauro Pescatore hatten sich so gut es ging auf diesen plötzlichen Umbruch eingestellt, der die gesamte Küstenregion um Manfredonia erfasst hatte.

In der Nacht auf Mittwoch war er mit Mazarellas Auto nach Metaponto aufgebrochen. Sovrano hatte die SS 655 im Landesinneren genommen, da der größte Teil dieser Schnellstraße von Foggia aus durch die dünnbesiedelte Basilikata nach Matera und hinunter ans Ionische Meer führte. Die Küstenstraße in Apulien war ihm zu unsicher, zumal die Carabinieri dort häufiger Kontrollen durchführten. Nach knapp drei Stunden Fahrt kam er gegen 1 Uhr nachts in Metaponto an und stellte Mazarellas Auto in der Garage seines Wochenendhauses unter. Das Tor zur Garage hatte er leise zugezogen und sofort die Jalousien zur Straße hin heruntergelassen. Nur das spärliche Flurlicht hatte er angelassen. Angelo Sovrano beobachtete von der Küche aus im Dunkeln stehend die Viale Magna Grecia, die an seinem Haus vorbei zum Campingplatz führte. Wie immer um diese Jahreszeit war das Lido bis auf ein paar Dauercamper verlassen. Die Straßenbeleuchtung war ausgeschaltet. Wem sollten sie auch heimleuchten? Die Touristen würden erst wieder Anfang Mai den beschaulichen Küstenort fluten und lautstark mit Leben erfüllen.

Sovrano machte sich nach einer kurzen Verschnaufpause zunächst daran, das Auto zu entladen. Die hell leuchtende Mondscheibe stand tief über dem Meer und warf ihr graublaues Licht durch die Bäume, die auf seinem Grundstück zu einem kleinen Wald herangewachsen waren. Angelo Sovrano liebte diesen Rückzugsort im Lido di Metaponto. Vor allem um diese Jahreszeit mit gemäßigten Temperaturen und ohne die ständig surrenden Klimaanlagen. Hier wollte er in Ruhe die weiteren Schritte planen. Einige Zielmarken hatte er bereits während der nächtlichen Autofahrt festgemacht. Seine ehemaligen Bosse, Salva und Zizzo, standen bereits auf seiner gedanklichen Abschussliste, die er bislang zwar nur imaginär angelegt, aber bis auf die Namen der Mörder von Mazarella so gut wie abgeschlossen war. Ganz oben hatte er ein Fragezeichen für die Mörder von Mazarella gesetzt und darunter stand an zweiter Stelle dieser hinterhältige und verschlagene Consigliere Rufano, der sich diesen Schwachsinn der Umstrukturierung und der Legalisierung der La Quarta-Unternehmen ausgedacht hatte.

Rufano sprach in den vergangenen Monaten von nichts anderem mehr und bediente sich dabei eines Vokabulars, das dem der multinationale Konzernlenker zwar ähnelte, aber im Grunde nur eine sinnlose Aneinanderreihung von Worthülsen war. Alle in seinem Umfeld hingen gläubig an seinen Lippen. Selbst die Bosse der La Quarte, Angelo Salva und Riccardo Zizzo, waren nur noch Marionetten in einer blutigen Schmierenkomödie, für die Aldo Rufano das Drehbuch geschrieben hatte und selbst Regie führte. Der Consigliere hielt alle Fäden in der Hand. Ohne seine Kontakte und die korrupte Phalanx geschmierter Politiker, Richter und Polizisten waren auch die Albaner orientierungslose Fremde in Apulien. Sovrano wurde den Verdacht nicht los, dass der Consigliere über kurz oder lang sich von seinen albanischen Gefolgsleuten und Schlägern zum Don oder Capofamiglia krönen lassen wollte. Vorher würde er, Angelo Sovrano, dieser intriganten Schlange Rufano jedoch den Kopf abschlagen.

Angelo Sovrano stellte sich einen Stuhl aus der Küche in den schattigen Teil seiner Terrasse und blies den Zigarettenrauch in die kühle Vollmondnacht. Der Mond neigte sich gerade über die alten Tempelanlagen im Westen des Lidos, die ursprünglich von den Griechen um 700 vor Christus erbaut worden waren und dem Ort ihren Namen gaben. Metapont, eine griechische Ansiedlung in der Magna Graecia, die heute als Metaponto eine der zahlreichen Ansiedlungen des früheren antiken Süditaliens repräsentierte. Dieses Großgriechenland prägte mit der griechischen Sprache und Kultur die Küstenregion am Ionischen Meer, die erst sehr spät romanisiert wurde und noch heute in einigen Dörfern griechische Dialektfärbungen pflegte. Das Küstenstädtchen Metaponto lebte vorwiegend vom Sommertourismus und verfügt über einen ausgedehnten Strand mit sehr vielen Campingplätzen und einem guten Dutzend Hotels. Früher lag dieser Ort mit seinen Tempelanlagen direkt am Meer, verlandete im Verlauf der Jahrhunderte aber zusehends und ist heute durch einen ansehnlichen Sandstrand vom Ionischen Meer getrennt. Angelo Sovrano hatte diesen Ort gewählt, da zwischen dem Lido und dem eigentlichen Ortskern die strategisch wichtige Bahnlinie zwischen Reggio di Calabria im Westen und Taranto im östlichen Apulien verlief. Die Basilikata lag dazwischen, reichte bis ans Meer und war wegen ihrer landwirtschaftlich geprägten Unternehmungen für mafiöse Strukturen ungeeignet. Gemüseanbau, Obstplantagen, Oliven und etwas Fischfang waren die Grundfesten dieses Landstrichs, in dem vor allen die Italiener aus dem Norden Urlaub machten und unter sich blieben. Morgen Früh, bevor die Dauercamper ihre Prozession in die Tabaccheria und das Lounge Cafe De Mar starteten, wollte er sich mit dem Nötigsten im Dorfladen eindecken und sich nach einem ausgiebigen Frühstück auf seiner Terrasse endlich mit den Überwachungskameras der Polizei befassen, die er auf seinem Grundstück im Gargano eingesammelt hatte.

Noch bevor die Sonne vom Osten her ihre ersten Sonnenstrahlen über das Ionischen Meer an die Küste schickte, machte sich Angelo auf den Weg, ging die Viale Magna Grecia hinunter, am Campingplatz vorbei und bog an der Viala Esara in Richtung Strand ab. Der dichte Baumbestand, in den sich gut versteckt die flachen Wochenendhäuser duckten, lichtete sich schlagartig am Ortsrand und gab den Blick auf den weitläufigen Sandstrand frei.

Die Einkäufe waren schnell erledigt. Ausreichend Kaffee und Tabak verschwanden in seiner Einkaufstüte genauso wie eine große Tüte leckerer Tramezzini, die er sich zuhause im Toaster aufwärmen wollte. Der Laptop samt Kartenlesegerät war schnell aufgebaut und Angelo hatte sich einen Caffè d'orzo und etwas Süßgebäck mit an den Schreibtisch genommen. Bevor er die erste der vier Kameras öffnete, notierte er sich den Namen des Modells und ging im Internet auf die Suche nach dem Hersteller.

Er hatte richtig vermutet, die italienische Polizei benutzte ein deutsches Modell der Marke SecaCam, die auf ihrer Internetseite selbstverständlich eine Bedienungsanleitung zum Download bereithielten. In wenigen Sekunden war die mehrsprachige Anleitung heruntergeladen und kurz überflogen. Das als Wildkamera angebotene Modell hatte eine interne Menüführung, mit der so ziemlich alle Einstellungen individuell vorgenommen werden konnten. Die Polizei hatte alle vier Kameras auf eine Fotoauflösung von 5 Megapixel im Format 15:9 und im Überwachungsmodus konfiguriert. Die Videofunktion war disabled, dafür der unsichtbare Black-LED-Blitz und der Infrarot-Nachtsicht-Modus aktiviert. Die Bilder wurden auf eine 8 GB Speicherkarte übertragen. Die Option, die Fotos auf einen online erreichbaren Server zu übertragen, wurde nicht genutzt. Diese Einstellungen schonten die Batterien und je nach Bewegung im Gelände konnten in einem Überwachungszeitraum von vier bis fünf Tagen bis zu 1.500 Bilder auf die Speicherkarte geladen werden. Er hatte also die Originale ohne Onlinekopien auf den Speicherkarten.

Sovrano öffnete den Kartenschacht und entriegelte die Speicherkarte. Sein Laptop erkannte die Speicherkarte und begann automatisch die Aufnahmen auf die Festplatte zu überspielen. Er hatte hier jene Kamera erwischt, die den Zufahrtsweg zu seinem Haus überwachte, denn die ersten Aufnahmen hielten die Abfahrt der Carabinieri fest, die mit zwei Fahrzeugen am vergangenen Samstagmorgen ab 11:22:32 Uhr das Grundstück verließen und an Mazarellas Haus vorbei nach rechts in den Ort abbogen. Die Fotos waren in Farbe und wurden bei einer Außentemperatur von 12 Grad Celsius gemacht. Die blauweißen Carabinieri-Fahrzeuge bewegten sich in der Bildsequenz hinunter zu Mazarellas Haus. Sie fuhren also von Sovranos Elternhaus, das oben am Hang stand, die Zufahrt hinunter. Nach gut 30 Fotos war diese Sequenz vorbei, denn der Aufnahmeintervall war auf 5 Sekunden eingestellt. Danach war für diese Kamera erst einmal Sendepause bis 15:02:14 Uhr an diesem Samstag. Drei Wanderer, die von links nach rechts über sein Grundstück gingen, lösten die nächsten Aufnahmen aus und verschwanden in Richtung Dorf. Kurz danach, um 15:30:02 Uhr, kam Mazarella aus seinem Haus, ging einmal an der Stirnseite seines Hauses vorbei in seinen Garten und holte sich von dort offenbar ein Büschel Kräuter. Mazarella blieb auf dem Rückweg stehen und beobachtet das Haus von Sovrano und machte sich an einem der Fensterläden zu schaffen. Die Veränderung des einen Fensterladens war für Angelo Sovrano bestimmt, falls er ausgerechnet jetzt auftauchen sollte. Die einfache und unauffällige Aktion des Alten hatte ja auch ganz gut funktioniert.

Weiter Bildsequenzen bis in den späten Abend hinein lichteten die gesamte Flora des Gargano ab, die sich bis in die Dämmerung hinein auf der Obstwiese blicken ließ. Selbst ein Greifvogel, der auf dem Zaun landete und das Gelände lange beobachtete, war deutlich zu sehen. Sein Abflug fand genau 09:02:02 Minuten nach seiner Landung statt. Im Halbdunkel kamen dann noch einmal ein paar Wanderer ins Bild, die aus dem Gargano kommend ins Dorf liefen. Kurz danach dann ein Bild, auf dem nur ein Fenster von Mazarellas Haus zu sehen war. Offenbar reagierte die Kamera auch auf das Einschalten von Lichtquellen, denn Mazarella tauchte dann im nächsten Bild an diesem erleuchteten Fenster auf.

Die Nacht war absolut ruhig, bis um 01:56:24 Uhr ein Dachs auf dem Zufahrtsweg von der Kamera eingefangen wurde. Diesmal waren es Graustufen-Infrarot-Fotos, die diesen Dachs auf 15 Bilder gestochen scharf ablichteten, bevor er im Gras verschwand. Die Bildsequenz startete erst am Morgen um 06:30:02 Uhr wieder mit einer Gruppe Rotwild, die zum Äsen auf die Obstwiese kam.

Der Sonntagmorgen war ohne jegliche Besonderheiten bis auf zwei Autos, die unten an Mazarellas Haus vorbei ins Dorf fuhren. Erst um 13:02:17 Uhr löste ein Motorradfahrer die Kamera erneut aus, der an der Weggabelung an Mazarellas Haus einbog und auf halbem Weg zu Angelos Haus nach links ausscherte, um auf dem Trampelpfad der Wanderer im Wald zu verschwinden. Sovrano scrollte den Sonntag im Schnellgang durch und hielt seine Bilderschau erst wieder am Dienstagvormittag an, als die Kamera um 10:32:48 Uhr einen roten Alfa Romeo einfing, der die Auffahrt zu seinem Haus nahm. Bevor der Wagen das Blickfeld der Kamera verließ, notierte Angelo das Kennzeichen BA. Das letzte Foto dieser Sequenz zeigte dann im Hintergrund noch Mazarella, der aus dem Haus kam und dem roten Alfa Romeo nachsah.

Wäre er doch bloß im Haus geblieben, denn etwa eine halbe Stunde später fuhr der Alfa Romeo wieder die Zufahrt hinunter und hielt direkt vor Mazarellas Haus. Die Insassen des Alfas hatten also 30 Minuten in Sovranos Haus rumgeschnüffelt und sich dann auf den Rückweg gemacht. Die Bildsequenz zeigte zwei Männer, die aus dem Wagen stiegen und zu Mazarellas Haustüre gingen. Der Besuch bei seinem Freund war nach 42 Minuten beendet. Die beiden stiegen um 11:46:12 Uhr in den Wagen und fuhren ab. Auf ihrem Rückweg zum Auto konnte er die beiden zum ersten Male von vorne sehen. Sovrano vergrößerte die Aufnahmen. Der Kleinwüchsige war ihm nicht bekannt, aber den anderen kannte er. Das war Tomini Goga aus Tirana in Albanien, dem er vor Jahren in Manfredonia begegnet war, als die Albaner bei der Polizei auftauchten, um sich nach ihrem verschwundenen Schiff zu erkundigen.

Goga war damals mit seinen Kollegen nach dem Besuch der Polizeistation durch die Bars im Hafen gezogen, um Erkundigungen über jene Italiener einzuholen, die die Schiffsplanke des albanischen Schiffes im Mittelmeer aus dem Fischernetz geborgen hatten. Die befragten Italiener stellten sich allerdings dumm und erst als Goga und seine Mannen ihren Fragen etwas handgreiflicher Nachdruck verliehen, beendeten die Carabinieri die Aktion und forderten die Albaner auf, die Stadt zu verlassen. Goga war bekannt dafür, dass er zu jenen Typen gehörte, die für die osteuropäischen Clans aus Albanien und Montenegro die Drecksarbeit erledigten.

Den Zwerg hatte er allerdings noch nie gesehen, aber nach der Kleidung und seinem Aussehen zu urteilen, war der Kleinwüchsige auch ein Osteuropäer. Beide kamen mit einem Fahrzeug hier ins Gargano, welches ein normales Kennzeichen aus Bari trug. Ein Mietwagen war somit ausgeschlossen. Die normale Zulassung deutete eher auf den Alfa Romeo Fuhrpark von Zizzo hin, da die sechsstellige Zulassungsnummer nach dem BA mit einem Z begann. Die Fotos mit den beiden Albanern druckte er zweimal aus. Die erste Fassung war für seinen Besuch beim Consigliere bestimmt und die zweite Fassung wollte er der Polizei anonym zusenden. Sicher ist sicher, denn wenn er die beiden Gauner nicht erwischen sollte, hatten die Carabinieri einen guten Grund und Beweismittel, um sich auf die Suche nach den Mördern von Mazarella zu machen. Weitere Aufnahmen dieser Kamera waren für Angelo Sovrano uninteressant, bis er selbst am Dienstagabend ins Bild stolperte. Das war also der Zeitpunkt, nachdem er Mazarella gefunden und wutentbrannt auf dem Weg zu seinem Haus die Kameras eingesammelt hatte. Das letzte Foto auf der Wildkamera war eine Aufnahme von ihm selbst, als er um 20:28:37 Uhr mit seiner Hand nach der Kamera griff. Drei schwarze Fotos weiter brach die Sequenz für immer ab.

Angelo Sovrano holte sich einen frischen Becher Kaffee und nahm einen Bissen von den kalten Tramezzinis. Die zweite Kamera wurde geöffnet und die ersten Bilder zeigten den Standort, an dem diese Kamera untergebracht war. Es war einer der Bäume links vom Weg und die Kamera hatte den gesamten

Raum vom Waldrand Richtung Dorf bis hin zur Hausfront seines Elternhauses im Blickfeld. Auch hier begann der Bilderreigen mit ein paar Uniformierten, die ihre Streifenwagen bestiegen und den Zufahrtsweg zu Mazarellas Haus hinunterfuhren. Auf halben Weg zu Mazarellas Haus fuhren die Fahrzeuge aus dem Blickfeld der Kamera. Angelo Sovrano scrollte bis zu jenem Dienstagmorgen, als um 10:33:10 Uhr der rote Alfa Romeo vor Sovranos Haus hielt und die beiden Gauner ausstiegen. Während Goga sich sogleich an der Eingangstür zu schaffen machte, stand der Zwerg bewegungslos am Auto und schaute hinunter zu Mazarellas Haus. Offenbar hatte er den Alten entdeckt, der neugierig dem roten Alfa Romeo nachschaute. Knapp 40 Sekunden später folgte der Zwerg seinem Partner Goga ins Haus. Nach 20 Minuten kamen beide wieder heraus und trennten sich. Der Zwerg ging ums Haus herum auf die Rückseite und kam nach fünf Minuten auf der anderen Seite wieder zum Vorschein, während Goga den Schuppen aufbrach und dort seine Suche fortsetzte. Nachdem beide den Schuppen durchsucht hatten, standen sie vor dem Haus und beratschlagten, stiegen um 11:04:02 Uhr in den Wagen und fuhren hinunter zu Mazarellas Haus. Die Überwachung endete auch hier mit den Aufnahmen, wie er die Kamera aus dem Baum holte und in seine Tasche steckte. Angelo Sovrano suchte sich die besten Fotos aus, auf denen beide gut und deutlich zu sehen waren und druckte auch diese Bilder aus. Die Duplikate steckte er in den Umschlag für die Polizei.

Die dritte Kamera hatte die Rückseite des Hauses im Blickfeld und zeigte den Kleineren der Gauner in einer Bildsequenz, als dieser das Haus umrundete und die Verschalung der Rückwand inspizierte. Die Fotos, auf denen er gut sichtbar den Waldrand musterte und dabei direkt in die Kamera blickte, schickte er auf den Drucker. Der Kerl sah aus wie ein Troll. Dicke Knollennase, aufgedunsenes Gesicht und eine leicht schiefe Körperhaltung. Ein Kinderschreck mit einem verstohlenen und verschlagenen Blick. Blieb noch die vierte Kamera, die rechts von der Zufahrt das Haus überwachte und den Raum vom rechten Waldrand bis hinüber zur Hausfront im Blickfeld hatte. Auch hier war der Dienstag der endscheidende Tag, an dem Goga und der Kleinwüchsige vor dem Haus parkten und die Durchsuchung seines Elternhauses begannen. Pünktlich um 11:04:02 Uhr fuhren sie nach gut 30 Minuten hinunter zu Mazarellas Haus. Als letztes Foto für die Polizei legte er noch die Aufnahme von Mazarella in das Kuvert, auf der der Alte in die Kamera winkte.

Die Koffer mit seinen privaten Unterlagen hatte er bis zum Abend sortiert. Bankunterlagen, Kontoauszüge, Bargeld und die Besitzurkunden seiner Immobilien verstaute er in einem der Koffer. Sprengstoff, Waffen und seine Killerutensilien landeten im zweiten Koffer. Der Rucksack wurde mit zwei Garnituren Wäsche, Hosen und Shirts gepackt und in das Extrafach kam die Glock samt Schalldämpfer und ausreichend Munition. Ins Seitenfach steckte er seine neue Identität, den Pass, Kreditkarten und ein neues Mobiltelefon samt mehreren PrePaid-Karten. Die Reisegarnitur des Guiseppe Ricci war gepackt.

Nach einem ausgiebigen Essen im Lounge Cafe De Mar und einem Spaziergang am Meer holte er am Nachmittag das Restmaterial seiner letzten Renovierung aus der Garage und zimmerte an der fensterlosen Küchenwand einen schmalen Vorbau, der Platz für die beiden Koffer und seine großkalibrigen Waffen bot. Alles verschwand hinter dieser Wand, die er mit Rigipsplatten verschloss und mit Spachtel verfugte. Die restliche Farbe aus der Garage reichte aus, um den mit den Resten einer Raufasertapete überklebten Mauervorsprung zu überstreichen. Ein wenig Staub und Schmutz der Terrasse auf die frische Farbe geblasen, ließ das Werk künstlich altern und als krönenden Abschluss schob er den alten Küchenschrank vor die neu eingezogene Wand. Außer dem Rucksack, ein paar Klamotten zum Wechseln, jede Menge Bargeld, Waschzeug und seine Glock hatte er noch eine doppelläufige Flinte mit kurzem Lauf und ausreichend Munition für seine Abreise bereitgelegt. Den Abend verbrachte der damit, einen Brief an die Geschwister Pescatore zu schreiben, in dem er seinen Freunden nochmals die Nutzung seiner Immobilien anbot und auf einem kleinen Blatt zeichnete er das Versteck in der Küche ein. Den Brief samt Anweisungen, wo die Hausschlüssel für seine Wohnungen zu finden wären, wollte er per Einschreiben nach Siponto ins Lido schicken. Gegen 20 Uhr lud Angelo Sovrano seinen Rucksack und die Flinte in den Panda, setzte rückwärts auf die Straße und verschloss die Garage. Den Schlüssel zur Haustüre deponierte er in einem Hohlraum der verklinkerten Hauswand, die er mit einem losen Ziegel verschloss. Ohne sich umzusehen, fuhr Angelo Sovrano in Richtung Norden auf der SP3 hinauf nach Matera. Dort befand sich ein weiteres Versteck in einer kleinen Wohnung oberhalb der Sassi, die einen geheimen Zugang zu einer der Felsenwohnungen hatte. Hier hatte er vor Jahren einen großen Vorrat jener Überraschungseier versteckt, mit denen damals die neuen Autobahnabschnitte der A2 auf der Strecke von Salerno nach Reggio Calabria, quasi durch das Gebirge gesprengt wurden. Er hatte von diesem Teufelszeug mehrere Kisten mitgehen lassen, die bei Tarsia für den Tunnelbau benötigt wurden. Der Inhalt dieser Kisten würde ausreichen, um einen kompletten Stadtteil auszuradieren.

Am Morgen nach seiner Abfahrt aus dem Lido di Metaponto führte ihn sein Weg zunächst zum Postamt in der Via del Corso in Matera. Hier ließ er das Einschreiben an die Geschwister Pescatore und den Brief an die Carabinieri wiegen und ausreichend frankieren. Abschließend steckte er dann beide Briefe wieder ein, um sie irgendwo im Raum Bari in einen Briefkasten zu werfen. Er hatte noch nie einen Brief mit Poststempel aus der Basilikata abgeschickt, denn Matera und Metaponto waren seine Rückzugsgebiete, in denen er ausschließlich mit Bargeld bezahlte und keine digitalen Spuren hinterließ. Sovrano ging die Via Ridola zur Piazza Duomo hinunter. Hier auf der felsigen Landzunge endete die Stadt Matera und stürzte an einer Steilwand tief hinab in die Torrente Gravine. Sein Lieblingscafe mit Blick in den Abgrund der Sassi war offen. Das zweite Frühstück mit Espresso und Cornetto war ein Genuss. Frisch gestärkt ging er hinüber zur Kathedrale von Matera, um sich von einem der dort immer anwesenden Priester des Erzbistums Matera unter der Statue Mariä-Heimsuchung der Gottesmutter und des Heiligen Eustachius die Beichte abnehmen zu lassen.

Angelo Sovrano trug ein Amulett des Heiligen Eustachius. Dieser Heilige wurde vor seiner Bekehrung zum christlichen Glauben Placidus gerufen und befehligte als Heermeister eine römische Legion in Kleinasien. Eustachius ist auch einer der 14 Nothelfer und wird neben dem Heiligen Hubertus als Schutzpatron der Jäger verehrt. Und Angelo Sovrano verstand sich schon immer als Jäger.

Das Appartement in Matera war schnell aufgeräumt, der Zugang zur Felsenwohnung in der Sassi wieder verschlossen und die Kiste mit den hochexplosiven Überraschungseiern im Fiat Panda verstaut. Auch hier beseitigte Angelo Sovrano gewissenhaft seine Spuren und stieg in den Wagen. Die SS 99 in Richtung Altamura war am Freitagabend kaum befahren. Kurz nach 16 Uhr überquerte er die Grenze nach Apulien und traf in der Abenddämmerung in den Olivenhainen hinter Molfetta ein. Sovrano bog in die Strada Viccinale Grotte ein, die am Wochenendhaus der beiden Gangsterbosse Salva und Zizzo vorbeiführte. Im Schritttempo fuhr Angelo an der Zufahrt zur Villa vorbei und bog außer Sichtweite des Anwesens in das Gelände ein. Mazarellas Allrad-Panda schlängelte sich ohne Probleme durch den Bestand der Olivenbäume und an einer besonders dicht bewachsenen Stelle rollte Sovrano in eine Senke und schaltete den Motor ab. Der Platz war ideal. Angelo schnappte sich seinen Rucksack, den Karton mit den Überraschungseiern, das Fernglas und eine Thermoskanne mit heißem Tee.

Das Anwesen lag unbeleuchtet vor ihm. Den Abend verbrachte er damit, das Anwesen auszukundschaften, und kurz nach Mitternacht machte sich Angelo Sovrano auf den Weg. Langsam schlich er auf die äußere Umfriedung des Anwesens zu. Niemand zuhause. Plötzlich ging in einem der Zimmer Licht an und kurz darauf wurde auch der Raum daneben beleuchtet. Nach wenigen Minuten war der Spuk vorbei und nacheinander gingen die Lichter wieder aus. Blasenschwäche dachte Sovrano und erinnerte sich an das alte Hauspersonal, das bei seinem letzten Besuch das Essen servierte. Das Hauspersonal war demnach anwesend, um das Wochenende vorzubereiten. Angelo ging weiter und entfernte sich dabei vom Haupteingang. Seine Erinnerung war richtig. In der Mitte der Einfriedung hatte er bei seinem letzten Besuch einen Nebeneingang registriert. Die Tür war kein ernstes Hindernis und wenig später stand Angelo im Innenhof des Anwesens. Hier würde er im Brunnen die erste Ladung seines Spezialsprengstoffs deponieren, der selbst Stahlträger durchtrennte und Granitfelsen pulverisierte. In Verbindung mit Phosphor entwickelte sich die Sprengung nach der Explosion zum Flächenbrand. Insgesamt positionierte Sovrano 12 Ladungen dieses brandgefährlichen Gemischs in den Gebäuden, im Torhaus und vor allem in der Zufahrt zum Gelände. Ausgehend von der größten Ladung im zentral gelegenen Brunnen, wird dieses Teufelszeug alle Ausgänge zertrümmern und als Feuerwalze vom Zentrum aus durch die Gebäude rollen. Ausgelöst wird die Sprengung durch einen Mobilfunkanruf, dessen Hauptzünder mittels einer Impulszündung alle Ladungen gleichzeitig auslöste.

Gegen 3 Uhr morgens waren die Villa und die angrenzenden Gebäude präpariert und Sovrano gönnte sich eine kurze Ruhephase. Die Dämmerung setzte gegen 7:45 Uhr ein. Zeit sich mit ein paar Schritten die Steifheit aus den Gliedern zu schütteln. Wenn alles nach Plan verläuft, dann tauchen die beiden Bosse kurz vor dem Mittagessen in ihrem Domizil im Olivenhain auf, um ihre Wochenendvergnügen zu starten. Angelo hatte Zeit. Das Tor zur Hölle war präpariert und diesen Rums überlebte keiner, der sich im Umkreis von 200 Metern befand.

Zeit um sein neuestes Spielzeug auszuprobieren. Ein illegales Ortungsgerät für Mobilfunkgeräte, um den Standort des Consigliere zu lokalisieren. Die Bosse selbst waren offenbar zu blöde, um ein Smartphone zu bedienen. Der Consigliere hatte ihm vor Monaten einmal in einem weinlaunigen Gespräch verraten, dass Salva und Zizzo mit neuen Medien nicht klarkamen und ihre Technikkompetenz im Zeitalter der Wählscheibe eingefroren war. Zudem war es zu gefährlich, diesen beiden Vollpfosten moderne Technik anzuvertrauen. Dann könnte man der Polizei und den Anti-Mafia-Einheiten der Carabinieri gleich die Einsatzpläne der La Quarta zustellen. Besser, die lassen die Finger von dieser Technik. Vorteilhafter auch für den Consigliere, der damit alle Fäden in der Hand hielt, dachte Angelo Sovrano damals.

Die erste bekannte Rufnummer des Consigliere war nicht im Netz eingewählt. Seine Notrufnummer hingegen konnte Angelos Zauberkasten in Bari orten. Auch die letzte ihm bekannte Nummer des Consigliere, die Angelo Sovrano am Abend des überstürzten Aufbruchs in Bremen nutzte, war ebenfalls im Stadtteil Macario von Bari eingeloggt. Dr. Aldo Rufano war also zu Hause. Seine Villa lag inmitten des hermetisch abgeschirmten Wohnviertels östlich von Bari und war technisch hervorragend angebunden. Dieses Wohnviertel hatte die höchste Dichte an Swimmingpools und Überwachungskameras in ganz Apulien.

Drüben in der gut zwischen Olivenbäumen versteckten Villa geschah offenbar nichts. Er packte zusammen und ging zurück zum Panda, als im Morgengrauen ein alter Lada Geländewagen mit heulendem Motor das Anwesen verließ. Es war das Verwalterehepaar, das offensichtlich zum Einkaufen nach Molfetta fuhr. Die beiden waren also erst einmal eine Weile weg und hatten das schwere Tor zum Anwesen verschlossen. Angelo hatte gerade die Zufahrt zum Anwesen seiner ehemaligen Bosse verlassen und war auf die Hauptstraße in Richtung Bitonto abgebogen, als aus Richtung Bari zwei Limousinen in die Zufahrt einfuhren. Im Rückspiegel konnte Angelo die weiße Lancia Thesis Limousine der Bosse erkennen, der ein roter Alfa Romeo folgte. Diese Fahrzeuge kannte er noch von seinem offiziellen Besuch im vergangenen November. Das waren die Bosse mit ihren Bewachern. Angelo Sovrano fuhr rechts ran und wendete in einer schnellen Aktion sein Fahrzeug. Die beiden Limousinen waren bereits im Olivenhain verschwunden und nur die Staubwolke zeigte ihren aktuellen Standort. Sovrano folgte der Staubwolke bis zur Zufahrt des Anwesens. Das Tor stand jetzt offen und die Fahrzeuge waren bereits eingefahren. Er musste jetzt alles auf eine Karte setzen, noch bevor das Hausmeisterehepaar zurückkam. Den Panda wendete er zwischen den Olivenbäumen und fuhr zurück Hauptstraße. Nach gut zwei Kilometer hielt Sovrano seinen Wagen an und wählte die Nummer seines Überraschungspaketes im Brunnen der Villa. Der Zünder war auf dreimal Klingeln eingestellt. Kaum war der dritte Signalton verklungen, sah er rechts von seinem Standort inmitten des Olivenhains einen rotgelben Feuerschein, indem elf weitere Sprengladungen gen Himmel schossen. Die Feuerwalze war auch in zwei Kilometer Entfernung sehr gut zu sehen und loderte meterhoch über den Baumkronen. Als zwei weitere gewaltige Detonation ihre Flammen in den grauen Morgenhimmel schickte, war Angelo zunächst verwundert, denn nach seiner Rechnung waren alle zwölf Pakete sauber explodiert und hätten sich zu einem gewaltigen Feuerball vereint. Was um alles in der Welt hatte diese gewaltige Stichflamme gen Himmel geschickt? Kurz darauf fiel es ihm wieder ein. Das Anwesen hatte in einem Nebengebäude einen sehr großen Gastank installiert, der das gesamte Anwesen versorgte. Zufrieden startete er den Panda, setzte seinen Blinker und fuhr ohne Eile nach Bitonto.

Den Samstag verbrachte er in der Altstadt von Bitonto mit einem guten Mittagessen und gegen 13 Uhr flackerten die ersten Bilder über die Regionalsender. Das Höllenfeuer brannte immer noch und die Szenerie der eingefangenen Bilder ließ keinen Zweifel daran, dass dieses Anwesen dem Erdboden gleich gemacht wurde und niemand dieser Feuerhölle entkommen war. Die Reporterin bemühte sich ein altes Ehepaar zu befragen, die neben ihrem Lada Geländewagen standen und kreidebleich ins Mikrofon stammelten. Sie dankten Gott, dass dieses Unglück in ihrer Abwesenheit über das Anwesen hereingebrochen sei und vor allem die alte Haushälterin bekreuzigte sich ohne Unterlass und brachte außer fürchterlichen Gejammere keinen vernünftigen Satz zustande.

Angelo Sovrano schlürfte seinen heißen Espresso hinunter und machte sich auf die Suche nach einem Briefkasten. Gegen Abend hielt er auf seinem Rundgang Ausschau nach einem repräsentativeren Fahrzeug, denn im Villenviertel Macario konnte er sich mit Mazarellas Schaukel nicht blicken lassen. Das exklusive Villenviertel kannte nur extravagante Limousinen, SUV's und vor allem Sportwagen der gehobenen Klasse. Ein Fiat Panda wäre sofort vom zivilen Wachschutz angehalten und der Fahrer der Polizei übergeben worden. Was er hier brauchte, war mindestens ein Porsche 911 Turbo oder ein neuer Ferrari Roma. Frechheit siegt, dachte Angelo Sovrano kurz, als er den Eingang des Hotels Imperial im Zentrum eine Weile beobachtet hatte, wie dort die ankommenden Gäste empfangen wurden und eifrige Portiers die Fahrzeuge der Gäste in eine Tiefgarage brachten. Den mitleidsvollen Blick des Portiers nahm Angelo gelassen, als er mit dem Panda vorfuhr. Er steckte dem Typen einen 50 Euro-Schein ins Revers und schon änderte sich die Miene des Mannes in ein freundliches Lächeln. Angelo Sovrano schnappte sich den Rucksack und checkte als Guiseppe Ricci für eine Nacht ein.

„Ich hatte eine Panne mit meinem Wagen. Die Werkstatt konnte mir leider nur einen Kleinwagen zur Verfügung stellen", begrüßte er den Portier, der seinen Wagen übernommen hatte, und widmete sich der Kollegin hinterm Tresen.

„Ich bleibe nur eine Nacht, würde aber gerne noch einen Tisch für heute Abend im Restaurant reservieren", rechtfertigte Angelo Sovrano seinen Freizeitlook und das leicht verbeulte Auto.

„Kein Problem mein Herr", erwiderte die adrette Empfangsdame, „der Tiefgaragenplatz für den Kleinwagen kostet aber genauso viel wie der Platz für eine Limousine", fuhr sie Angelo in einem herrischen Tonfall an und schob ihm die obligatorischen Anmeldebögen über den Tresen.

„Ich benötige dann noch Ihren Ausweis und Ihre Kreditkarte."

Beides hatte Angelo Sovrano bereits griffbereit und die Golden Card wurde belastet. Das Anmeldeformular gab er mit einem 50 Euro-Schein und einem Augenzwinkern zurück. Wie freundlich doch die Welt sein kann, wenn schlecht bezahlte Angestellte ihren ersten Eindruck korrigieren und freundlich lächelnd die Geldscheine wegsteckten. Er hatte sein Zimmer, ging sich frischmachen und kehrte am Abend in die Vorhalle des Hotels zurück. Das Restaurant hatte bereits geöffnet und Angelo wurde an seinen reservierten Platz geführt. Ein Blick auf sein Smartphone und ein breites Grinsen huschte über sein Gesicht. Der Consigliere hatte sich nach seinem Ausflug am Morgen unweit der Villa nahe Molfetta aufgehalten, war dann ins Zentrum von Bari gefahren und gegen Abend in seine Villa zurückgekehrt. Die Mobilfunkgeräte des Consigliere waren an Ort und Stelle in Macario eingeloggt und wurden seit zwei Stunden nicht mehr bewegt.

Gegen 21:40 Uhr war Angelo Sovrano fertig zum Ausgehen, schlenderte an der Rezeption vorbei und gab seine Zimmerschlüssel ab. Vor dem Hotel angekommen, sondierte er die Auffahrt und ging Richtung Innenstadt. In einer dunklen Seitengasse stand ein nagelneuer Dodge Challenger SRT Hellcat Sportwagen. Die Motorhaube war kalt. Demnach stand der Wagen schon eine Weile. Mit wenigen Handgriffen war die Tür geöffnet und das Auto startklar. Angelo Sovrano fuhr aus der Stadt Richtung Bari. Das Villenviertel Macario lag knappe 30 Kilometer von seinem Hotel entfernt, war aber über die Schnellstraße mit diesem Dodge in knapp 20 Minuten erreicht. Wie erwartet wurde er mit diesem Fahrzeug nicht an der Zufahrt zur Siedlung kontrolliert. Sovrano fuhr zügig in die Nähe der Villa des Consigliere und stellte den Wagen ein paar hundert Meter vor der Nummer 28 im Schatten einer Mauer ab. Er ging zu Fuß zum Grundstück des Consigliere.

Das Haus war beleuchtet, aber niemand bewegte sich hinter den großen Fenstern. Angelo Sovrano ging rechts an der Villa vorbei nach hinten in den Garten und blieb hinter einer Hecke stehen. Der Consigliere saß in einer Campingliege und paffte genüsslich eine Zigarre. Niemand sonst war zu sehen. Die Glock lag schwer in Angelos Hand. Ruhig prüfte er nochmals den Sitz des Schalldämpfers und entsicherte die Waffe. Mit der linken Hand holte Angelo Sovrano einige der Fotos aus der Hosentasche, auf denen Tomini Goga und der hässliche Zwerg abgelichtet waren. Urplötzlich tauchte Sovrano neben dem Consigliere auf und warf ihm die Fotos in den Schoß. Aldo Rufano starrte entgeistert direkt in die Augen von Angelo Sovrano, sein Weinglas zersplitterte auf dem Terrassenboden und die Zigarre plumpste in seinen Schritt. Den Mund zu einem Schrei geöffnet, durchschlug seine Stirn die erste Kugel aus Sovranos Pistole und erstickte seine Panikattacke. Ein weiterer Schuss ins Herz warf den Körper des Consigliere zurück auf die Liege und der dritte

Schuss durchbohrte direkt das linke Auge. Angelo Sovrano hatte der Schlange den Kopf abgeschlagen. Er nahm die brennende Zigarre des Consigliere und warf sie in den Swimmingpool. Die Polizei wird Dr. Aldo Rufano genauso auffinden. Hingerichtet und mit den Fotos seines albanischen Mordkommandos im Schoß. Welche Schlüsse die Carabinieri aus dieser Hinrichtung ziehen werden, war Angelo Sovrano im Moment ziemlich egal. Die Überwachungskameras des Villenviertels werden wahrscheinlich einen roten Dodge lokalisieren, dem ermittelten Halter die Hölle heiß machen und nach einem dunkel gekleideten Mann mit Baseballmütze fanden, dessen Gesicht durch den Schirm der Mütze verdeckt war.

Angelo Sovrano hatte den zweiten Teil seines selbsterteilten Auftrages erledigt und ging ohne Hast zurück zum geklauten Dodge. Nach zwanzig Minuten Fahrt stellte er den Donnervogel in Bitonto in einer Seitengasse ab und ging gelassen wie nach einem Stadtbummel zurück ins Hotel. Die Mütze und die Handschuhe verschwanden in einer Mülltonne, die umgeben von einem Berg von Müll am Straßenrand stand.

Es war kurz nach 23 Uhr und die Nachtschicht der Hotel-Rezeption reichte ihm seine Zimmerkarte. Pünktlich um 23:18:21 Uhr registrierte der Hotelserver die Zugangskarte zu Zimmer 214. Angelo Sovrano schenkte sich Cognac aus der Hausbar ein, löschte das Licht und öffnete die Balkontür. Die Zigarette schmeckte diesmal besonders gut. Der Rauch stand in der feuchten Luft etwas länger als gewöhnlich und Angelo stach mit seiner Kippe mitten hinein. Sichtlich zufrieden durchkreuzte er auf seiner imaginären Liste die Namen Angelo Salva, Riccardo Zizzo und Aldo Rufano. Die Albaner waren somit ohne Führung und Schutz der La Quarta-Familien aus Bari. Spätestens in zwei Tagen werden in der Küstenregion Apuliens von Bari bis hinauf nach Manfredonia erbitterte Revierkämpfe um die Nachfolge stattfinden. Mittendrin die Carabinieri, die den Mord an Mazarella, die Hinrichtung des Consigliere und wahrscheinlich auch das Rätsel der verbrannten Leichen im Olivenhain lösen müssen. Das Wochenendhaus der La Quarta Bosse wurde ebenso dem Erdboden gleichgemacht, wie das Haus dieses gesuchten Killers aus dem Gargano. Wer um alles in der Welt hat hier aufgeräumt und wer sind die beiden Osteuropäer in dem roten Alfa Romeo, der auf die Firma Zizzo zugelassen ist? Eine Menge Fragen für die Polizei und um sie herum toben die Revierkämpfe, bei denen weitere Opfer erstochen, erschossen oder zerstückelt auftauchen werden. Angelo Sovrano lächelte und kreiste die Köpfe von Tomini Goga und diesem hässlichen Zwerg aus Albanien mit einem roten Stift ein.

„Ihr werdet ab heute nicht nur von mir gesucht, ihr Dreckskerle", nahm das Foto an einer Ecke zwischen die Finger und zündete das Bild an. Tomini und der Zwerg warfen zunächst Blasen auf dem Fotopapier. Ihre Gesichter waren bereits verglimmt, als Angelo den Rest des glimmenden Fotopapiers in eine Schale auf dem Tisch warf, bis auch der Rest zu Staub zerfallen war.

Der Sonntagmorgen spendierte einen strahlend blauen Himmel und Angelo Sovrano wurde durch die ersten Sonnenstrahlen geweckt, die durch die offene Balkontür das Zimmer fluteten. Es war bereits 9:30 Uhr. Genug Zeit, um ein Frühstück einzunehmen. Sovrano duschte, wechselte die Kleider und packte seinen Rucksack. An der Rezeption wurde ihm die Rechnung ausgestellt. Seinen Wagen wollte er nach dem Frühstück selbst aus der Tiefgarage holen aber bereits jetzt auschecken. Die Formalitäten waren schnell erledigt und der Frühstückraum lockte mit dampfenden Kaffee und frischen Cornettos. In der Lounge liefen immer noch die Bilder von dem

Großbrand nahe Molfetta, der erst in den frühen Morgenstunden nach gut 24 Stunden eingedämmt und gelöscht werden konnte. Kein Wort über den hingerichteten Dr. Aldo Rufano. Offenbar hatten sie seine Leiche noch nicht gefunden, dafür aber vier verkohlte Leichen in dem Anwesen bei Molfetta. Die seien zwar noch nicht endgültig identifiziert worden. Lediglich die beiden ausgebrannten und teilweise in der Hitze geschmolzenen Fahrzeuge konnten anhand ihrer stark beschädigten Kennzeichen zugeordnet werden. Die größere Limousine war auf den Unternehmer Angelo Salva zugelassen, die kleinere Limousine gehörte zum Fuhrpark der Spedition Zizzo. Dem Haushälterehepaar zufolge waren die beiden Unternehmer Salva und Zizzo an den Wochenenden meist in ihrem Wochenendhaus zu Gast und wurden dabei von Mitarbeitern begleitet. Näheres zu den aufgefundenen Toten könne jedoch erst nach einer eingehenden Obduktion festgestellt werden.

Angelo Sovrano war sich hingegen sicher, dass er die beiden Bosse erwischt hatte, nahm seinen Rucksack und verließ das Hotel über die Tiefgarage mit Mazarellas altem Panda. Am Morgen hatte er einen Entschluss gefasst, der seinen ursprünglichen Plan über den Haufen warf. Weshalb sollte er sich bei der Suche nach den beiden Albanern unnötig der Gefahr aussetzen, in den bevorstehenden Machtkämpfen der Familien verraten zu werden oder im Rahmen einer nervösen Polizeiaktion der Carabinieri gefasst zu werden. Tomini Goga und der Zwerg würden mit Sicherheit im Knast landen oder von ihren eigenen Leuten aus dem Weg geräumt werden, um jeglichen Verdacht vom albanischen Lager abzuwenden. Für den Fall, das die beiden ins Gefängnis wandern, hätte er genügend Kontakte, um ihnen dort das Leben zur Hölle zu machen. Jetzt aber war Vorsicht geboten.

Angelo Sovrano hatte sich vorgenommen, die nächsten fünf Jahre von der Bildfläche zu verschwinden. Danach konnte er in seine Heimat zurückkehren und nach seinen Freunden, den Geschwistern Pescatore, die weiteren Schritte planen. Angelo Sovrano fuhr mit dem Panda zunächst in Richtung Potenza und anschließend bis nach Salerno bei Neapel. Er wollte den Süden Italiens so schnell wie möglich hinter sich lassen und hatte sich als Ziel die französische Hafenstadt Marseille ausgesucht. Von Potenza nach Genua waren es knappe 840 Kilometer und mit allen Pausen wäre er bestimmt 10-11 Stunden unterwegs, denn der Allrad-Panda schaffte gerademal 100 km als dauerhafte Höchstgeschwindigkeit, falls er die Strecke überhaupt ohne Panne bewältigen würde. Sovrano streichelte das Armaturenbrett und redete dem Auto von Mazarella gut zu. Bisher war er mit diesem unscheinbaren Wagen gut gefahren. Der kleine Blechhaufen passte gut in die Landschaft und es gab wohl nichts Unauffälligeres im Mezzogiorno als dieses Alltagsauto. Angelo Sovrano legte den ersten Gang ein und startete durch.

Nach zwei Tagen hatte er es tatsächlich bis Genua geschafft. Unterwegs hatte er an der Autobahn in der Nähe von Florenz in einem Motel übernachtet. Wenn er sich ranhielt, könnte er es bis zum Abend noch bis nach Ventimiglia kurz vor der Grenze nach Frankreich schaffen. Immer an der italienischen Riviera entlang würde er außerhalb der Ortschaft Ventimiglia sich ein letztes Mal von allem Ballast trennen, alle Unterlagen vernichten und als Guiseppe Ricci frisch gewaschen und rasiert am Bahnhof Ventimiglia den Zug nach Marseille nehmen. Der Platz an der Küstenstraße war ideal. Gleich hinter einem Tunnel erledigte Sovrano mit wenigen Handgriffen das Aussortieren auf einem Rastplatz und verbrannte die paar Habseligkeiten in einer Mülltonne am Straßenrand. Danach setzte er sich in den Panda, den er in einer Seitengasse vor dem Bahnhof stehenließ. Angelo Sovrano wischte Lenkrad, Gangschaltung und die Armaturen ab. Danach schulterte er seinen Rucksack und warf auf dem Weg zum Bahnhof die Autoschlüssel des Fiat Panda in den Gulli. Von

Ventimiglia ging eine direkte Verbindung nach Marseille. Er buchte eine einfache Fahrt in der 1. Klasse, nahm die Tickets und setzte sich in eine Bar am Bahnhofsvorplatz. Der Zug fuhr pünktlich in den Bahnhof ein und nach vier Stunden Fahrt traf er gegen 22:30 Uhr in Gare de Marseille Saint-Charles ein. Morgen früh würde er dann mit dem Taxi zu seinem eigentlichen Ziel aufbrechen.

Guiseppe Ricci, alias Angelo Sovrano, bestieg am Mittwochmorgen um 9 Uhr ein Taxi vor dem Ibis Styles Hotel gegenüber dem Gare Marseilles Saint-Charles und drückte dem Fahrer einen Zettel in die Hand. Keine Fragen, alles klar. Der Fahrer legte den Gang ein und verließ Marseilles in Richtung Osten, um auf die A50 aufzufahren. Nach knapp 25 Kilometer hielt das Taxi an, Guiseppe Ricci bezahlte und stieg aus. Nachdem der Fahrer den Platz verlassen hatte, setzte sich Guiseppe Ricci auf eine der zahlreichen Parkbänke und musterte die gegenüberliegende Steinmauer mit den goldenen Lettern. Links von ihm duckte sich ein flaches längliches Gebäude mit rotem Ziegeldach in den Hang, das von einem schmiedeeisernen Zaun abgeschirmt wurde und an dieser braunen Steinmauer mit großen Quadern endete. Eine goldene Fackel mit dem Schriftzug Commandement Legion Etragere, 1er Regiment Etrager prangte in goldenen Lettern auf der Mauer. Hier würde in den kommenden fünf Jahren seine Heimat sein und wenn alles glatt ging, hatte er danach eine saubere Akte und die französische Staatsbürgerschaft. Guiseppe Ricci zückte seinen Pass, warf den Rucksack über und ging hinüber zum Eingang des Rekrutierungsbüros.

„Bienvenue au Centre de Présélection", grüßte der Legionär mit einem hämischen Grinsen den Neuankömmling auf Französisch.

„Salve", erwiderte Ricci und hielt dem Wachposten seinen Ausweis entgegen. Der Caporal warf einen kurzen Blick auf den italienischen Pass und öffnete die Tür zum Rekrutierungsbüro der Legion im Quartier Viénot in Aubagne. Guiseppe Ricci schritt hindurch und hielt nur kurz inne, als die Tür hinter ihm krachend ins Schloss fiel.